GUIRLANDA RUBRA

Erick Santos Cardoso

Ilustrações de Abel e do autor

1ª edição

Editora Draco

São Paulo
2020

Erick Santos Cardoso
É desenhista de coração e editor de profissão. Mestre em comunicação, amante da cultura pop em todas as suas vertentes. Tem na Editora Draco o seu projeto para produção e desenvolvimento da literatura de entretenimento e quadrinhos nacionais.
FB.com/ericksantoscardoso Twitter: @ericksama

Publisher: Erick Santos Cardoso
Edição: Cirilo S. Lemos
Revisão: Ana Lúcia Merege
Capa e arte: Ericksama
Ilustrações: Abel e Ericksama

Dados Internacionais de Catalogação na Publicação (CIP)
Ana Lúcia Merege 4667/CRB7

Cardoso, Erick Santos
Guirlanda rubra / Erick Santos Cardoso. – São Paulo: Draco, 2020
ISBN 978-85-8243-281-5

1. Ficção I. Título II. Série

CDD-869.3

Índices para catálogo sistemático:
1. Ficção : Literatura brasileira 869.3

1ª edição, 2020

Editora Draco
R. César Beccaria, 27 – casa 1
Jd. da Glória – São Paulo – SP
CEP 01547-060
editoradraco@gmail.com
www.editoradraco.com
www.facebook.com/editoradraco
Twitter e Instagram: @editoradraco

A Vida dos Ciganos

(Erick Santos Cardoso/Piérce Willians)

Sol nasceu, derramou manhã;
O meu lugar, não plantei aqui.
Outra vez, caravana partiu
Numa viagem sem razão pra morrer.
Muita gente vem cruzar o caminho,
Buscam porquês que eu não sei por quê.
Sigo meu rumo, sem passado tampouco futuro:
Eu trago os perigos comigo.

Já faz tanto tempo que eu deixei o lar,
Pois sei quão bom é poder caminhar.
E, várias vezes, eu choro o pedaço de chão
Que nunca pude retomar pra mim.
Tive o ouro, em vida, que gente quer gozar;
Mas sou feito o mar, que ignora descanso.
E fica velho na estrada quem anda sem parar;
Sim, eu sei, não existe o amanhã.

Ouça a canção em: editoradraco.com/guirlandarubra

COMÉRIA
Com
Lindebluma
CIDÂNIA
Criane
TERRA'P
Muralha Sul
ÁREAS BÁRBARAS
Estrela de Fogo

Babélia
Rio Claro
DENORYA
N
Majestosa
Floresta do Morro do Silêncio
TRIA
TERRA DO LESTE
Cidade Vidente

PRÓLOGO

426 anos após a queda de Arcádia

Vista de cima, Criane, a Comuna Onde Todos se Encontram, se estendia como uma mancha escura no meio da planície, em seu descanso forçado sob o brilho fraco de Anmas, a Mãe da Sombra que pairava no céu. Uma cidade que crescera sozinha, agregando muros, ruas e prédios sem que importasse onde eram colocados. Como se quisesse apenas acumulá-los e um dia engolir todos os povos da Terra Pátria.

Lamparinas de azeite acompanhavam as ruas pavimentadas, algumas brilhando sozinhas em estalagens construídas próximas aos portões, fugindo do nauseante cheiro do Rio da Aliança, outras perdidas por becos onde andavam teimosos notívagos.

Era quase meia-noite. Um velho se dirigia ao Portão Sul, de volta à sua cabana do lado de fora dos muros após um passeio. Dois vultos surgiram e partiram em sua direção. O velho olhou para a ainda longínqua portaria e o coração bateu rápido, descompassado. Tocou a pedra azulada no brinco pendurado em sua orelha direita. Não havia como alertar os guardas. Talvez nem estivessem vivos, se os seus perseguidores fossem mesmo asseclas de Zorak.

Entrou na primeira viela. Mais seis deles o aguardavam ali. Sem saída. Vestidos com mantos escuros que só lhes revelavam as cabeças cobertas por máscaras pálidas, olhos afiados e oblíquos, um sorriso desenhado na superfície avermelhada pela noite.

– Janus Ondino – disse o suposto líder, a voz jovem abafada pela máscara –, finalmente o encontrei. Imagino que saiba quanto vale sua cabeça. Não sei como conseguiu esconder a energia da pedra-alma por tanto tempo. Muitos o procuram, mas fui eu quem o encontrou! Onde está a Pedra de Ondina?

O velho ofegante inspirou o ar fresco, mas começou a tossir. Tentou uma, duas, três vezes, e enfim recuperou a calma. Fez um movimento brusco com os braços e os vultos recuaram. Imaginou quantos neanos teria esse jovem.

– A Pedra está fora de seu alcance. A Última Fortaleza nunca será vista por olhos humanos – disse, quase sussurrando. – Vamos nos afastar da cidade para resolvermos isso. Essas pessoas não têm culpa.

– Você não vai sair daqui. Não me subestime! – o jovem bateu um dos pés à frente, fechando os punhos. – Sei do que é capaz. Mas mesmo que possa ser água e atravessar rocha e madeira, seu corpo já não suporta o esforço. Desista, Janus, a Criação não está do seu lado! Nosso Mestre Branco terá aquilo que busca – disse a última frase em voz mais baixa, como para si.

Os pés se arrastaram, mãos rígidas em posições defensivas. Sobre um quase silêncio ouvia-se o vento, agradável se não fosse pela tensão que pulsava em cada pequeno gesto.

O velho abriu os braços e expôs as palmas envelhecidas. Um precioso e distante artefato de azul pulsante mantinha a sua vida, impedindo que seu corpo sucumbisse. Não havia mais nada a fazer, só gostaria de saber como fora encontrado. Qual teria sido o momento em que perdera a concentração e expusera o seu disfarce? Vivera uma vida falsa por tanto tempo. Quase tocou a joia na orelha direita, mas desistiu ao recobrar a confiança. Era inútil tentarem destruí-lo. Jovens, frágeis, arrogantes. Achavam que o conheciam. Seu poder estava além do que meros garotos poderiam conceber. Balançou a cabeça e suspirou: esperava mais daqueles que o perseguiam. E depois de tanto tempo.

Sorriu da tolice deles e de sua própria, pois, no fim das contas, nunca pôde se ver livre desse ciclo.

Janus olhou para os assaltantes. Nada que oferecesse os convenceria a desistir. Tinham que morrer.

"Garotos insolentes. Será que entendem que tipo de força estão tentando obter?", pensou.

O velho, antes curvado, ajeitou a postura, estufou o peito e olhou os seus perseguidores, enquanto assumia a sua ascendência arcadiana, a de um príncipe-senador portador de pedra-alma. O poder correu pelo seu corpo como um gêiser prestes a jorrar, a Pedra de Ondina reverberando em seu espírito. Saltou para o alto dos prédios, surpreendendo a todos.

Janus disparou sobre a cidade que o havia abrigado por tanto tempo. Precisava de espaço para poder enfrentá-los, essa não era uma luta de espadas.

Com mais dificuldade eles subiram, alguns saltando, outros levitando, e completaram a formação para o embate. Cada facção em um prédio, separados pelo vão que era a Avenida Central.

– Vocês sabem o que é a *Crisálida*? – disse Janus em tom de desafio, a cabeça viajando cem, duzentos, quatrocentos neanos atrás. Mais de doze gerações se haviam passado desde quando a visão do que estava além do céu era, para os homens, um sonho diário. Zorak lhe perguntara a mesma coisa nas terras de Arcádia.

– Não deem atenção a ele. Vai tentar nos distrair para atacar – disse o líder.

Um dos mascarados disparou pairando pelas telhas, de um prédio para o outro, e de seu braço coberto pelo manto negro surgiu uma lâmina refletindo o vermelho da Mãe Anmas.

Janus Ondino ergueu a mão e o frio da noite o envolveu. O orvalho que flutuava se condensou em um fio de prata líquido, quase invisível, que com uma sacudidela tornou-se uma arma. Chicoteou o ar com ele no momento da passagem do agressor.

O encapuzado ainda avançou, então vacilou e caiu de cara no chão de pedras. A sua máscara rolou com a cabeça separada, seu sangue abrindo-se em uma poça negra.

Os adversários recuaram alguns passos e assumiram posições defensivas, como se finalmente entendessem que haviam desafiado alguém além de suas forças. Esse velho era mesmo um dos que formaram o Quarteto Maior de Arcádia. Um dos príncipes da Ascensão.

– Não... – o líder hesitou ao ver quão tola foi a morte do primeiro membro do grupo – Não nos subestime, Janus Ondino! Leve-nos à Pedra. Demoramos muito para te encontrar! – gritou, seu temor abafado sob a máscara, como se tentasse se convencer de que estava no controle.

Janus ergueu o sangue do chão e o moldou em uma lança. O arremesso foi tão rápido que outro dos mascarados só percebeu que fora atingido quando gritou. Uma voz feminina. Devia ser jovem, a tola.

Uma ou outra janela foi aberta, mas poucos arriscaram testemunhar práticas hereges e ter que relatar aos inquisidores depois.

– Ele é poderoso, abram logo o fluxo! – Os magos abriram os braços e a energia invisível agitou suas roupas, vibrando e tornando-se palpável aos iniciados.

"Isso só vai me ajudar mais, idiotas". Janus franziu a testa enquanto erguia a garota pela lança, ela se debatendo e gemendo, olhos de ódio tentando suportar a dor.

Janus se esquivou de uma pedra arrancada do pavimento da rua e defendeu outro projétil com um escudo tecido daquele sangue que ainda controlava. "Este líquido viscoso e com gosto de ferro é só o veículo que carrega o que a nossa carne precisa", lembrou-se de uma conversa muitos neanos atrás. A garota continuava gritando, mas ele não queria acabar com o seu sofrimento, a lição deveria ser clara, não perderia a chance de mostrar a eles o perigo da magia.

O líder dos encapuzados aumentou o círculo de fogo que manipulava, prestes a arremessá-lo. Janus podia tatear o calor vibrante vindo dele e admitiu que o garoto era realmente poderoso.

"A crisálida que me consome é a minha carne sobrepujada pela magia, mas me pergunto se não seria ela uma doença de minha alma". Janus inspirou o ar fresco da noite e disse em voz alta:

– Eu vi a verdade dessa busca pela magia, o que ela faz com as almas dos homens. Não importa quantos de vocês eu destrua, Zorak nunca vai parar – e então fechou a mão erguida que mantinha a garota suspensa.

De repente, uma luz ofuscante cegou os mascarados, e a garota empalada pela lança de sangue gritou com as dores que se expandiram em ondas, a energia antes represada invadindo cada pedaço onde havia vida, varrendo e petrificando a carne. Até que não houvesse mais por onde escoar e só lhe restasse explodir.

Janus sabia o que era essa dor, seus velhos músculos e tendões canalizaram magia por neanos. Mas não podia poupar a jovem.

A garota era como um cálice que transbordava a agonia que não poderia mais conter dentro de si. Quando a carne estourou, libertou-se em um berro, a doença dos magos irrompendo em lanças de vidro, tornando-a um ouriço azulado e manchado de suas entranhas, despedaçando-se ao atingir o telhado.

– Perdoe-me por libertá-la, criança – Janus sussurrou para si mesmo.

– Essa maldita crisálida acontece pelo mau uso da magia – gritou o líder. – E foi você quem a usou para destruir nossa companheira! Dê-nos a pedra-alma!

"Não me ouvirão. Eles nunca ouvem", o velho suspirou. "Zorak, até quando destruirá as vidas desses jovens em nome dessa loucura?"

O fogo veio girando em um círculo, crescendo no campo de visão de Janus. E, mesmo quando fugiu saltando sobre os telhados, ele o perseguiu.

Quando se afastou o suficiente, o velho mago se virou e se concentrou para deixar sua alma ser arrastada pelo fluxo de mana, unindo-se a ele. Com os braços abertos, bloqueou o projétil no meio do ar. Ia espremê-lo até que o fogo diminuísse, esfriasse e então desaparecesse.

Mas essa era uma distração. Mais dois oponentes surgiram pelos lados, seus sorrisos estáticos pintados nas máscaras.

As pontadas da crisálida dentro de si eram mais um obstáculo. Janus rangeu os dentes: não poderia se defender enquanto segurava esse maldito círculo de fogo que já fazia arder a pele de tão perto que estava.

Os magos atacaram, rajadas de fogo de cada um dos lados.

Encurralado pelo ataque em conjunto, Janus hesitou. Não queria envolver a cidade, mas não havia mais como evitar. Que o Templo abafasse tudo como há sessenta neanos, eles não o descobririam. O disfarce mágico era perfeito.

Com um grunhido, Janus saiu da trajetória do círculo que estava detendo e então o liberou, observando-o passar rasgando até atingir um prédio do outro lado da rua. Com certeza iria incendiá-lo, mas nada que uma chuva forte não pudesse apagar. Tudo que Janus precisava era vencer os insolentes.

Mantendo um braço estendido, ele defendeu cada rajada que vinha. O brinco na orelha direita acalmava o seu espírito e o preenchia com força. O pulso da Pedra de Ondina, a energia que batia como um coração que nunca se cansava.

A crisálida ardia, lembrando-lhe que talvez fosse mesmo a hora de admitir que precisava de um sucessor. Mesmo que isso significasse assumir que não pudera quebrar o ciclo dos nascidos em Mammon.

Fechou os olhos e inspirou o ar da noite.

"Eu falhei. Nunca foi diferente, mas agora eu finalmente sei."

PARTE I
CRIAÇÃO

1

NA MESMA NOITE e na mesma cidade em que Janus Ondino seria confrontado pelo seu passado, dois adolescentes enamorados se despediam.

Antes de subir na carruagem, fechar a porta e partir sem ohar para trás, Celestiana Tessitore olhou Garlando Espendi nos olhos.

– Vamos logo, Celes, já disse duas vezes – gritou uma voz masculina, vinda da frente da carruagem repleta de fardos amarrados.

– Meu pai não quer perder mais tempo. É melhor eu ir logo.

– Ele não pode te obrigar, você pode ficar aqui e trabalhar com a gente.

– Lando, aqui não há nada para mim. Eu não tenho uma vida boa como a sua – disse Celes, sem desviar o olhar e nem ao menos piscar. As sardas de seu rosto se misturavam à pele iluminada pelas lâmpadas da rua.

– Você não entende, não é isso, é uma maneira de ficarmos juntos. – O jovem Garlando tinha lágrimas nos olhos. Passou as costas da mão sobre eles, tentando disfarçar. – E quando Zícero nascer, você não quer conhecê-lo? Você falou um monte de coisas.

– Não fale sobre isso, não ajuda em nada. Eu já disse, não há nada aqui pra mim. Não importa, meu pai vai sempre viver desse jeito maluco, somos uma das poucas oficinas que nunca tem contratos que durem. Ficar aqui ou no Norte não faz diferença. Vou trabalhar pras corporações do mesmo jeito.

– Mas pelo menos que seja para as nossas. As da minha família, digo. Dou um jeito.

– É incrível como nessas horas você esquece que é metade gitânio, só pensa no lado da família que vive de perucas e sapatos apertados. Você sabe que eu detesto esse seu lado – Celes se virou e encarou os prédios quietos.

– Eu só estou pensando em te dar conforto. Mas você é orgulhosa demais.

Celes deu um passo adiante e levantou um dedo enquanto o encarava de perto.

– Não preciso e não quero conforto de homem nenhum. Você não entende mesmo...

Garlando queria falar algo, mas as palavras não saíram. Olhou para os paralelepípedos em frente à velha casa onde ficava a oficina e residência dos Tessitore. O contraste com a sua, toda reformada pelo dinheiro da sua tia.

Celes tocou o rosto liso e feminino do garoto e fez com que a encarasse.

– Não fique assim. Eu escrevo, está bem? Mando cartas logo que chegar a algum lugar e conseguir pagar um correio que esteja a caminho de Criane.

– Celestiana! Eu vou ter que ir aí? – gritou o pai de Celes com a voz mais ríspida.

– Pra onde você vai?

– Pros lados de Babélia, acho. A gente se vê, vou escrever, já disse.

Celes deu em Garlando um abraço polido e leve que doeu mais que a despedida.

Ficaria em sua lembrança a textura do tecido do vestido e o cheiro de perfume barato. Ela ainda usava uma faixa vermelha para cobrir a testa. Mas essa não estava suja de sangue.

Então a menina subiu na carruagem, que rangeu e sacudiu com seu leve peso. Foi embora sob o som das reclamações do pai e se afastaram dentro da noite.

Justo nessa noite em que a vida de Garlando nunca mais seria a mesma.

* * *

Quatorze neanos, muitos dias e dez horas depois de acordar e de se arrepender de abrir os olhos em seu quarto na Universidade de

Cidânia, Garlando veste a roupa cerimonial negra e roxa, comprida até os pés, e, sem poder ter a presença de seu tio Ralfo ou mesmo da tia Reggiane, dirige-se sem pressa ao auditório no prédio soturno circundado por um gramado apagado. A manhã enevoada promete um dia de calor sob Sarali.

No centro do escuro anfiteatro, Garlando olha para o lado procurando distrações. Jovens se movem devagar e em fila sob os olhos de professores sisudos com seus chapéus quadrados, fazendo da cerimônia de graduação uma marcha à própria morte.

Alguns passos à frente e receberá o seu título, doutor em Direito. Mais de doze neanos na Universidade para ser um competente negociador de contratos para a família Espendi. Passará o resto da vida nessa honrosa função.

No piso de madeira brilhante, vê um reflexo indefinido do teto alto por onde a luz perpassa vitrais que representam Sarali e Anmas, as Mães da Criação e Destruição. Olha para as duas refletidas no chão e se posiciona entre elas, ambas nuas e envoltas em nuvens, Sarali, branca como a Luz, e Anmas, escura como as Trevas.

Enquanto os nomes são anunciados, rapazes e moças enfileirados, cobertos pelas mesmas vestes negras e compridas, dão um passo à frente.

– A Universidade de Cidânia, com o consentimento do Santíssimo Templo que vigia por nós, outorga-vos neste dia o título de doutores nas Leis Maiores da Terra Pátria. – Assim começou o discurso do vice-reitor, bispo do Templo, com sua voz rouca e um sotaque de álvico antigo forçado. – E o que é ser um detentor de tão honroso título?, pergunto-vos. Enquanto refletis, compreendei que vós fareis uso do poder que o conhecimento das leis vos dá para servir à vontade dEla, a Mãe da Luz, Sarali, que nos ilumina e aquece durante os dias para dar lugar de noite à irmã da Sombra, Anmas, que só existe para nos fazer entender que é nas trevas que residimos em nosso momento de descanso. Mas acautelai-vos dos Sombrios que se esgueiram pelas trevas para conspurcar a Luz com as suas práticas proibidas. A Transformação, ou, como dizem os vulgares, a Magia, é um dom reservado aos Alvos, nossos antigos mestres, e não está ao nosso alcance. Pois já temos uma qualidade única que é a de viver realidades intensas em nosso sono, os *sonhos*. Então que o domínio das Leis Maiores da Terra Pátria sirva à comunidade da Aliança, em primeiro lugar, trazendo à Luz todos que vivem na escuridão com suas práticas abomináveis que desonram a glória original que nos foi dada, o dom da vida sob as Mães.

"E vigiai, ó jovens doutores, pois neste tempo em que a fé se enfraquece e surgem esses que se autoproclamam Despertos, eis que sofrerão a justiça dura e maciça do Templo, que com sua espada os sangrará. Não só eles, mas todos os amantes do ouro que duvidam da legitimidade das dinastias sagradas pelo sangue e pregam a descontinuidade de seus direitos e títulos. Esses viverão nas eternas sombras por um dia terem se virado contra a Luz e o legado de Pietru Negro."

Garlando está quase caindo de sono. Apenas uma amostra do vivenciado durante os neanos na Universidade, desânimo e tédio visíveis nos rostos dos graduandos. E ainda há quem sorria e até mesmo chore diante de tamanha hipocrisia. Lembra-se de já ter declinado um convite sexual desse bispo celibatário que agora entrega diplomas sorrindo, esse santo homem que coleciona sessões íntimas proibidas com alunos em seu escritório.

Seria lindo se Garlando estourasse todos os vitrais que representam a glória humana com um raio vindo dos céus. Mas a vontade logo passa, um instinto rebelde que costuma vir e ir com a mesma facilidade quando se lembra da fogueira. Ele prefere, sim, o termo Desperto no lugar de Sombrio e chama a Transformação de Magia, como os vulgares, mas sabe que tais discussões semânticas são no mínimo perigosas, para não dizer fatais. E, muito antes dessa graduação, já chegara à conclusão de que é mentira essa história que os sacerdotes do Templo podem sentir e identificar aqueles que usam magia. Afinal, nunca foi pego.

O estudante da frente é convocado para receber o diploma selado, como se não pudesse ser aberto ou lido. Garlando sorri, mas logo o momento parece pressioná-lo para baixo, transformando suas pernas em chumbo. É a sua vez de receber as honras. Pisa na Mãe da Criação, então na Mãe da Destruição. Deixa-as para trás e estufa o peito, nada pode detê-lo. Mas, ao tomar em mãos o documento passado com tanta solenidade, estremece.

O olhar do reitor através do pincenê o perfura sem dificuldade. De trás da bancada de madeira vermelha escura, penetra os olhos azulados de Garlando sob a sombra do chapéu quadrado. O rapaz engole uma palavra de agradecimento e se arrasta para o fim da cerimônia, esse rito de passagem tão bárbaro como uma iniciação orc. Sua vida nos últimos neanos resumida a essa pele morta de carneiro, assinada por alguém ligado ao Templo. Essa mesma instituição que queimara na fogueira tantos Despertos em nome da purificação e louvor à Mãe da Luz. Como os assassinos de seus pais. E como ele mesmo seria, se não tivesse cuidado.

– Volta pra casa, fica com a sua mãe!

– Mas eu quero ajudar, não sou mais criança! – Era mais uma daquelas vezes em que Garlando sabia que podia fazer alguma coisa e seu pai o impedia como se ele fosse uma estátua delicada.

– Volta pra casa agora – ele gritou e apertou os braços do garoto, olhando em seus olhos. Garlando viu na sua expressão algo que não podia compreender, parecia medo, e isso o deixou aterrorizado. Sem poder hesitar, correu de volta para casa.

Hoje em dia, não é permitido assistir à entrega dos títulos. Já não era desde antes de Garlando nascer. Aos orgulhosos provedores era permitido cumprimentar os jovens apenas após o final da cerimônia. Garlando sai pelas pesadas portas duplas de madeira e se encontra sob uma das arcadas que dão para o pátio gramado, a luz pálida de Sarali queima os olhos acostumados ao escuro do anfiteatro. A névoa da manhã já não existe.

Garlando procura a cara rechonchuda do seu querido tio Ralfo. Presencia muitos reencontros polidos entre pessoas distintas, burgueses que pagaram os estudos de seus filhos e muitos bem-nascidos que, mesmo sem recursos, mantêm em nome das aparências a educação dos herdeiros. Queria que a qualquer momento o tio surgisse e quebrasse todos os protocolos com muitos abraços e beijos. Mas só vê uma estudante de família distinta com um corpo gostoso de apertar com quem já quebrou muitos protocolos. Nem isso o faz sorrir. Claro que o seu tio Ralfo não virá. Nem Reggiane se dará o trabalho, ocupada em viagens de negócios, como sempre. Uma carta dela já o avisou disso semana passada. Só lhe resta ir comemorar com os amigos em mais uma festa regada a prazeres.

* * *

O criado serve a taça com um espumante que nunca poderá comprar em vida, apesar de já tê-lo bebido muitas vezes às escondidas.

Garlando Espendi segura impaciente o delicado cristal, seu braço em riste como uma serpente hipnotizada pela música de cordas melancólicas que vibram pelo ambiente pesado. Sua cabeça entorpecida distingue devagar os sons de gemidos, enxerga na luz das velas fogos-fátuos em névoa de ópio e perfumes caros.

Nesse curto intervalo em que o cilindro de vidro é preenchido pelo líquido dourado, ele não consegue tirar dos pensamentos a imagem do filho do Marquês de Gabbiani pedindo para as bem-nascidas mijarem nele, um verdadeiro banho de ouro vindo de estátuas caras. Para Garlando não deixa de ser ridículo ver meninas branquinhas e perfumadas posando como cadelas que se aliviam sobre um fidalgo vindo de família condecorada pelos feitos na Guerra da Muralha.

Ele respira fundo o ar empesteado de ópio e, quando percebe, o criado já saiu faz tempo, seu braço estendido como se também fosse uma estátua cara.

"Pelo menos eu realmente valho dinheiro se for penhorado".

Engole a bebida de uma vez e enterra a cabeça em uma almofada aveludada enquanto olha o candelabro no teto.

Mãos delicadas acariciam-lhe os cabelos macios e cor de palha, desfazendo o resto de nó da fita de cetim que mantinha seu rabo de cavalo. Esse alguém lhe rouba um beijo, mas a boca grande e a textura áspera da língua que o viola denotam que não é uma donzela. Garlando empurra o vulto.

– Me deixe! Eu já disse que não quero! – Sua cabeça gira. Ele prefere nem ver o rosto dessa pessoa e constatar que é o seu amigo Nilo de novo.

– Ah, mas da outra vez você demorou bem mais pra perceber – sorri Nilo, fidalgo com algum título que Garlando sempre esquece e seu melhor amigo através dos doze neanos que viveu na Universidade.

Garlando tem os lábios amortecidos e vontade de dormir por uma novena. Tem mesmo que voltar para Criane? A pergunta nem precisa ser respondida. Ele pisca devagar as pálpebras que pesam como a vida.

– Já que quer me agradar, consiga um cachimbo pra mim.

– Ih, vai acabar desmaiado de uma vez. Aí não me responsabilizo pela sua segurança, hein? Tenta ficar bem, dizem que vem aí o prato principal da noite.

– Prato principal? Não é isso que as filhas do conde de Junon estão vomitando lá fora?

– Deixe as meninas, já vi tanta gente fazer isso pra poder comer mais. Em vez de cachimbo, há algo muito mais interessante, é um chá que os Albinos tomam para poder sonhar.

– Albino sonhar? Isso é alguma brincadeira? Consiga um pouco do amor da papoula pra mim e saia daqui.

Garlando aguarda com a cabeça girando. Como a sensação não passa, resolve levantar para tomar um pouco de ar fresco. Atravessa as portas duplas, prestando atenção em cada passo que dá com os pés descalços, como se o chão não fosse sólido. Chega então em um aposento enorme, rodeado por cortinas de veludo sanguíneo que cobrem janelas altas como gigantes, as suas barras misturadas às roupas despidas e amontoadas nos divãs.

Em um canto está o primogênito do Conde de Merude, mais um nobre devedor da tia Reggiane, também graduado naquela encenação enfadonha. Ele é o provedor da festa e dos prazeres distribuídos na noite aos amigos próximos – e aos não tão próximos, só para impressioná-los.

Meninas e meninos entrelaçados em todas as combinações possíveis, gemendo e se sacudindo entediados, ao fundo a mesma música que ainda soa melancólica, dedilhada em algum quarto.

O segundo filho do Conde de Merude é dependente da droga da papoula e faz questão que seu irmão graduado experimente. Vinte e poucos neanos de idade, mais novo que Garlando e seus colegas. Para a sociedade, ele está viajando, para o pai, ele é uma vergonha mantida prisioneira nessa casa de campo e, para os colegas do irmão, é um bom companheiro que distribui o entorpecente e faz as vezes de bobo. As garotas riem dele, deixam que as toque com seus braços magros e fracos.

– Ei, Garlando! Por que você ficou escondido lá dentro? Eu quero te ter uma última vez. Venha cá – diz uma morena carnuda com quem brincou tantas vezes no período dos estudos.

– Ah, deixe-me quieto um pouco. Não estou bem.
– Não deixo, não. – E ela o derruba nas almofadas e exige que lhe sugue os seios.
– Acha que isso vai garantir um empréstimo pra sua casa, filhota? – grita alguém lá do outro lado, soterrado por um monte de gente nua.
– Minha casa nunca precisou de dinheiro de burguês algum – responde a morena, e se vira para Garlando. – Mas você pode me dar muito mais que isso, né, loirinho?
Garlando não responde, entretido com seu pedido anterior. Como o faz sem vontade, tal como um autômato, ela o larga e se levanta.
– Que patético, tá morto – diz, enquanto lhe apalpa a virilha flácida. Depois lhe dá um tapa leve no saco, que pouco dói.
As risadas dos graduados não o incomodam. Mas, quando a música para, todos seguem seu comando, como se fossem movidos por encanto dela.
Um silêncio estranho toma conta da casa. Garlando desgruda a cabeça da almofada e tenta ver o que acontece. Então o criado anuncia que o filho do Conde de Merude tem um pronunciamento a fazer.
– Boa noite, doutores da Universidade de Cidânia! – grita o fidalgo todo despenteado e de camisa aberta. – Agradeçam ao meu querido pai – "E ao dinheiro da minha tia", pensa Garlando – por essa comemoração, pois agora seremos pessoas de respeito e prontas para tomar posições na sociedade!
– Porra nenhuma! – grita alguém.
– Eu ainda estou falando – o anfitrião rosna. – Esta noite é de alegria, é o momento para pensarmos bem em tudo o que fizemos durante esses neanos na Universidade.
– Não é nada diferente do que estamos fazendo aqui! – grita Garlando.
– Mas que coisa desagradável, me deixem falar!
– Pare de falar e traga mais bebida!
– Ou passe esse cachimbo aí!
Resignado, o filho do Conde de Merude grita.
– Está bem! Vossas Excelências não têm jeito mesmo! Que entrem os nossos convidados de Comércia logo, pelo amor da Deusa!
Então o som de violinos e alaúdes anuncia a entrada de um trio que Garlando tenta ver com os olhos pesados. Os rapazes, afetados

e irritantes, não são dignos de nota. Mas a donzela é lindíssima, cabelos de fogo presos em um coque, vestida em vermelho, uma aparição radiante no ambiente escuro e mal iluminado. Por um instante ela parece olhar para Garlando, mas continua seu caminho em direção aos provedores da festa.

– Ei, senhor Espendi. Venha aqui, vai ficar aí jogado? – diz Nilo, que agora tem uma xícara estranha nas mãos. – Consegui o negócio, você tem que experimentar.

Mas Garlando o ignora e levanta para seguir com os olhos a donzela de vermelho. Ela se sentou com os donos da festa, não está disponível para os convidados. Garlando olha em volta e toma um cachimbo das mãos da sobrinha do Magistrado de Galbadia que dorme de olhos abertos, talvez procurando algo indizível nos motivos álvicos nos gessos das junções das paredes com o teto.

Dá uma pitada, o gosto amargo vence o cheiro forte e o torpor logo se sobrepõe à bebedeira enquanto reza para a Mãe salvá-lo das misturas mais uma vez. Sente que vai desmaiar e se arrepende de tudo o que fez de errado até aquele instante. Mas logo a sensação passa.

Garlando se deita ao lado da menina morena, inspira o perfume do óleo de seus cabelos. Pisca e não sabe quanto tempo passou. Procura pela comeriana que coloriu o quarto de rubro como se ela mesma fosse Anmas a pairar não no céu, mas na terra, porém a moça e os donos da festa não estão mais na arena de almofadas e veludo onde as pessoas se atracam.

Fecha os olhos devagar e vê entre os padrões dorfes do tapete que cobre o salão – um gosto duvidoso, pois é sabido que tapeçarias de anões combinam mais com construções de pedra como castelos – algumas pétalas de rosa quase flamejantes.

O seu vermelho é o mais vivo da sala. Garlando estica a mão para se certificar que são de verdade, e elas respondem ao toque de seus dedos embriagados de tudo o que há de proibido.

Com esforço, ele vira a cabeça, o atrito com o veludo tentando prendê-lo no mundo dos sonhos. Mais pétalas indicam um caminho através de portas duplas para outros aposentos que parecem todos iguais. A casa, um labirinto onde serão aprisionados pela eternidade. Sem se importar com mais nada, Garlando primeiro rasteja, depois tenta se erguer e seguir o caminho das rosas.

Cada porta atravessada mais escura e quente. Esbarrando pelos vícios nesse caminho insólito, ele toma uma taça de vinho tinto sem dono e a carrega, até se deparar com a paisagem de um lago e árvores sob uma névoa que paira por toda a parte. Garlando a toca, é um afresco que decora um par de portas que se abrem antes que possa empurrá-las.

As luzes das poucas velas acendem a figura vermelha, mais poderosa em seus domínios. Ela olha o rastejante Garlando de cima, curiosa com a aparição.

– Você não é o filho do Conde de Merude.

– Não. Mas, mesmo sem sangue nobre, sou uma relação muito valiosa para se cultivar.

– Seu sangue não me importa, ainda mais embebido em tanto vinho. Pra mim é muito claro que não é bem-nascido, somos treinados desde pequenos para distinguir. É um sacerdote? Não, muito relapso.

Garlando se arrasta até as almofadas no chão, sem forças para se erguer e conversar na mesma altura que a garota de rubro.

– Desde pequena? De que escola de cortesã vem você?

– Das que o seu dinheiro não pode pagar. É um burguês, então. Só seu tipo de gente se preocupa tanto com a origem de com quem se deitará.

– Eu nem consigo me levantar, senhorita...

– Rosa Vermelha.

– Perdão?

– Meu nome é Rosa Vermelha, e este quarto foi reservado para os meus anfitriões.

– Não posso ficar deitado aqui? Juro por Pietru Negro que fico quieto.

Cabelos ruivos que cheiram a rosas se aproximam dele. Um cheiro doce, presença suave, um espírito acariciando os seus cabelos. Repara nos lábios vermelhos e na pinta postiça. Toca-lhe a pinta e tenta arrancá-la, só para provocar.

– Você não parece homem nem mulher – diz a menina, tomando a taça que Garlando entornava no tapete. – E essa pinta é minha.

– Quer ver um truque de mágica?

– Eu não gosto de mágica.

– Depende do tipo de mágica.

– Há diferença? Acabei de dizer que não gosto – diz ela, mas o seu rosto se ilumina. Os olhos verdes vibram com a rosa vermelha que arde em uma pequena chama na mão do rapaz.

– Toque-a, é apenas um truque.

A mão da garota formiga ao tocar a rosa, mas não pode segurá-la nem sentir o calor da chama. A vibração acaba, a luz se extingue. Antes que ela possa dizer algo, seu colega de profissão os interrompe.

– Dona Rosa, temos um problema!

– Sim?

– O filho de Conde de Merude está passando muito mal, vomitando a alma, cuspindo até sangue.

Rosa suspira sem perder a expressão serena.

– O que esse imbecil consumiu?

– Eles estão bebendo aquele chá dos Albinos, que dizem que faz os imortais sonharem. Está um alvoroço, os meninos acham que ele vai morrer. Até mandaram alguém atrás do mordomo lá na casa dos criados.

A Rosa Vermelha se senta na enorme cama rodeada por um dossel carmesim e transparente.

– A senhorita não pretende fazer nada?

– Eu não sou médica. Vou aguardar aqui. E de qualquer forma, se não precisarem de mim, cumpri o meu contrato e amanhã vou embora.

Atônito, o seu belo colega não sabe o que fazer.

Rosa gesticula com o braço devagar, apontando para a porta.

– Vá ajudá-los, querido. Não é bom para sua reputação perder um empregador por mau uso de entorpecentes. Um cortesão deve saber auxiliar seus clientes a se divertir com segurança.

Ele franze a testa, tira a franja cacheada dos olhos com um gesto afetado e sai em disparada.

– Acho que meu amigo está com eles – diz Garlando, os olhos pesados, mais fechados que abertos.

– Também passando mal pela própria idiotice?

– Deve estar é apavorado, me disse que tinha sido ele quem conseguiu essa droga.

– Deixe as crianças brincarem. – A Rosa Vermelha se deita na cama e fecha o dossel, envolvida por suas frágeis paredes. Perde-se em visões rápidas, tentando antever o que fazer caso alguém morra de fato. Arrumar as coisas e sair seria o desdobramento mais óbvio. Decide relaxar e descansar, fazer o vinho se dissipar em seu espírito. Quando o ronco do seu novo amigo preenche o quarto, solta o ar pelo nariz e sorri.

* * *

Garlando abre os olhos e a dor de cabeça lhe dá bom dia. Não muito aguda, mas incômoda, pressionando-lhe o crânio de todos os lados. Mas toda essa sensação some quando descobre dois olhos verdes e grandes no rosto empoado e perfeito da Rosa Vermelha a encará-lo.

– Oi – diz ele.

Rosa repara nas olheiras que envolvem os cílios compridos e as íris azuis de Garlando.

– Bom dia.

– Bom dia. Ainda estamos na casa dos Merude, né?

– Estamos na casa de campo que eles mantêm em Cidânia, sim, sua memória não o traiu.

– Todos foram embora?

– Não sei. Acho que quem não foi ajudar o anfitrião a não morrer pegou suas roupas, carruagens e criados e foi embora. Acordaram os pobres cocheiros, que tolamente imaginavam que duraria uns três dias a festa, e voltaram para o conforto de seus lares.

– Para não contar para os pais que quase viram alguém morrer e mesmo assim se sentirem seguros na presença dos provedores?

A Rosa Vermelha ri.

– Exatamente. Eu sabia que você era mais interessante sóbrio.

– Eu não estou sóbrio, minha cabeça está doendo muito e isso me afeta o julgamento.

– Imagino. Vou lhe dar um tônico que me ajuda a dissipar a ebriedade.

– Não farei uma dama me servir remédio que eu mesmo posso tomar. – Mas, ao tentar erguer a cabeça, Garlando gira com o mundo sem sair do lugar. Afunda-se de volta na almofada.

– Pelo jeito a gentileza não é mais forte que a ressaca. – Rosa sorri e lhe dá o remédio na boca.

A meticulosidade da arrumação dos objetos no quarto lembra alguém bem-nascido, mas as cores vermelha e preta dão um tom caricato, como uma encenação gitânia de rua sobre os vícios da boa sociedade. O único objeto destoante é uma bem-executada pintura que mostra rosas vermelhas sobre um campo de grama branca. Um pedaço da tela está rasgado. Talvez tenha boa procedência, um artista famoso. Mas isso não importa.

Garlando olha a pinta no rosto da Rosa, ao lado da boca. Cutuca-a mais uma vez. A Rosa sorri com os olhos semicerrados.

– Eu já disse que é minha.

– O que é que fazemos aqui mesmo? – diz Garlando. – Ah, sim, é a minha festa de Graduação.

– Como pode um doutor deitar-se com uma não donzela, esses fornicadores conspurcam o dom da vida que a Mãe da Luz nos deu, não é mesmo?

– A Rosa Vermelha é religiosa.

– Sei o poder que um circunfixo tem, ele pode mesmo consolar os solitários e oprimidos. Especialmente a sua base, roliça e comprida.

Garlando ri.

* * *

No salão principal há alguns corpos adormecidos, nus ou quase, em um silêncio de inocentes que não teriam vivido uma noite de excessos. A mesa comprida está magicamente arrumada com bolos, brioches e compotas, ovos com toucinho, presuntos e queijos. Tudo acompanhado do aroma de chás, instigando a fome. Não há sinal dos criados, seu trabalho foi executado com maestria e já estão de volta para trás das cortinas do palco.

– Acho que é para a gente – diz Garlando.

– É pra quem quer que esteja aqui.

Garlando saboreia a refeição posta, sem cerimônias.

– Gostoso esse bolo. Bem preparado, macio. Me lembra o jeito lestiano, mais ênfase na comida prazerosa que na apresentação.

– Pois eu acho que está bonito – diz Rosa. – Aliás, tudo muito bem limpo e arrumado mesmo em tão pouco tempo. A família Merude deve ter orgulho de seus criados.

– Verdade.

– Voltando ao bolo, acho que tem sabor e aspecto de confeitaria álvica.

– Álvica?

– Sim, a simplicidade na apresentação é uma herança denoriana. São sempre contra a ornamentação exagerada ou todo tipo de excessos tão comuns à mortalidade, para usar uma frase deles.

– Você fala como alguém que conhece bem demais as coisas. Única comida álvica que já cheguei perto foi o pão de viagem, aquele enrolado em folhas, sabe?

– Sei, sim.

– Só que esse tipo de conhecimento não é o que imaginava de uma... – Garlando hesita, tentando encontrar palavra mais delicada na cabeça de ressaca.

– Meretriz? Cortesã? – diz Rosa. – Por acaso esquece que nosso trabalho é propiciar a melhor experiência aos nossos clientes? Não importa como nos chame, mas não pense que só os ricos sabem das boas coisas da vida.

– Não quis ofender.

– Sem ofensa. Mas insisto que não são apenas os bem-nascidos que podem aprender os bons costumes.

– Tenho certo que a ofendi. Perdoe-me.

Rosa se vira para o lado quando um adormecido se remexe nas almofadas.

– Já basta. É que me incomodam muito essas segregações impostas pela sociedade. Sangue, nome ou o dinheiro que apenas se aparenta ter, já que as boas famílias devem pra Deusa e o mundo.

Garlando fica em silêncio, inspira o ar pesado nesta manhã discreta após tantas indiscrições na noite.

– Esses biscoitinhos estão bem amanteigados. – Ele toma um gole longo do chá rosado.

* * *

Garlando está sentado no gramado vendo o jardineiro trabalhar. Ele poda com esmero os arbustos que circundam estátuas no estilo álvico, com suas formas alongadas, mais estilizadas e curvilíneas, em poses equilibradas e graciosas. Mas as nuvens cobrem Sarali, tornando o dia cinzento e opressor.

A Rosa Vermelha se aproxima e se senta ao seu lado, andando descalça.

– Vai sujar todo o seu vestido, veja os seus pés.

– Nem gosto dele. Presente de uma Suprema irritante e de mau hálito.

– Você tem mesmo clientes em todo lugar, não é?

– Não finja que não sabe que quanto mais poderosos, mais solitários somos. Por quê? Quer que eu te ajude com alguém do Templo por ser um conhecedor das sombras?

Garlando estremece com um frio na espinha.

– Conhecedor das sombras?

– Ora, não finja que se esqueceu da demonstração que me fez.

– Eu não sei do que...

– Escute, eu vi o que vi e isso não faz diferença para mim. Achei sua ousadia rara. Mesmo gente que todos sabem ser sombria não faria brincadeiras na frente de alguém estranho.

Garlando sente o sangue correr até a cabeça.

– Se não fazem é porque são covardes e inúteis.

– Ah, é? O que você faria se um inquisidor o rastreasse? Eles têm andado sem descanso pela Terra Pátria, ainda mais com esses rumores de guerra.

– Você sabe que um merda de um inquisidor não é nada diante de um mago, não sabe? São fanáticos estúpidos que não durariam em um combate. – A coragem de Garlando nas palavras vem acompanhada da imagem da execução dos assassinos de seus pais, fulminados em praça pública por um raio de luz dos céus. Vê como se fosse agora as vestes roxas da Suprema, com seu largo chapéu, e ouve a oração cheia de ódio, falando da purificação divina e ordenando que a chama da redenção dissuadisse qualquer sombrio de infringir as leis da Aliança. E então os gritos de agonia dos homens ardendo e o vazio deixado por uma ausência que a justiça do céu e dos homens nunca poderia preencher.

– Eu perguntei se você sabe lutar – a voz da Rosa Vermelha tira Garlando do transe.

– Claro que sei – ele franze a testa. – Já fui duelista, protegi a honra de muitas donzelas em Cidânia. "E também de matronas que pagavam as minhas dívidas", pensa.

– Um cavalheiro!

– Sinto a descrença em suas palavras, ainda que eu nunca tenha duvidado que seja uma amante formidável que vale todo o circo que trouxe.

– Poderia provar se não continuasse falando tanto.

O jovem burguês se cala.

A Rosa Vermelha monta em Garlando para ficar de frente, aproxima o rosto, fecha os olhos e toca os lábios dele.

Garlando sente o gosto frio de um beijo sem vontade, mas então a Rosa o acaricia, envolvendo-o com um simples afago de amiga, desarmando-o por um toque que parece com o que sentiu há muito tempo. Então surge Celes em uma caverna salpicada de pedras-brilho, bichos grudados nas pedras que se alimentavam de insetos e até de pequenos animais, uma lembrança esperada, imagem que sempre vem quando tem uma mulher, e então o sorriso escondido dela, não de Celes, mas de sua mãe, perdida na noite, suas últimas palavras eram os gritos de quem não poderia mais viver. E, rasgando o remorso, Garlando volta para o momento presente com a Rosa lhe segurando a nuca, remexendo a sua alma apenas com a língua, enquanto uma ereção lhe força a calça justa. Agora está assustado demais até mesmo para chorar.

A cortesã se afasta e recolhe um fio de saliva no canto da boca de Garlando.

– Minha Deusa – diz ele. – Onde você aprendeu isso?

A ruiva sorri e olha para a distância.

– Com aqueles que não podem sonhar. – E, antes que Garlando pergunte algo mais: – Vamos, quero passear por essas terras bem cuidadas.

O meio do dia ainda é cinzento, apagando as cores do caminho que os amigos percorrem.

* * *

Dois ou três dias depois, a residência se esvazia, assim como um corpo doente expulsa o que o aflige.

Os convivas sumiram junto com suas roupas e carruagens sem fazer qualquer falta.

Cada nova ausência era a deixa para que alguém invisível viesse e limpasse o que estava sujo e ordenasse o que estava em desordem.

Com o mordomo tendo acompanhado o jovem Merude para cuidar da saúde na capital, nenhum dos criados se indisporia com o casal de ilustres convidados que se demoravam em sua estadia.

Rosa Vermelha está deitada em sua cama, cercada pelo dossel que a separa de Garlando, sentado no chão. Ele olha fixamente para o quadro grande com um rasgo na tela encostado na parede.

– Mesmo agora, que já sou um doutor, não quero voltar para casa – diz Garlando.

– Pois eu vivo cada dia esperando por esse momento.

– O que a espera no lar? Pelo que presumo, é um ótimo lar.

– Ótima casa, ótima família. Tudo limpo e perfeito como um lençol branco e imaculado. Mas só penso em quando poderei manchá-lo com o sangue do meu ventre. Como se espera nas noites de núpcias, sabe?

Garlando não contém a risada.

– Que dramática, você poderia atuar e conquistar o coração dos nobres, que te esperarão na entrada da Ópera com flores.

– Não ria, você não tem esse direito.

– Eu pensei que fôssemos íntimos.

– Por isso divido essas coisas. Mas não faça troça.

Garlando escala a fortaleza e toma a mão da Rosa. Beija-a.

– Deixe-me compensá-la pela ofensa. – Ele risca a pele dela com a unha, buscando a direção do ombro.

– Pois use essa mão em você mesmo para se satisfazer, idiota. – A Rosa repele o toque e devolve Garlando para o chão.

* * *

No dia seguinte, Garlando acorda com atividade no quarto. Criados recolhem os pertences da Rosa Vermelha, um deles carrega o quadro grande embrulhado em tecido longo.

Garlando se ergue das almofadas sonolento e sai procurando a amiga.

Lá fora, a Rosa Vermelha está vestida para viagem, uma saia que não esbarra no chão, sapatos para a terra, um chapéu rendado escondendo-lhe os olhos cansados.

– Já ia embora sem se despedir?

– Por mais que eu considere ficar mofando aqui para sempre, tenho que continuar minha missão.

– E o que é ela? – Garlando pergunta, espremendo os olhos.

– Ora, conhecer toda a gente importante dentro de meus aposentos.

– Ambiciosa. Pelo menos lhe pagaram aqui?

– Ah, sim. Sei bem quem atendo, meu pagamento é o comprovante selado de um depósito no Banco da Sagrada Aliança.

"Então todo o seu dinheiro está em custódia de minha tia", pensa Garlando, e diz:

– Falando em banco, talvez eu possa pagar pela sua afeição um dia.

A Rosa abre um sorriso sem entender.

– Venha comigo para a capital – ela diz. – Saia desse inferno de quietude, talvez eu possa até agraciá-lo com meus favores.

– Eu não posso mais ficar em Cidânia, tenho que voltar para Criane. Daqui a quatro dias virão me buscar nas moradas de estudantes.

– Dinheiro não é problema, eu cuidarei de você. Tem me divertido muito e quero entender melhor por que essas poucas horas que tivemos juntos me deixaram tão calma – e Rosa completa para si mesma: "Ao ponto de me fazer esquecer por que estou nesta estrada".

Garlando suspira e desembaraça os cabelos longos com os dedos, para então reamarrá-los com uma fita.

– Depois de uma revelação dessas, o que posso dizer? Vou, por falta do que fazer, até o dia da volta.

Rosa Vermelha torce o lábio e aponta a porta da carruagem.

* * *

Indo para Lindebluma, dentro do luxuoso coche, Garlando se lembra de cada final de ano letivo em que voltava para a casa de sua tia Reggiane, cheio de saudades das ruas que conhecia e, acima de tudo, da fazenda do Tio Ralfo.

A bela amiga que o convidou para o passeio está com os olhos semicerrados, perdida em alguma imagem que só ela pode ver.

Sem a ajuda de vinho ou de cachimbos, é como se estivesse ao lado de uma completa desconhecida. A profissão de Rosa agora repousa, resta apenas a menina em quem vislumbra algo indizível.

Garlando estica a mão e sente os dedos dela, apoiados nos bancos de veludo. Sua mão quente e delicada não retribui o toque. Isso o lembra de como Celes também fingiu que nada aconteceu quando a tocou e entrelaçaram os dedos, há tantos neanos.

Ignora a lembrança que sempre vem e ri de como parece estúpido tentar seduzir uma mulher com quem poderia deitar se tivesse dinheiro.

– Qual é o seu nome?

Rosa Vermelha sai do transe, olha para ele sem virar a cabeça.

– Eu sou a Rosa Vermelha.

– Não. O seu verdadeiro nome.

– Você não me deu o seu.

– Porque não me perguntou. Mas lhe dei meu maior segredo, sou um profundo conhecedor das artes das sombras. Você poderia me entregar para a Inquisição.

Rosa sorri. Olha para a paisagem que se repete, apenas campos verdes sem vida sob o dia nublado.

– Na minha profissão é sinal de cortesia manter a discrição. Há muita gente que não quer ser identificada.

– Meu nome é Garlando. Sem sobrenomes, então.

A cortesã olha dentro das íris azuis de Garlando.

– Garlando, meu nome é Claris.

– Claris... – Garlando abre um sorriso. – Sinto que dividimos algo importante e por isso te agradeço.

– Não há nada de mais – Claris pisca devagar. – O que há em um nome?

– Para os bem-nascidos, é tudo.

– Talvez seja por isso que não me faz diferença.

* * *

Garlando e Claris pousam em um grande hotel localizado na principal avenida que corta Lindebluma, a capital de Cidânia. Seu prédio imponente um dia foi a morada de um dos mais ricos Condes do reino, mas há quase dez neanos foi vendido para uma família de comerciantes cujo nome a tia de Garlando detesta ouvir. Apenas mais uma disputa por bons negócios.

– Você não é muito discreta – diz Garlando, de costas para a janela que os separa da vista da rua.

– Ora, pois pensa que os meus clientes aceitariam qualquer espelunca?

– Não seria estranho. Se conheço os seus clientes, a discrição é uma obsessão deles.

– Ah, sim, mas mesmo sufocados pelo jogo das aparências, que os torna ávidos por essas fugas, eles não abrem mão de luxos. E eu domino o fornecimento dessas delicadezas, é daí que vem a minha reputação.

Garlando inspira o ar bem fundo e solta devagar. Toda vez que está dentro de um prédio revestido de tudo o que o dinheiro pode comprar, sente vontade de se perder na entediante sucessão de mato das estradas. Tenta se convencer que é a elas que pertence, dormindo em qualquer lugar que apareça no caminho, comendo carne seca e bebendo apenas água do cantil. Mas, ao receber a taça de um vinho fino das mãos de Claris, lembra-se como é melhor ainda quando está embaixo de um bom teto, longe de camas pulguentas, e admite em seu íntimo que é a esse mundo que pertence.

– Agora nós participaremos de jantares exclusivos e conversaremos sobre amenidades. Talvez haja uma sessão de cravo executada por suas gentis mãos.

Claris suspira com os olhos fechados e os lábios em sorriso.

– Eu te trouxe aqui porque queria uma boa companhia que não me entediasse. Por acaso me enganei? Sarcasmo é uma maneira triste de admitir que não controla sua própria existência.

– Perdoe-me o sarcasmo. Mas me fale sobre isso de controlar a própria vida. Acha que alguém tem isso resolvido? A senhorita, por exemplo?

– Claro que não. Mas a enfrento vivendo cada dia sem temê-lo, entendendo-o pelo que é.

– Acredita mesmo que ignorar o sofrimento é dominá-lo? Vai suportar isso até ficar velha? – Garlando abre os braços, apontando para o ambiente em que estão, como se ela não pudesse enxergar.

– E você pensa que sabe o que sinto? Não pode nem convencer uma mulher que não se faça de sonsa a lhe conceder os favores. Isso é quando descobre que sua conversa não é o suficiente para compensá-la?

Ao ouvir isso, Garlando trava.

– Mas eu de fato não tenho como compensá-la – diz, segurando-a pelos braços e inspirando o seu doce perfume. Seu colo é da cor de leite, salpicado de pequenas sardas vermelhas.

Claris abre o sorriso, mostrando belos dentes.

– O mundo pagará por você, pobre tristonho.

Tiram a roupa um do outro, sorrindo e fazendo gracejos. Claris vê o corpo magro e bem desenhado dele, Garlando brinca com as pintas que encontra nela.

Despidos até mesmo de seus nomes, Claris se une a ele devagar, sente-o quente e a preenchendo, solta um suspiro. Prontos, começam uma dança vagarosa, mas sempre no ritmo dela, que, se não conhece mais da arte do amor que as velhas prostitutas que Garlando teve, sabe ao menos fazer cada coisa sem a pressa de quem só espera extrair do amante o gozo que encerra a sessão. Comanda a excitação dele em seus movimentos suaves, vê em seus olhos a incredulidade, expressão parecida com a de surpresa vista em nobres, sacerdotes e burgueses, santos ou hereges. A valsa parece rápida demais e logo se surpreende prestes a se perder por alguns segundos. Então espreme o rapaz dentro de si quando está quase no clímax e tenta ver dentro das íris azuis dele um sinal de que deve esquecer a sua missão. Não há. Vê o mesmo medo de não encontrar o alívio no destino final. Claris não quer sucumbir impedida de realizar seu intento, mas se fracassar a única opção será se libertar de uma vez por todas. Os olhos de Garlando lhe imploram, e seus gemidos também. E quando sobe por suas costas mais uma onda que se solta em espasmos, ela lhe concede o gozo.

O rapaz agradece, rangendo os dentes e expirando o ar, aliviado como se libertasse de um enforcamento.

Claris sai de cima dele e deita olhando para o teto, concentrada na própria respiração.

Garlando encosta a cabeça na dela, o bonito candelabro pendurado lhe lembra a casa da tia Reggiane, para onde tem que voltar. Fecha os olhos para fingir que está morto.

* * *

Há dias em que a Rosa Vermelha recebe cartões de visita, o que significa que foi convocada para servir. Então passa o dia trancada em seu quarto privativo até o momento de seus compromissos. Nessas ocasiões Garlando deixa o hotel e vai se aventurar pela capital que conheceu bem na vida de estudante. Entre brigas de taverna e esquecimento, adia a volta a Criane.

Quando Claris pode consolá-lo, Garlando se força a pensar em Celes, seu gênio difícil e suas sardas, concentrando-se nas lembranças boas, ignorando todo momento de tédio e constrangimento que a sua presença trazia. Vê na pele sem pó de Claris os pequenos pelos, tenta distinguir as diferenças entre ela e sua namorada de infância. Saber que Celes existe há mais tempo em sua memória do que na própria convivência que tiveram não o inibe a girar a mesma roda tantas vezes, rever cada parte dela buscando algo novo, sem aceitar que trará as mesmas coisas que sempre conteve. Revisitando sem cansar as mesmas sensações da época em que ainda podia conversar e olhar as feições de sua mãe.

E por isso a simples ideia de reencontrar Celes não deixa de acompanhá-lo.

Na noite anterior, esperava se despedir de Claris, mas ela não estava disponível. Agradece à nova amiga sem poder lhe falar pessoalmente e parte com suas poucas coisas para a Universidade de Cidânia.

* * *

Garlando está no quarto que foi seu lar pelos últimos doze neanos. Sozinho: o colega de aposento já partiu. Confere o nó na fita vermelha que prende os longos cabelos loiros e veste a capa. Senta-se e inspira, olhando para a escrivaninha e a outra cama arrumada, o leve cheiro de umidade. Por mais quantos minutos poderia adiar? Tantas coisas vividas aqui, tantos grossos livros lidos às pressas, tantas entradas furtivas que escapavam à fiscalização dos sacerdotes. Agora tem tempo. Seu relógio de bolso marca dez minutos para as seis da manhã. O cocheiro chegaria às oito e o quarto estaria pronto para um novo morador.

Decide-se por um último passeio no dia que nasce. Segue pela estrada pavimentada do campus que leva à parte traseira do grande prédio onde as Artes Liberais são ensinadas. Contempla pela última vez a linda arquitetura álvica, relevos curvilíneos e motivos de galhos e folhas, largas colunas que lembram os troncos lisos e cinzentos das árvores-pedra. Lembra os tropeços bêbados em noites frias e as amigas que trouxe para cá.

Atravessa a praça central e vê o palanque onde ocorrem execuções públicas. Há ainda cinzas amontoadas nas bases de pedra onde hereges vestidos em vermelho morrem na pira sagrada. Pensa em seu mestre Lucien e nos estudos místicos que negligenciou. Quando se lembra do fogo, tem uma leve vertigem. Em um distante dia do passado, a Suprema ordenou a morte daqueles que lhe tiraram os pais. Com uma lufada de vento, cinzas flutuam para longe. Mesmo com a morte dos culpados, nunca se sentiu vingado, compensado. Quase quatorze neanos passados no vazio, o inexorável e infinito vazio, e o fogo continua uma força avassaladora que nunca poderá dominar.

Senta-se em um gramado aparado, vislumbra as janelas arredondadas dos prédios como folhas largas, os telhados escuros como casca de árvores ancestrais, as escadarias em mármore branco e verde, arquitetura velha, legado do tempo em que os Alvos ensinavam aos humanos as coisas do mundo, marcada pelos desenhos e esculturas fluidas à sua maneira. Com as calças molhadas de orvalho, Garlando leva os dedos ao rosto e sente um súbito calafrio. Lembra-se do palácio Espendi. Uma lágrima desce ardendo, sem aliviar o peito constrangido. Enfia a cabeça entre as pernas, ouvindo a brisa fria raspar a orelha.

Enfim, o momento. Garlando não quer ficar na Universidade, mas também não quer voltar para o palácio Espendi. Poderia ir ao Norte, reiniciar uma busca por Celes. Mas nem isso faz mais sentido. Pensa em Claris e em sua incompreensível missão. Volta para o alojamento com o rosto vermelho. O cocheiro aguarda silenciosamente à porta. Garlando perdeu a conta do tempo. Sem cumprimentá-lo, entra no quarto, quando um segundo homem, vestido com capa e roupas compridas de viagem, o interpela e pergunta se seu nome é Garlando Espendi. Entrega-lhe um envelope que contém o selo pessoal de Navarro, e Garlando se surpreende por não sentir nada.

"Celes, da última vez que nos vimos, prometeu que ia escrever. Você mentiu".

Afastando esse pensamento que o acompanhou por tanto tempo, abre a carta. Celes não escreveu nesses quatorze neanos, a chance de ter notícias suas já não faz diferença. Mas parece que Navarro de fato descobriu algo novo: o local em que Luca Tessitore, o pai de Celes, teria fixado residência, uma pequena cidade de um condado menor de Babélia, ao leste de Coméria. Não há notícias dela, mas esse é apenas um relatório parcial, Navarro se manterá na busca. Garlando quer lhe escrever para que nem se incomode mais, todas as vezes em que tentou sair em busca dela teve os planos frustrados pelos funcionários da tia. Ordens de pagamento canceladas, deixando-o sem recursos no caminho, encontravam-no nos lugares mais inóspitos e o traziam de volta à Universidade ou a Criane sem discussões. Garlando deixou de se importar com as intervenções constantes da tia, passando a se resignar e entender que o seu destino era a casa Espendi, onde contratos e negócios o aguardavam com uma vida de luxo e conforto. Não lhe parecia tão mau, na verdade.

O cocheiro carrega o baú, e Garlando sobe na carruagem com a rapieira de que tanto gosta à cintura. Com os olhos ardendo, vê a Universidade se afastar.

Enquanto as ruas levantam poeira, a cabeça dispersa imagina um recomeço. Para trás fica a grande Universidade, logo pisará na grama dos morros nas terras do tio Ralfo. A primeira vez em doze neanos em que irá para Criane não em um período de recesso dos neanos letivos, mas por estar de volta ao seu lar.

Garlando Romenu Espendi

2

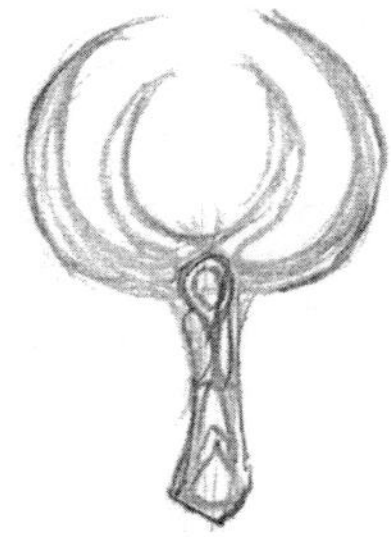

Os lábios de Celes eram quentes quando grudados aos seus.

Na testa de Garlando, uma gota fria. A pele do braço dela arrepiada e os seios saltando no vestido de algodão. O colete de couro surrado já aberto.

Abraçaram-se, e Garlando tremeu. Não de frio.

– Você vai se casar comigo e vamos morar bem longe daqui. Vamos com os gitânios.

– Fique quieto.

Estavam escondidos em uma caverna terrível e amaldiçoada, lugar proibido que qualquer pessoa de juízo evitaria. Quantas vezes, ao vê-los em suas fugas juvenis, Lucien já não os advertira? Mas esse velho louco estava doente, tinha até parado de ir à cidade vender seus chás milagrosos. Para eles esse era um lugar sagrado, salpicado de pedras-brilho que mal iluminavam o local.

Ela o envolveu com os braços e os enfiou por baixo de sua camisa bordada, tocando em suas costas.

– Ai, está gelado – Garlando disse entre os dentes.

– Estou com frio, só estou me esquentando.

– Também quero me esquentar, mas não preciso congelar você por isso.

– Não me incomodo, pode fazer – disse Celes, virando-se de costas para ele.

Garlando hesitou, mas enfiou as mãos por baixo do colete enquanto ela o pressionava contra a parede úmida.

– No pano não esquenta direito, esfregue na pele que nem eu fiz – disse baixinho e riu.

– Mas você está de vestido.

– Então feche os olhos. Isso. Agora eu vou levantar o vestido e você pode pôr as mãos. Vá.

Celes pegou as mãos de Garlando e as direcionou para baixo, na cintura. Estremeceu ao toque.

O garoto tocou a pele suave e macia devagar, com medo de fazer algo errado.

Ela soltou o vestido, cobrindo os braços que a abraçavam por trás, e puxou Garlando para perto, sentindo os dedos dele se unirem à frente de seu umbigo. Ficaram por longos minutos em completo silêncio.

Os cabelos de Celes cheiravam a flores. Então ela se desvencilhou do abraço e começou a correr.

– Pare, sua louca, vai escorregar.

Com graça e desenvoltura, Celes saltava os espelhos d'água formados pelas goteiras. Deslizou e ralou o cotovelo na parede, soltando um gritinho. Olhou o estrago. Riu e continuou pulando. O túnel se retorcia em curvas e bifurcava em câmaras cheias de pedras-brilho dentro e fora dos lagos. Suas luzes dançavam pelo teto. Depois de uma curva, ela sumiu.

– Celes?

Garlando seguiu pela direita e escorregou em uma rampa, quase sem enxergar nada. Arregalou os olhos e então viu uma parede. Quando ia voltar, a parede pulsou luz. Um coração azul na escuridão.

– Cadê você? Está vendo isso? – Garlando falava sozinho.

Seu corpo formigava, o pulso de luz aumentava.

Ele se aproximou e então estacou. Sua cabeça pesou, não pôde evitar o choro. Era como se algo nesse local proibido tivesse entrado nele, impregnando-o com o mistério. Avançou mais um passo, não resistia ao pulso. "Celes", gritou em pensamento. Seu coração batia no ritmo do pulso da luz.

Bombeando vida.

Viu os sonhos de milhares de almas que surgiam e sumiam em segundos, eras e gerações humanas que nasciam e morriam, flutuando como insetos sobre o campo.

Sua carne voltou a formigar, e então deu mais um passo, os músculos doendo como se estivesse paralisado por horas. Aproximou-se da parede e a atravessou como se não existisse. Enfrentando a resistência da água, que lhe batia nas canelas, andou por um lago imenso, impossível de estar contido naquela caverna. Em seu centro uma pedra flutuava intacta, ofuscante, batendo no ritmo de seu coração. Um cardume de mulheres-peixe emergia agitado, saltavam para fora e logo sumiam sob a piscina secreta. Elas sussurravam versos que faziam a pele eriçar e o encantavam, aprisionando o garoto em um mundo místico onde viviam seres maravilhosos. A visão ia e vinha como a pulsação que sentia em seu peito.

– Garlando? – era a voz de Celes.

Ela o encontrou parado de frente para a parede.

Abraçados, saíram da caverna sem dizer uma palavra. Lá fora, o céu cinzento, Sarali escondida por trás das nuvens. Soprava uma brisa fria.

– Lando, fale comigo. Fale comigo, você está bem?

Garlando gritou como se tivesse visto um espírito. Celes se virou, assustada, para ver quem os observava.

Mas era apenas o velho e louco Lucien que os aguardava. Os dois correram sem olhar para trás em direção aos muros de Criane.

* * *

Sob garoa fria, Garlando pede ao cocheiro que pare em uma estalagem à margem do caminho de terra batida. As pernas doem de tanto ficar sentado, a fome por algo mais consistente que biscoitos de viagem o incomoda, porém o caminho à frente é longo. É pouco mais de meio-dia, ainda podem cobrir bastante terreno e chegar à próxima cidade antes do pôr de Sarali.

O lugar é humilde, mas confortável o suficiente para o almoço. Como em toda vez que está na estrada, Garlando se orgulha de ser um aventureiro que enfrenta perigos até atingir cada destino, prova de mais uma vitória da sobrevivência. Ainda que o tenha feito do conforto de um coche de luxo.

Sentado em uma mesa com o cocheiro, depois de vasculhar o ambiente cheio de móveis escuros e rústicos iluminados pelo dia que vaza através das janelas, Garlando não tira os olhos de uma bela garota de pele clara e seios fartos, acompanhada por dois homens sentados de costas para ele.

Considera que talvez sejam comerciantes, pois já viu muitos assim em Criane e na capital. Pensa que talvez vivam flutuando entre as paradas para apresentar mercadorias e fazer contatos. A moça mal disfarça um sorriso e mexe nos cabelos sem parar. Garlando devolve o flerte, mas olha para os lados, passa um tempo sem encará-la, mergulha pão no caldo de guisado bem preparado de cocatriz e mastiga sem pressa, ignorando o cocheiro, que come como um porco barulhento. No canto do salão, um homem curvado e vestido com uma longa túnica se esforça para levar sopa à boca. Fora esses, só há mais um ou outro viajante solitário imerso no aroma de cozido que preenche o lugar. Presta atenção à conversa do trio que tem a garota bonita.

– E havia gente do Templo parando qualquer pessoa na estrada – a menção ao Templo cutuca a curiosidade de Garlando. – Não importa se eram bem-nascidos ou não, todos tinham que dizer aonde iam e quais eram os seus negócios.

– Como se não bastassem os Senhores convocando gente para formar exércitos, há bandos de mercenários andando por aí. Se bobear, eles assaltam você nas estradas. Não há paz para quem vive sem se meter nos assuntos dos nobres e dos sacerdotes?

– Essa passagem de Nean vai ser bem diferente. Acho que podemos dizer adeusa ao festival – diz a garota com sua voz sensual e meio rouca.

– Pois eu ficarei contente se não cair nas mãos de nenhum inquisidor. Nenhum criminoso ou herege vai ficar andando em plena Estrada da Rainha. Que eles encontrem logo quem querem e nos deixem viver nossas vidas.

– Ah, esses inquisidores são só cheios de conversa – diz Garlando em voz alta, para chamar a atenção do grupo. Como se o seu orgulho de ser um Desperto e herege fosse um prazer secreto que o motiva a se exibir.

– Olha, moço, o senhor parece importante, mas eu não brincaria com essas coisas – diz a garota, enquanto repara nas roupas e no porte altivo do jovem Espendi. Os sorrisos de antes sumiram do rosto dela.

– Rapaz, não sei de onde veio, mas o Templo não perde viagem. Eles prendem e condenam alguém nem que seja só para constar – diz um dos homens. Ele se remexe na cadeira, melindrado com a aparência de Garlando, principalmente porque percebeu que a sua companheira não tira os olhos dele faz um tempo.

– Se me permitem... – Garlando se aproxima e senta à mesa deles. A moça se arrasta para o lado, para dar espaço. Os outros dois homens fecham a cara. – Primeiro: esses religiosos são todos uns pervertidos, eu sei porque tenho ampla experiência em conviver com eles.

– Só se foi na cama! – diz um dos homens, e o outro gargalha.

– Deixe o rapaz falar – a moça os interrompe com o cenho franzido.

– Muito divertido, senhores. Mas garanto que mesmo na cama eles gostam é de homens, então me desculpem a honestidade, mas não os vejo como pretendentes adequados.

– Ora, moleque, muita ousadia sua falar uma merda dessas! – Um dos homens se levanta de súbito e esbarra na mesa, balançando as tigelas.

– Parem com isso! – diz a moça. É quando a porta que dá para fora é aberta e entra uma brisa fria, deixando todos no estabelecimento em silêncio.

Botas sujas de barro que já viram muitas viagens, passos firmes e duros, uma rapieira prateada à cintura de vestes negras e elegantemente cortadas. Um rosto duro como a terra pisada por onde viajou, barba da cor de suas roupas, cerrada, cobrindo traços angulosos. Garlando tem um calafrio que o leva a quatorze neanos atrás, quando assistiu à chegada da Suprema para aquela execução pública.

Abram alas! Abram alas para o Santo Trabalho!

Um palanque de madeira. Garlando nunca havia visto um desses. Quatro postes com lenha seca e fina empilhada em suas bases. Templários abriram a gaiola de madeira e trouxeram os prisioneiros, de braços atados, até cada um dos postes, amarrando-os. Todos usavam vestes marrons, como grandes sacos de feijão. A massa de gente gritava e vibrava, o medo crescia dentro do jovem Espendi.

Quando a linda carruagem roxa se abriu, revelando seus ocupantes, a praça se calou. Auxiliada pelo inquisidor responsável pelo caso, que se curvou em uma mesura, desceu serenamente uma mulher, vestindo um chapéu púrpura de abas largas que cobria cabelos castanhos amarrados atrás da cabeça em diversas voltas e tranças. Uma longa bata da mesma cor do chapéu escorria pelo corpo, moldando-o até o chão, esparramando sua barra. A Suprema que executaria a sagrada sentença dada aos culpados. Em sua presença, todos os soldados e oficiais da milícia se ajoelharam prontamente, ao mesmo tempo. A multidão os imitou, em grande parte.

Ela leu os nomes e as profissões de cada um dos prisioneiros, como se a morte se importasse com o que eles tivessem feito de suas vidas. Anunciou os autos, a natureza sagrada de seu trabalho, e então chamou a Deusa dos céus.

– Ó Grande Mãe, conceda a essa Vossa humilde filha o poder de trazer a justiça, e que de Vosso Fogo venha o caminho para o retorno à Criação.

Os sinos soaram. Garlando tremia, mas não conseguia tirar os olhos do palanque à sua frente. O silêncio permanecia. Então a Suprema ergueu os braços e, após a segunda badalada dos sinos, aconteceu. Fogo irrompeu do chão, sem que nenhum dos templários o tivesse acendido, como se um raio de luz houvesse atingido a base de cada um dos postes. Uma forte vibração vinha diretamente da Suprema no momento em que as chamas subiram. Os acusados começaram a amaldiçoar, gritando ameaças ao Templo, chamando a santa mulher de cadela, o inquisidor de assassino, misturando aos xingamentos gritos que faziam doer a cabeça de Garlando. Os sinos continuavam soando, um espetáculo que entretinha a tantas pessoas. O garoto assistia a essa barbaridade, arrependendo-se de não ter ido logo para o palácio na companhia de seu criado, Timonez. Essas pessoas eram as condenadas pela morte dos pais de Garlando. Mas ao ver um rapaz de apenas vinte e poucos neanos bater a cabeça contra o poste insistentemente até desmaiar, gritando a cada pancada, e outro, homem de meia-idade, chorar como uma criança, berrando e amaldiçoando como se desejasse que o fogo o consumisse de uma vez, ao ver cada vida dessas sendo extinguida, Garlando não se sentiu justiçado. Apenas enterrou o rosto no peito de Timonez e pediu que o levasse para longe dali enquanto lhe apertava os braços sob o casaco.

Agora, diante dele, está o mesmo inquisidor que acompanhou a Suprema naquela execução de sentença há muitos neanos. O tempo agiu pouco na aparência do sujeito: ele apenas ganhou alguns tufos de pelos brancos na barba e algumas linhas grisalhas nos cabelos negros ungidos escorridos para trás.

“Era ele. No dia em que executaram os assassinos de meus pais”, Garlando pensa, arrependendo-se de todas as grosserias ditas há pouco, ainda que o homem não as tenha ouvido.

Mais quatro templários surgem de trás, trajando couraças e as cores roxas da guarda do Templo que acompanha os inquisidores do Santo Trabalho.

– Magister, como pode essa humilde taverna servi-lo? – diz a dona do estabelecimento, apressando-se para recebê-los e fazendo uma reverência, tentando disfarçar o tremor na voz. – Temos quartos que podemos deixar adequados a Vossa Excelência, se for de seu agrado.

– Não vou dormir aqui esta noite. Mas preciso dos registros de todos os hóspedes que pousaram por estes dias.

– Pois não, mas poderia saber o que procura? Talvez possa...

– Os assuntos do Santo Trabalho concernem apenas à Suprema e à vontade da Mãe da Luz. Tenho certeza que posso contar com o seu auxílio imediato nesse simples pedido.

– Sem dúvida, senhor.

A taverneira desaparece noutro aposento e logo retorna com o livro de registros.

Todos parecem ter deixado de comer ou conversar, o silêncio é quebrado por pequenos rangidos do metal das armaduras dos templários e movimentos tensos de pés e madeiras arrastadas. Garlando volta devagar para a sua mesa e se senta ao lado do cocheiro, que mal respira. Então encara o simples guisado como se fosse algo que despertasse muito interesse. Suas pernas tremem sem parar.

O inquisidor toma o livro de registros e folheia sem pressa, avançando e recuando no que lê, até que para e inspira fundo. Expira devagar enquanto olha para o livro.

– Muito bem. Aqui está. Noé Lutzi. O uso de alguns nomes é um código decifrado há algum tempo pelo Santo Trabalho. Mas os Sombrios sempre acham que estão um passo à frente, e continuaram a usá-los e a marcar encontros nessas estalagens de beira de estrada.

Sem perguntas, um templário saca a espada e rasga do pescoço até as costas um dos homens que acompanhava a bela garota. O grito dela preenche o salão logo que o cadáver atinge o chão, em espasmos, escorrendo sangue. Também a capturam, e ela é entregue de joelhos ao inquisidor. Com um aceno de cabeça dele, os guardas templários esvaziam uma panela do fogão e a enchem de brasas. Quando se aproximam da mulher, ela já está chorando e gritando por clemência.

– Estou procurando o senhor Alexander Galliardi. Ele teria a decência de se apresentar ao Santo Trabalho ou precisaremos apelar à sua... nobreza?

Nenhum dos presentes se manifesta, e Garlando prefere não olhar quando a moça tem uma mão enfiada na panela, encarando a própria mesa sem piscar. Após o grito desesperado, resta um choro inconformado.

– Senhor Alexander Galliardi? – repete o inquisidor.

Quando a moça tem a cabeça empurrada na direção da panela que lhe feriu a mão, o outro homem que a acompanhava saca uma adaga, mas os ágeis templários o abatem como gado, derrubando-o com um baque seco no chão de madeira. Debaixo dele surge uma poça escura, assim como a de seu companheiro.

– Podemos matá-lo anonimamente se não se identificar, Senhor Galliardi. Ou podemos poupar inocentes da pena reservada aos hereges e aos que se mancomunam com as Sombras. Apresente-se, temos mais gente cercando este lugar, a fuga será impossível.

Um templário agarra a mulher pelos cabelos e enfia o seu rosto mais uma vez na brasa, desta vez de frente, abafando os seus gritos de horror. Ouve-se um estalo por conta dos trancos que ela dá para tentar escapar. Braço fraturado.

Garlando vê o rosto de Celes e o coche que a levava se afastando na noite antes do fogo.

Ouve o som da carruagem queimando em um simbólico funeral sem corpo.

– Mãe, eu preciso ir lá, tão precisando de ajuda!

– Ajuda com o quê? O que foi, Garlando? – ela perguntou assustada, esforçando-se para chegar ao seu quarto. Sentou-se na cama com a ajuda do filho e acariciou a barriga, sentiu um chute forte de Zícero. – Nossa, ele está agitado. Ai, não é melhor esperar seu pai? Me dê um pouco de água.

– Mãe, vou só ver se o pai precisa de alguma coisa, fique aqui.

Serviu-a em seu copo de madeira. Ela transpirava, ofegante. Soltou-se dela, ainda que um aperto em seu coração lhe dissesse que nunca deveria tê-lo feito. A imagem do olhar assustador de quando seu pai estava bravo não saía da sua cabeça. Mesmo assim, desceu as escadas rangentes, os gritos da mãe vindo de cima, latejando em sua mente.

– Garlando, não, calma! Não estou me sentindo bem.

Uma voz desafiadora traz Garlando de volta ao presente.

– Magister Roni Bocatorti, teria o Templo mergulhado tão fundo na sua podridão que vai tomar a vida de inocentes pela mesma ganância que já quase destruiu o mundo? – pergunta o homem que há pouco mal conseguia levar a sopa à boca. Mas, sem a túnica que lhe cobria a cabeça, a sua aparência agora se assemelha à do inquisidor, cabelos e barba negros bem desenhados, mas em um rosto calmo e gentil, não anguloso e cruel. Os seus olhos escuros são como um lago que não pode ser molestado.

– Major Alexander Galliardi. Enfim nos encontramos. Permita-me acompanhá-lo para fora deste estabelecimento – diz o inquisidor Roni Bocatorti.

– Não vou permitir que incendeie este local e mate a todos, Magister. Enfrente-me aqui mesmo, mas espero que tenha reforços à espera lá fora, ou sua arrogância irá enterrá-lo hoje – diz Alexander, e saca uma espada longa de lâmina fria. O aço é coberto de veios, típico dos ferreiros sulistas, imaculado como se nunca tivesse sido usado.

– Não é de hoje que o Templo tem negócios a resolver com Majestosa, terra de hereges. Então todos aqui pagarão por suas ofensas – Roni fala com uma voz de repente alta e imponente, enquanto saca devagar a rapieira prateada da bainha. – Em nome do Santo Trabalho do Templo Primeiro de Cidânia, eu o condeno por conluio com o Caminho das Sombras.

Alexander aguarda a investida dos dois templários. O primeiro o subestima, ataca de frente erguendo a espada para tentar um golpe vertical sem esbarrar nos móveis, e é rasgado com armadura e tudo, com um corte ascendente. O segundo tropeça no corpo do companheiro chutado em sua direção e perde o equilíbrio, seu rosto também encontra a lâmina de Alexander. Aproveitando a confusão, clientes saem correndo pela porta da taverna. Garlando se levanta e foge atrás do cocheiro, que já tinha ido. Mas lá fora há dois templários, um deles usa uma besta pronta para atirar nas pessoas que fogem, outro tem uma tocha acesa na mão, aguardando ordens. Garlando se detém e olha para dentro, onde alguns já caíram pela espada do Templo, enquanto aqui fora sabe que morrerá se não reagir. Saca a velha rapieira, e os templários gritam para anunciar o ataque.

– Corre, cocheiro, vá para a carroça! Vá! – Garlando vê o cocheiro escapando de um disparo de besta, que atinge a parede. Então surpreende o templário que tinha a tocha acesa, pulando em cima dele e enfiando a espada em sua axila, na área vulnerável da couraça. A lâmina fica presa quando o corpo cai de lado. O segundo oponente larga a besta e saca uma adaga. Com certeza isso não é como os duelos em que se envolveu na época da Universidade. Move as pernas como aprendeu com o tio Ralfo para escapar dos cortes que riscam o ar. O templário é apenas um espadachim competente, mas está acostumado a combates, então Garlando considera que é melhor terminar a luta rápido, não importa o perigo da crisálida. Inicia uma reza baixinho, pretende queimar a cara desses animais como fizeram com a mulher lá dentro. Visualiza uma explosão no rosto do oponente e se concentra para invocar as salamandras. Joga toda a sua vontade com um movimento dos braços, mas, quando o fogo vem, a imagem da mãe gritando e da casa desabando faz com que hesite. O resultado é uma faísca que faz o soldado gritar e proteger os olhos por impulso, derrubando a adaga no chão.

Garlando salta com o coração batendo acelerado e derruba o templário, abraçando as suas pernas. Toma a adaga e apunhala as coxas e barriga dele, duas, três vezes. Ergue-se com as mãos sujas de sangue e corre até o outro templário, que geme e se retorce de dor, mas ainda vive. Arranca a rapieira e considera disparar na direção do cocheiro, mas então se lembra do mago que está enfrentando o inquisidor lá dentro. Ouve vozes de mais templários se movimentando, confusos pela reação inesperada. Garlando toma uma decisão e sabe que vai se arrepender.

Alexander repele as investidas da rapieira prateada do inquisidor com dificuldade, chutando as cadeiras e esbarrando nas mesas, tentando manter espaço para o duelo. As pernas doloridas da longa viagem, a última coisa que esperava era essa luta agora, então se concentra em um feitiço que possa distrair o adversário. Um clarão que o cegue por alguns momentos, isso seria perfeito. Porém, quando desenha um círculo no ar para a evocação da Luz, o inquisidor desliza em sua direção como se flutuasse e desfaz o feitiço com um movimento da mão esquerda, sua boca se torcendo em um quase sorriso.

– Não é o único que domina as Sombras, Mago.

Roni aproveita o espanto do adversário e o chuta, fazendo com que bata as costas em uma mesa e despenque.

– Para vencer as trevas, um inquisidor deve conhecê-las a fundo. Essa é a última verdade que aprenderá, animal. Que a Deusa o perdoe, pois eu não o pouparei. Este é o seu julgamento!

O inquisidor ergue a espada com as duas mãos para estocar o atordoado Alexander no peito, mas é desequilibrado por um impacto na cabeça e cai desacordado no chão.

– Você? – diz Alexander, com a respiração pesada. Garlando larga a cadeira que usou e o ajuda a levantar. – Garoto, obrigado. Perdoe-me, mas eu preciso terminar com isso e...

– Não dá tempo, tem mais gente vindo. Estão mesmo cercando, só não contavam que fôssemos reagir. Vamos embora.

– Mas não podemos deixá-lo vivo! – Alexander vê a porta se abrindo atrás de Garlando e um templário entra. – Cuidado, atrás de você!

– Magister Roni! Malditos! – O perseguidor grita ao ver o seu líder no chão e aponta uma pistola com o pavio já aceso. – Morra, pecador!

Garlando o empurra e passa correndo, sem olhar para trás. Quando ouve o estampido seco da arma, o seu sangue gela. É o fim. Mas não há dor e nem sinal de ferimentos, e logo Alexander o alcança. Ouve um grito de agonia vindo lá de dentro. Ao espiar por cima do ombro, vê o templário sair da casa e se agachar ao lado da porta, segurando a mão ferida pelo tiro que saiu pela culatra.

– Foi você que fez isso? – grita esbaforido.

– Corra, garoto!

Lá fora, encontram o cocheiro sendo atacado por outros templários, que tentam tirá-lo de cima da carruagem à força. Alexander molda a água da garoa em sua palma aberta, congelando-a em pedras grandes e flutuantes. Então as arremessa com uma velocidade impossível de ser alcançada apenas com o impulso de sua mão. As pedras rasgam o ar. Uma delas atinge a cabeça de uma templária, trauma forte que a derruba, e a outra fratura a perna do que atacava o cocheiro, fazendo com que caia praguejando pela dor. Garlando lhe chuta o rosto e o oponente cai desacordado.

– Me ajudem a arrumar os cavalos! Rápido! Vamos embora daqui! – grita o cocheiro, balançando os braços.

Os dois seguem as ordens do cocheiro e, logo depois de fechar a porta do carro, disparam dali com os corações agitados, quando o fim de tarde já começa a chegar.

* * *

– Não deveria ter se intrometido nesse assunto, garoto. Eles não vão poupar ninguém, essa era uma ação secreta, nenhum deles será julgado pelo que fizer – diz Alexander, sem se virar para Garlando, controlando a respiração. A estrada corre pelo vidro.

– Você queria que eu os deixasse matá-lo? Eles vão pegar todo mundo quando se recuperarem, a pobre da moça lá na taverna, nossa... Eu matei gente lá, você tem noção disso? Eu nunca tinha machucado alguém desse jeito e... – Garlando ainda não controla a tremedeira que vem e vai.

– Sim, mas para proteger a sua vida! Isso que você viu é a verdadeira face do Templo. – O mago põe a mão no rosto e inspira fundo. – Me perdoe se pareço rude. Sou Alexander Galliardi.

– Não quero saber seu nome! Eu matei gente, e do Templo! Eles virão atrás de mim. O que foi que eu fiz, minha Deusa...

– Acalme-se, rapaz! – Alexander segura os ombros de Garlando, que se afasta com um tranco.

– Meu nome é Garlando... – interrompe a frase no meio olhando para as mãos inquietas. – Eu... Eu prefiro não dizer o meu sobrenome. Peço desculpas por isso.

– Faz bem. Eu também não lhe daria o meu nome se o inquisidor já não o tivesse feito. Não deve mesmo confiar em ninguém neste tempo estranho.

– Você fala dos rumores de guerra?

– Sim.

– Então eles são reais...

Garlando inspira fundo, recosta-se no assento acolchoado e fecha os olhos. Doem todos os músculos do seu corpo. Menos do que antes, mas eles não o deixam esquecer o esforço que fez. É a fatura cobrada pela magia que executou. O estrago teria sido muito pior se tivesse soltado feitiços mais poderosos.

Se esse Alexander quisesse, já poderia tê-lo matado. Por isso acredita em suas boas intenções enquanto o coche segue em direção a Criane, mesmo sendo a última direção aonde deseja ir.

– Os cavalos precisam de descanso, a gente já tinha andado a manhã toda. Se eu continuar forçando a viagem, vamos perdê-los! – grita o cocheiro lá da frente, com a voz ríspida.

– Vamos sair um pouco da estrada, então. Mas não muito, se não podemos ser encurralados sem chance de voltar para o caminho – diz Alexander.

– Acho que, se alguém nos perseguir, vai com certeza fechar as rotas de fuga – Garlando suspira fundo.

– Os animais estão cansados, não temos escolha. Vamos, logo retomaremos o rumo.

* * *

A fogueira crepita, e Garlando procura ver nela mais que a força que lhe tirou os pais. Comem carne seca em tiras que Alexander trazia, o cocheiro descansa em um saco de dormir bem afastado deles.

– Obrigado pela comida, Alexander. Eu esperava passar essa noite numa hospedaria. – Garlando sorri, mastigando à força a refeição. Está sem apetite nenhum.

– Por nada, rapaz – Alexander diz devagar, expirando o ar.

Ficam em silêncio, Garlando coça o nariz e esfrega um olho com a ponta do dedo. Tenta controlar a respiração enquanto todo o corpo formiga pelo relaxamento depois da tensão da hora do almoço.

Onde estão, árvores retorcidas e de copas largas tapam a visão da noite. Ouve-se um riacho próximo. É mesmo um bom lugar para descansar um pouco.

Alexander se remexe em um sobressalto e então para. Garlando sente um formigamento nas mãos. Há uma presença, alguma coisa ruim.

O som do riacho aumenta, e Garlando crava as unhas nas palmas das mãos para tentar espremer o formigamento e fazê-lo parar. Ele aumenta.

O sono que estava chegando some e o sangue ferve. Ele começa a tremer, não suportando mais.

– Apareça logo! Estou aqui! – diz, encarando as sombras das grandes árvores.

Nada.

– Garlando, fique quieto! O que está fazendo, seu louco?

Uma bola de fogo rompe as sombras. O rapaz desvia por reflexo, mas mesmo assim ela raspa em seu braço e queima a camisa.

Garlando pragueja e já começa a repetir frases proibidas, os seus músculos reagindo como em todas as vezes que se deparou com algo poderoso na magia. Gesticula para Alexander e aponta a direção do riacho. Correm para o local onde não serão presas fáceis de cercar, apesar de torná-los alvos mais claros em campo aberto. Lavando as botas na água, Garlando quase torce o pé no leito irregular do córrego. Mede o espaço, não está muito longe da outra margem, corre para lá, vê Alexander vindo logo ao lado. O vulto de um oponente surge, mas não pode discernir nem se é humano, então outra sombra sem rosto se revela e aponta algo que tem na mão. Os vultos param, não mostram os seus rostos, cobertos por um manto que só revela máscaras brancas com sorrisos fixos e mórbidos. Apontam tubos de metal na direção dos magos, pavios se acendem sozinhos. São pistolas.

Disparam.

Mas uma das armas explode. O tiro saiu pela culatra, e o vulto urra debaixo da máscara com a mão estraçalhada. A pistola cai no chão, porque não há dedos para segurá-la. O outro saca uma espada curva, depois de se recuperar da surpresa de ter errado um tiro fácil.

Garlando suspira e sorri para Alexander, e recebe um aceno dele como se elogiasse sua sagacidade.

– Malditos! Vão pagar por isso! – grita o mascarado que não perdeu os dedos. Ele se aproxima correndo, com uma bola de fogo crescendo na palma da mão. Arremessa-a, mas Garlando se defende com um levante de água do riacho. Em seguida o rapaz aproveita para se proteger, colando as costas atrás de uma árvore.

Garlando procura pedras pesadas que possa levitar e as colhe do córrego com uma nova reza. Elas flutuam com facilidade, circundando o seu braço.

Alexander saca a espada e cruza lâminas com o outro mascarado, sua capa esvoaça, dança com leveza em movimentos precisos, mas seu habilidoso adversário não facilita o embate.

O que perdeu os dedos está agachado se concentrando no ferimento e nem se dá conta quando é atingido na cabeça e nocauteado por uma pedra arremessada magicamente por Garlando.

Agora o rapaz ignora as dores no corpo e junta foco, mas não pode evitar as imagens do mestre Lucien advertindo-o pelo seu mau controle mágico. Talvez seja melhor parar. Então respira fundo, fecha os olhos e recobra a concentração. Vê um raio percorrendo a arma do mascarado que enfrenta Alexander, a imagem forte em sua mente, e evoca uma tempestade que corre pelo ar até atingi-la.

A eletricidade explode entre as duas armas, um choque que arremessa longe Alexander e o adversário. O mascarado que tem dedos cai no chão, tremendo, resquícios de energia correndo pelo seu corpo e espada. Garlando corre até o companheiro.

Alexander segura o braço direito com força e com os dentes rangendo. Quando vira para cima, alivia a expressão e sorri para Garlando.

– Ajude-me a levantar, rapaz. Boa ideia a do raio, teria sido melhor se eu não estivesse segurando uma espada de metal. Mas obrigado – ele sorri. Está ferido?

– Não, só levei fogo no braço de raspão – diz Garlando, passando a mão no pano escurecido.

Sem perder tempo, Alexander corre até os dois oponentes caídos, estoca os seus peitos e rasga as suas gargantas com uma adaga, limpando-a enquanto dão os últimos espasmos. Garlando presencia a cena paralisado. A luta na hora do almoço, quando fez corpos sangrarem até a morte, se mistura à sua visão.

Aproximando-se de um dos cadáveres, Garlando olha para o sorriso da máscara e pensa em retirá-la, mas ouve um resmungo de esforço e volta a atenção para seu companheiro.

– Ei, acha que consegue me ajudar a juntar os corpos para trás desses arbustos?

– Claro. Mas eu queria te perguntar quem são esses homens. Não são do Santo Trabalho, são?

Alexander balança a cabeça.

– São outra coisa. O resquício da sociedade mágica de Arcádia. Mas só usam jovens e afobados, poderiam ter nos deixado dormir antes de fazer qualquer coisa. Bem diferente da estratégia de um inquisidor. Tenho certeza que tinha mais deles, que fugiram quando viram que a situação apertou para esses daqui. Provavelmente vão nos seguir. Eles são Despertos como nós, mas se dizem simpatizantes do Antigo Regime. Acreditam que a magia deve retornar à vida dos humanos e pregam o fim do Templo e suas proibições.

Garlando dá um passo atrás.

– E foi por isso que me ajudou, não é mesmo? – Alexander continua. – Viu alguém como você sendo atacado pelo Templo e não resistiu a ajudar. Onde aprendeu o que acabei de ver? Isso é magia de guerra, não é coisa que curandeiros menores façam.

– E você falou em Antigo Regime. E na Arcádia das lendas, responsável pelas leis antimagia de agora.

– Muito bem, vejo que seu professor lhe ensinou História. Mas não fuja do assunto. Você é um Desperto muito bem ensinado, então preciso insistir em entendê-lo, garoto. Se ajuda um companheiro em apuros, por que não faz parte da nossa luta?

– Eu conheço magia, sim, mas não me considero parte de nada disso – responde Garlando, virando as costas e encarando Anmas que brilha no céu. – Escute, obrigado por ter me ajudado, mas eu também salvei a sua vida, eu não me interesso por magia e quero distância das atenções do Templo. Vi mais gente morrer hoje do que em toda a minha vida. E acho que pelo menos dois por minha culpa. Preciso lidar com isso e rezo pra conseguir dormir tão cedo. Também já vi o que o Templo faz com quem os contraria em praça pública e não tem a menor graça.

Alexander franze o cenho e segura o braço de Garlando.

– Tem consciência da importância disso que sabe, garoto?

– Não quero saber de nada. Me desculpe se me confundiu com um de vocês. Eu não sou, não quero saber e, por favor, não tente me convencer. Vou esquecer que algum dia te conheci, peço-lhe a gentileza de fazer o mesmo. – Garlando se desvencilha e sai andando em direção a um dos cadáveres.

Alexander e Garlando escondem os corpos atrás dos arbustos, mas não os queimam nem lhes dão um enterro digno. É provável que estejam sendo observados, consideram que é melhor sair dali o mais rápido possível. Quando chegam ao acampamento, o cocheiro está degolado e, assim como os cavalos, jaz sobre uma poça de sangue. Alexander para e respira fundo. Apanha a própria bolsa de viagem e a põe no ombro.

– Adeusa, então, garoto. Não vou insistir mais. A cidade mais próxima está a um dia de caminhada, há uma estalagem no meio do caminho. Mas não sei se está acostumado com esse tipo de uso de magia, o seu corpo está suportando demais, até.

– Não precisa se preocupar comigo. Eu estou bem – Garlando diz, tentando também se convencer.

– Você vai no sentido de Criane, correto? Tome isto. – Tira de uma bolsa um pouco de dinheiro e dois embrulhos de provisões de carne seca e pães de viagem. – Só quero que se lembre do seguinte: há ainda aqueles que não têm vergonha de serem os detentores do poder da Transformação. A Magia é uma dádiva que nos é dada pelas Deusas, e não é porque o Templo diz o contrário que devemos abrir mão daquilo que nos aproxima das Mães. Pense nisso. E não se esqueça. Eu seguirei para Majestosa, sabe onde é, não sabe? É um principado que está com aqueles que acreditam nos ideais do Antigo Regime, mas, ao contrário desses que nos atacaram, querem a sua restauração através da diplomacia, e não da aquisição de poderes esquecidos para dominar os outros. Venha me encontrar quando atravessar a sua floresta, logo estará pronto. As portas se abrirão para você.

Garlando recebe um forte aperto de mão. Alexander apaga a fogueira com terra e diz:

– Vá na frente. Eu vou ficar por aqui um pouco para observar o movimento e garantir que possa ir tranquilo. Tente descansar logo que puder, ou você pode desmaiar. Siga o seu caminho. Se houver perigo, eu vou ajudá-lo.

* * *

Enquanto se afasta noite adentro com os músculos do corpo doendo mais e mais, o coração de Garlando acelera. Imagina ser por causa dessas baboseiras de atravessar florestas e de se misturar com magos que querem enfrentar o Templo. É como se não vivessem no mesmo mundo que ele, onde a verdade dos religiosos é absoluta. O ideal é se manter longe dos inquisidores. Chega à conclusão que foi um grande erro ter aprendido magia. Seria melhor se nunca houvesse Despertado.

Depois de andar por quase uma hora, Garlando arrasta as pernas, como se fossem de chumbo. Abrir os dedos torna-se um desafio imenso, seu sangue corre devagar e o corpo não obedece bem à sua vontade. Sai da estrada e se senta na frente da primeira árvore que encontra. No chão, a vontade de dormir é maior ainda.

"O que está acontecendo?". O corpo cobra o preço pela magia usada, uma força maior o impele a dormir.

Não deveria ter deixado Alexander para trás. Olha para os lados na esperança de que ele esteja por perto. O peito se agita e ele se larga sobre as costas, encarando o céu noturno. As poucas estrelas se escondem na vermelhidão escura da noite, e então sua vista é coberta por uma sombra que surge com o som de passos.

– Devia ter me matado quando teve a chance, animal.

Duas mãos lhe agarram o pescoço. Tenta respirar ou ao menos entender quem é o seu agressor, mas não consegue. O corpo desiste e as trevas o engolem, levando as cores e os sons.

* * *

Garlando desperta, os olhos abrem um pouco e o vão de luz que enxerga não revela o local onde está. Sente o movimento, o chão trepida, e ouve o som de cascos e rodas rangendo pela terra batida. Essa música estranha o nina para continuar a dormir.

Nesse tempo que não pode ser medido, vê um sonho inquietante. Corre por um campo amarelado que se espalha até o horizonte, é a noite dourada, o dia em que a luz de Nean preenche todo o céu com sua maravilhosa presença. Porém ninguém comemora a chegada do novo neano. Está sozinho, a sua pele eriçada por um frio que o atinge de todos os lados.

Olha para as mãos e pés descalços, são de quando era menino. Continua correndo pela grama molhada. Para por um instante, não porque se cansou, pois não há cansaço no mundo dos sonhos, mas algo o impele a olhar para trás. A sua tia Reggiane Espendi está de pé bem perto, com seu longo vestido e postura ereta impecável, como se o acompanhasse. Preferia que fosse o seu tio Ralfo, mas não há ninguém além dela.

Garlando começa a andar novamente com os olhos fixos na mulher. Ela não se move. Então o garoto se afasta o máximo que pode, a figura austera e silenciosa com as mãos em frente ao corpo apenas o segue com o olhar.

Ao se sentir longe o suficiente, vira-se para a frente e se vê diante de um abismo repentino, a grama dá lugar a uma escuridão onde Garlando mergulha sem poder evitar.

A queda é lenta. Ele vira o seu corpo e olha para o céu, procurando Nean. Na borda da terra, surge a tia que lhe estende a mão. Está longe demais, não pode ser salvo por ela. Então Garlando vê de novo a escuridão para onde é arrastado e flutua para dentro. Antes de se resignar, busca Reggiane uma última vez. Ela mantém a mão estendida, sua expressão indistinguível, mas a presença constante e inabalável.

* * *

Agora o despertar vem com uma dor de cabeça forte.

Garlando mal consegue se recobrar e sente alguém cutucando as suas pernas, cada vez mais forte.

– Acorde, menino bonito. O Magister quer falar com você! – a voz tem um tom sarcástico e é acompanhada de um hálito de merda.

Seus olhos nublados mal podem focalizar, a dor de cabeça mais forte que a sensação de aperto nos pulsos amarrados. As pernas, presas ao próprio chão por correntes. Está sentado em uma cadeira desconfortável e não pode se mover.

Paredes de pedra carregadas de umidade, poucas tochas e velas como para lembrá-lo que está em um pesadelo sem luz. Alguém sentado e preparado para tomar notas em uma escrivaninha, outros de pé prontos para auxiliar a figura principal, uma sombra rígida cujo rosto duro e anguloso é iluminado quando ele dá um passo à frente.

Garlando reconhece esse rosto e o choro começa a transbordar sem aviso.

– Eu vou lhe fazer algumas perguntas simples e, em nome do Santo Trabalho e da Mãe da Eterna Luz que nos ilumina os dias, você deverá respondê-las de forma adequada e sem mentiras. Acredite, eu saberei. – O olhar perfurante do inquisidor Roni Bocatorti fere a coragem de Garlando. – Você sabe por que foi chamado aqui?

– Excelência, eu... Eu não sei.

– Fazer-se de desentendido só vai piorar a sua situação. Eu me lembro desse seu rosto feminino muito bem. – O escrivão rabisca depressa com a pena embebida em tinta para transcrever o diálogo o melhor que pode.

Em um impulso, Garlando diz o que vem à cabeça.

– Eu só queria ajudar a moça! Pelo amor da Deusa! – As lágrimas escorrem riscando o seu rosto sujo, e não consegue parar de pensar em como agiu de forma estúpida e impulsiva. Qualquer coisa inconsequente que possa um dia ter feito na Universidade jamais se comparará a essa situação. Solta a bexiga e sente o calor entre as pernas, procurando um alívio antes mesmo de tudo o que há de ruim acontecer.

– Você se comportou de uma maneira péssima, jovem. Por acaso sabe quem é que estávamos perseguindo?

– Eu não faço ideia, Excelência.

– Então por que se meteu em uma investigação do Santo Trabalho, se não entende a gravidade do que estava acontecendo? Você foi encontrado perto de um acampamento onde temos certeza que também estava Alexander Galliardi. Para onde ele foi?

– Eu fiquei assustado, estava só fugindo depois do que aconteceu, não sei de mais nada. – O coração de Garlando bate rápido e os pensamentos giram, tentando pensar em uma saída. Talvez deva usar magia, mas não vão deixar que se concentre aqui. – Vossa Excelência não quer nem saber o meu nome? Eu sou de uma casa importan–

Então um golpe de costas de mão na cara deixa seu maxilar latejando.

– Isso é irrelevante! Não teste a minha paciência, animal! Vocês falharam por pensar que poderiam parar para descansar. Pois o Santo Trabalho não descansa nunca! Fale o que sabe sobre o Antigo Regime! Havia assassinos deles mortos no acampamento de vocês! – o Inquisidor grita entre os dentes.

– Eu... Eu não sei do Antigo Regime e nem para onde ele foi – Garlando está soluçando, tentando manter a cabeça no lugar. Pensa no mestre Lucien, se poderia contatá-lo para pedir ajuda. Em tantos neanos na Universidade, ouviu muitas histórias sobre a Inquisição. Eles não vão descansar enquanto não arrancarem uma confissão qualquer, verdadeira ou não, mas mal faz ideia do que poderia deixá-los satisfeitos.

– Marquem-no! – grita o Inquisidor.

– Não! Pelo amor da Deusa! Eu agi de forma estúpida! Eu pensei que estava ajudando uma pessoa inocente! Eu imploro!

Um assistente vestido em negro da cabeça aos pés, para não poder ser reconhecido, traz um ferro com um circunfixo em brasa em sua ponta. Garlando olha com atenção para o circunfixo de vermelho ardente, o símbolo das duas Mães que o Templo ostenta por toda a parte. Ele representa a terra onde vivem os homens com uma haste comprida e vertical em sua base e, em um único ponto de sua extremidade superior, estão ligados dois círculos, o menor que representa Sarali, a luz do dia, e o maior que representa Anmas, a luz da noite.

– Você será marcado como o herege que é, e que a Mãe da Luz tenha piedade de você, pois não deixará esse lugar enquanto não nos der respostas. – Com um aceno de cabeça para o assistente, o Inquisidor se afasta do prisioneiro.

Com um puxão, rasgam a camisa de algodão de Garlando, deixando seu peito exposto, os poucos pelos loiros da juventude prestes a serem destruídos.

– Faça agora!

Na rua, o amarelo do fogo era combatido a baldes de água, pequenas nuvens de fumaça chiavam para o céu. Com a ajuda de vizinhos, Garlando bombeou água do poço e ajudou a enchê-los. Seu pai não estava por perto, mas ele, o outro homem da família, estava fazendo a sua parte. As chamas lambiam a noite escura, incomodando os olhos com a claridade. Calor, o suor correndo pela pele e, hipnotizado pela dança da chama...

A marca do Templo é gravada fundo no peito de Garlando. A dor primeiro o viola num susto, então a brasa rompe a pele, deixando todo o seu ardor na carne exposta, trazendo os gritos dos assassinos de seus pais quando irromperam o inferno invocado pela Suprema.

No meio dos espasmos, ele grita sem reservas para extravasar a agonia, mordendo os próprios dentes, espremendo os olhos e tentando buscar alívio no ar úmido dessa prisão medonha.

– Parem com isso! Em nome da Deusa, parem com isso! – Um berro apressado feminino ecoa junto com os passos de quem desce pelas escadas ao fundo da sala.

– O que significa isso? Quem interrompe o Santo Trabalho? – rosna o inquisidor Bocatorti.

– Magister, pelo amor da Deusa, pare imediatamente com esse

horror! – Uma sacerdotisa roliça se aproxima, acompanhada de dois templários e uma figura envolvida pelas sombras.

– Mãe, com que autoridade atrapalha este interrogatório?

– Vossa Excelência precisa compreender, houve um engano – a sacerdotisa gesticula obsequiosa, fazendo muitas reverências.

– Engano? Que absurdo, esse herege fui eu mesmo que capturei e posso atestar que conheço o seu rosto e os seus atos.

– Mas Vossa Excelência sabe de quem se trata?

Roni bufa e fala entre os dentes.

– Não me interessa o seu nome, é um pecador imundo!

– Então talvez seja melhor atentar-se ao nome de quem traz para esse pequeno quarto de pesadelos, Excelência – diz a figura envolvida nas sombras. Ela dá um passo adiante e revela o seu rosto sério e de olhar altivo.

– Minha tia! – grita Garlando. – Me ajude, pelo amor da Deusa! – E volta a chorar sem conseguir juntar os pensamentos, aspirando apenas o cheiro da carne ardendo.

– Identifique-se, mulher. Aqui mora o Santo Trabalho e não tolerarei... – e o Inquisidor para de falar quando reconhece as feições dessa mulher ousada que invade uma sessão da Santa Inquisição. – Não pode impedir a justiça do céu!

– Não me reconhece então, Magister Roni Bocatorti? – diz Reggiane Espendi sem mudar a expressão, sua voz carregada de desprezo como se estivesse entediada. – Mesmo tendo frequentado o meu salão anteriormente, não pode me distinguir. Eu compreendo, mas admito que fico desapontada em saber que não deixei uma impressão mais duradoura em Vossa Excelência. Meu nome é Reggiane Espendi, sou a tutora do jovem Garlando Espendi que aí está.

Desconcertado, Roni tenta recuperar a pose. Aquele rosto lhe é familiar, mas, mesmo que não fosse, as roupas e a postura dizem que é melhor seguir com cautela.

– É impossível gravar na cabeça o rosto de todas as pessoas da sociedade. Mas diga logo a que veio, senhora Espendi, pois estou ocupado.

– Acho que meu motivo é claro. Devo pedir que liberte o meu sobrinho, que está sendo punido por alguma coisa que não faço ideia do que seja.

– Como ousa zombar da Inquisição? Se ele está preso é por estar de conluio com Sombrios, é um praticante de magia, a senhora sabe a gravidade dessa acusação?

– Isso é surpreendente – Reggiane olha para Garlando, que se mantém de cabeça baixa. – Por muita sorte me detive em Criane e pude vir pessoalmente lidar com essa situação. Quando o pároco me disse que avistaram o meu próprio sobrinho entrar neste prédio como prisioneiro da Inquisição, não pude acreditar.

Garlando se pergunta por que ela não foi vê-lo na cerimônia de graduação, já que estava em Criane.

– Eu agora lembro quem é a senhora. É uma usurária que só prospera por essa prática abominável.

– É decepcionante que haja no Templo quem ainda repita esse discurso. Primeiro porque ignora que a sua própria Ordem de Eclésia é conhecida pela ótima administração de dinheiro, inclusive por emprestá-lo e obter lucro dos seus juros. Segundo porque é graças à atuação de pessoas como eu e o seu próprio Grão-mestre Guado que hoje vivemos em uma época de progresso, sem dependermos da ajuda de Alvos ou qualquer outro povo. Me pergunto o que o Grão-mestre acharia se lhe contassem sobre inquisidores que não entendem que os financiamentos impulsionam os benefícios do trabalho árduo nestes novos tempos.

Roni quer agarrar essa herege e colocá-la também em uma cadeira para ser punida, mas o Santo Trabalho precisa dele, não pode se perder em uma guerra de missivas. Acalma a respiração e fala devagar, ainda que esteja visivelmente se controlando, suas mãos tremendo.

– Então espera que o Templo acredite que mesmo um menino de boa família não possa ter sido corrompido? Quer que eu simplesmente o deixe ir?

– Se a palavra de uma humana temente à Deusa ainda for válida nessa Terra Pátria, eu lhe peço que sim, Excelência. Estou segura que a Suprema Aorya confiaria em alguém de nome e cuja residência o Santo Trabalho sabe onde é. É aqui nesta mesma cidade em que estamos, Vossa Excelência bem sabe. E, lá, sempre serão bem atendidos.

O inquisidor grunhe baixo.

– O seu sobrinho tem informações importantes para a nossa investigação. Não terminei ainda as perguntas que tenho a fazer.

– Eu não sei de nada, eu já disse! – Garlando grita.

– Cale-se! – diz Reggiane, firmemente. – Magister, o menino visivelmente está assustado demais para conseguir dar um testemunho adequado. Peço-lhe mais uma vez que nos deixe ir agora e eu o receberei em minha residência como já fiz no passado para falarmos sobre a sua investigação. Seus assistentes já têm o meu cartão. Comprometo-me em averiguar por minha conta o que está acontecendo. Tenho informantes que podem trazer luz à questão, e vou disciplinar o rapaz para que o que quer que esteja fazendo ao meter-se com magia cesse de uma vez. Vejo que ele foi marcado – o cheiro de carne queimada ainda disputa espaço com o de umidade –, acredito que essa punição será suficiente para que ele pense muito bem no que tem feito. Tenha certeza de que ele nunca foi incentivado em minha casa a divergir do caminho da retidão. Mas também sei que Vossa Excelência entende que a juventude clama por excessos e rebeldias. Não passará impune essa ofensa.

– Libertem-no de uma vez! – Roni se vira para os assistentes, que soltam as amarras de Garlando.

– Agradeço-lhe, Magister. Nós o aguardaremos para futuras conversas em minha residência.

– O Santo Trabalho contará com o cumprimento de sua promessa, Senhora Espendi. – O inquisidor respira fundo.

Reggiane faz uma reverência perfeita e é seguida por Garlando, que sai cambaleando.

* * *

Mais uma vez a sensação de balanço, mas agora a bordo da luxuosa carruagem de Reggiane Espendi. As ruas familiares de Criane não inspiram a sua curiosidade.

Mal suportando a dor pungente da carne viva no peito, Garlando encara o chão como se ele pudesse oferecer alguma palavra para dizer à tia. Ela nunca precisou salvá-lo de encrencas com as autoridades, pois logo que ele ou seus amigos bem-nascidos diziam os nomes, eram soltos sem punições como crianças inconsequentes, suas ofensas ignoradas pelos magistrados que temiam represálias. Por doze neanos viveu assim, longe do alcance da lei. Mas magia é coisa séria.

– Minha tia. – Reggiane mantém os olhos fixos na paisagem através da janela. – O que o inquisidor disse sobre magia...

– Poupe-me das surpresas, Garlando. Eu já sei que você vem aprendendo essas coisas há muito tempo com o tal do velho Lucien, o herbalista. Só sempre achei que isso daria em nada, já que raramente foi visto praticando em casa e mesmo nos tempos da Universidade. Você não sabe magia, essa é a verdade.

– A senhora não tinha como saber disso. – Garlando espreme os olhos.

– Você é o herdeiro do nome Espendi, não pense que alguma coisa que faça passe despercebida. Mas o fato é que isso, como tudo o que fez até hoje, nunca foi levado a sério, não é mesmo?

– Está falando do conhecimento mais proibido do mundo, eu fui preso pela Inquisição por causa disso!

Reggiane sorri e solta ar pelo nariz.

– Você foi preso por um fanático conhecido que, se tivesse tido o mínimo cuidado em seguir os protocolos, saberia o seu nome e por isso não teria começado a torturá-lo. Só que você foi bancar o herói na hora errada. Há um movimento nas coisas da Terra Pátria que talvez não tenha notado de dentro das suas festanças regadas a excessos.

Garlando não vai se deixar irritar.

– Minha tia está falando do Antigo Regime?

– Por acaso sabe o que isso significa? – Reggiane se vira para o sobrinho sem esperar uma resposta satisfatória.

– O que sei é que são uma facção importante que quer trazer liberdade ao nosso mundo. Liberar o uso da magia.

– E então é isso que você acha. Que há um grupo de pessoas boas que quer acabar com a restrição que o Templo impõe sobre a magia por puro altruísmo. Como uma forma de fazer a vida das pessoas melhor?

– Agora a senhora vai querer falar dos motivos por trás de tudo. Assim tudo é sempre um jogo de interesses e de manutenção de poder.

– Vejo que está aprendendo, finalmente. Depois de não me escutar por neanos.

– Eu nunca deixei de escutar a senhora. – Garlando bate no estofado.

– Então deveria ter se dedicado aos seus estudos de Direito. Mal evitou as reprovações constantes e só graças a tutores particulares e aulas de reforço arranjadas por mim. Não há mais tempo a perder, você vai começar a lidar com contratos e negociações de crédito logo que chegarmos à nossa residência. Já tenho uma viagem organizada para você.

– Mas a senhora não acabou de falar que o mundo está em movimento? Acabou de me tirar das mãos da Inquisição, pelo amor da Deusa, como pode ignorar tudo isso?

– Eu não estou ignorando nada. Você é que precisa ter foco em suas atribuições, pois nada que esteja acontecendo no mundo precisa de sua atenção. – Reggiane, então, olha para o peito de Garlando. – Espero que ao chegar vá tratar desse ferimento, posso conseguir um curandeiro que diminua a marca que vai ficar.

– Pois não sei se quero cuidar de contratos e empréstimos e o que quer que a senhora faça para ganhar dinheiro.

– Pois pelo comportamento que vem demonstrando, não tem direito nenhum a escolha. E já basta desta conversa. Por favor, peço-lhe silêncio, acho que pode me conceder um pouco de paz depois de me causar esse transtorno, sim?

Garlando segura os cabelos e grunhe, tentando demonstrar toda a frustração e angústia que estão debaixo da carne queimada. Mas a tia não dá atenção e continua a olhar a paisagem.

Roni Bocatorti

3

Garlando olha para a cidade sem enxergar nada. Mas não há outra saída. Poderia ter ido para Majestosa na companhia de Alexander, mas isso não o deixaria mais próximo de Celes. A vida que tia Reggiane lhe arrumou é a única indesejada escolha que tem.

Apalpa a própria cintura e segura o punho da rapieira, a textura da sua guarda decorada ajuda a acalmar o espírito. Se a sua tia não o tivesse salvado do Templo, ele a teria perdido para sempre.

De repente a carruagem para e Garlando reconhece o prédio de arquitetura enfeitada imitando motivos álvicos. É a prefeitura da comuna de Criane. Alguém muito bem vestido vem correndo logo que identifica o coche, abre a porta da cabine e faz uma reverência.

– Dona Reggiane Espendi, já está tudo arranjado, o senhor prefeito a aguarda.

– Ótimo, Felipo. Por favor, leve Garlando para a residência e certifique-se que receba cuidados.

– Sim, senhora.

– Minha tia, a senhora não vai me acompanhar? – Garlando solta o ar pela boca e balança a cabeça, suas mãos estendidas.

– Eu preciso me certificar que o governo da cidade não seja influenciado pelo Templo a respeito de você. Timonez vai recebê-lo, pode ir com Felipo.

– E se alguma coisa acontecer comigo no caminho?

– Ora, agora anseia por minha proteção? Por favor, Garlando, não torne isso ainda mais embaraçoso – Reggiane diz, sem olhar para trás, e entra no prédio.

Felipo toma o lugar dela no coche, fechando a porta.

– Pode seguir, cocheiro – grita pela janela. – Mestre Garlando, o senhor está bem?

– Estou. E de volta, como o planejado.

– Perdão? Eu...

– Não me bajule, senhor Felipo. Fui vítima de salteadores e o meu cocheiro e animais foram assassinados – Garlando diz o que lhe vem à cabeça. – Tenho certeza que os malditos voltaram para levar o carro. Eu estou indo para a residência agora mesmo, não precisa se preocupar. Me diga uma coisa, o que foi feito de Navarro?

– Navarro? O senhor Navarro não serve mais à casa Espendi, Mestre Garlando.

Garlando massageia a parte de cima das sobrancelhas e olha para os lados, inconformado. Não por Navarro não ter mais emprego, mas porque mais uma vez não tem ninguém em quem confiar na folha de pagamento da família Espendi.

Criane se espreguiça no fim de tarde, muitos negócios fechados, mercadorias e viajantes se revezando no movimento que diminui pelas ruas e prédios do centro comercial do reino de Cidânia.

Seguem pelos estreitos corredores de ruas de paralelepípedos formados pelos prédios colados uns nos outros. Garlando não responde mais do que monossílabos às perguntas intercaladas por minutos de constrangimento de Felipo.

– Er... Mal acredito que o senhor está bem e conosco, Mestre Garlando.

– Estou ótimo, senhor Felipo, e feliz por estar com vocês, também – Garlando diz com a cara fechada, e então aumenta a voz. – Ei, cocheiro, pare o carro.

– Mas Mestre... – Felipo balança as mãos no ar.

– Não se preocupe. Pode deixar Timonez avisado que só vou ver o meu tio Ralfo, acho que devo passar a noite lá, e amanhã seguirei para o palácio.

– Só que tenho ordens explícitas para mantê-lo a salvo se... – Felipo segura a porta para que Garlando não possa empurrá-la.

– Se não quiser perder o seu emprego, senhor bajulador, por favor me deixe fazer o que pedi. Não contarei à senhora minha tia que passa as viagens de trabalho em prostíbulos e justifica as despesas com recibos falsificados. Agora me deixe em paz. E não me espere, vá para o palácio, que posso até escrever uma carta de agradecimento à minha honrada tutora citando o seu ótimo trabalho. Vá.

A carruagem parte. Garlando olha as próprias roupas de viagem em uma loja de espelhos, é só lama e poeira. Com o peito ardendo pela ferida, respira fundo. Ainda tem mais uma parada antes do conforto de seu "lar".

* * *

Lucien não se surpreende quando Garlando entra em sua cabana sem bater ou anúncio prévio.

– O doutor está de volta – diz o velho mestre com a voz baixa, sem olhar para ele.

– Mestre Merzadaac, preciso de ajuda, preciso de explicações – diz Garlando esbaforido. – O Templo está atrás de mim, eu cometi um erro e agora não sei o que faço.

– Cuidado ao dizer esse nome por aí – Lucien ri. – Acalme-se, jovem. Posso lhe oferecer um chá? – O velho sai da cabana para buscar as folhas na horta. Garlando olha o aposento familiar tentando organizar os pensamentos.

Ainda que Garlando tenha visto o velho mestre diversas vezes nesse meio tempo, sempre se surpreende ao constatar que sua aparência é a mesma de tantos neanos atrás, quando resgatou Garlando na noite do incêndio e o levou para a sua casa, já que ninguém parecia disposto a fazê-lo. Sempre vestido em uma túnica velha qualquer, cabelos compridos e desgrenhados, um brinco único na orelha direita, na forma de lágrima azulada. Andando sempre devagar, ainda que às vezes pareça ágil como se a juventude lhe voltasse.

Dentro da casa, tudo cheira a mofo. Recipientes velhos e grandes potes de cerâmica tomaram posse de vários espaços, estáticos como os volumes na estante. O pó é o ar do lugar, sendo quase impossível respirar à vontade. É como se estivesse preso no tempo, um invólucro onde o mundo não vê as estrelas-mães se alternando no céu. Garlando olha para a chaleira de ferro no fogareiro de onde veio o chá que tomou naquele dia, quase quatorze neanos atrás.

– Gosta desse, não? – Lucien mostra uma de suas ervas milagrosas secas dentro de um vidro e dá um sorriso que sempre quebra qualquer tentativa de Garlando de permanecer sério.

– Mestre Lucien, por favor, me ouça.

– Eu sempre o ouço e você nunca me ouve. É um jogo de neanos, não é mesmo? – Lucien se senta à mesa.

– O senhor virá de novo com essa história? Eu errei, Mestre, eu não deveria ter me metido a aprender magia. Agora o Templo está atrás de mim.

– Se o Templo está atrás de você e está vivo, quer dizer que de alguma coisa tem servido. Eu não sei por que perco tempo falando disso. – No fim sua voz é baixa, como se estivesse falando consigo mesmo.

– Não tive escolha, estava assustado, eu podia ter morrido. – Garlando bate na mesa e causa um barulho surdo. – Olhe isso aqui, mestre, eu fui marcado! – E abre a camisa, mostrando a queimadura feita pelo Templo em seu peito.

Lucien enche o peito de ar e balança a cabeça, desapontado.

– Você foi pego pela Inquisição?

– Sim, o que o senhor acha? Agora eles me marcaram, vão me seguir por toda parte.

– Calma, se isso fosse simples assim não haveria magos no mundo. É mentira que eles podem segui-lo por conta da marca no seu peito. Mas com certeza pegaram cabelos seus, e isso é uma forma de rastreá-lo. Só que é um feitiço complicadíssimo e nada prático para se usar no dia a dia. Eles não se darão a esse trabalho.

– Foi o inquisidor que condenou os assassinos dos meus pais. Ah, o que estou dizendo, o senhor não se lembra disso... O tal Roni alguma coisa.

– Roni Bocatorti. Sei quem é. Um fanático especialmente doente entre esses loucos.

– Agora estou na lista deles.

– Então como está aqui em liberdade? Se eles realmente quisessem você, não o teriam deixado ir.

– A minha tia... – Garlando olha para o outro lado e continua sem encarar o mestre. – A minha tia me libertou, usou sua influência, sei lá.

– Bem, talvez *eu* tenha errado, no final das contas – diz Lucien, coçando a orelha e virando o seu brinco com a ponta dos dedos.

– Eu não quero estar aqui! – grita Garlando. – Eu tenho planos, está bem? Não é nada com o Templo e nem com o Antigo Regime.

– Antigo Regime? – responde Lucien, curioso, enquanto levanta para verificar a chaleira e o chá em infusão. – Por que está falando sobre isso?

– Eu... Acho que encontrei dissidentes do Antigo Regime.

– Isso é interessante, conte-me mais. – Lucien serve duas xícaras com aquele chá de cheiro familiar.

– O Templo estava atrás de um homem chamado Alexander Galliardi – diz Garlando. – Parecia do Sul, pela aparência dele. Sabe? Moreno, cabelos escuros, quase um gitânio. Mas ele estava indo para Majestosa, disse que eu deveria ir para lá. Há alguma coisa acontecendo – encara a xícara e respira o vapor do chá.

– É, quem Desperta nunca terá a vida livre. Majestosa... Se é o lugar que penso, é um local seguro para nós, a menina Aquanis e seu povo não são radicais como os que se dizem do Antigo Regime... – Lucien beberica a bebida quente.

– Sim, mas eu e ele fomos atacados por pessoas do tal Antigo Regime. – Lucien se endireita na cadeira e repousa a xícara na mesa. – Eles vestiam compridos mantos que lhe escondiam o corpo inteiro. Não dava para saber se eram Alvos, homens, orcs, não sei, qualquer raça que ande sobre duas pernas. E usavam máscaras com olhos afiados e sorrisos mórbidos.

– Entendi.

– Está acontecendo alguma coisa, Mestre?

– Eles são justamente do Antigo Regime.

– Sim, Alexander me disse isso. Eu perguntei se está acontecendo alguma coisa.

– Não sei, Garlando. – Lucien se levanta e passa os dedos nas lombadas dos livros antigos, deixando um rastro na camada de pó. – Eu vivo aqui neste mesmo lugar que você conhece há neanos, não viajo. Mas eu queria saber como está o seu controle mágico, tem pratica...

– Eu pratiquei há pouco, defendendo a minha vida! Usei tudo o que tinha à minha volta, como o senhor ensinou. Eu matei gente! O senhor sabe o que é isso? Eu ainda não absorvi essa ideia na minha cabeça. Mas a verdade é que não quero me envolver em nada dessas coisas! Já disse antes, não quero me repetir!

– É um tolo, mesmo. Não vê um palmo diante do nariz – Lucien beberica da xícara, de costas para Garlando.

– É a minha vida, Mestre. O senhor me deu muitas coisas, agradeço-lhe por me ter posto a par de tantos segredos, mas não sou a pessoa para isso. Não sou um mago, mestre Lucien. Sou só um jovem comum.

– Você estudou muito comigo. Mas ainda não atravessou a sua floresta... Precisa renascer como um mago, ter um novo nome. Você não Despertou, Garlando, ainda é um ignorante, um Adormecido como todos. Essa sua falta de ambição é só medo de abraçar o que lhe é oferecido.

– Ah, essa maldita história de floresta, de renascer, de nomes. Eu não vou fazer nada disso, vou seguir para o Norte, eu sei que Celes está lá. Eu tinha tudo planejado, mas minha tia atrapalhou, cancelou as ordens de pagamento que arranjei, sei que ela foi responsável por assaltantes que me tiraram coisas várias vezes, só pra me manter sob controle. Mas desta vez vou enganá-la.

– Ainda falando dessa garota? Não há como fazê-lo entender, mesmo. Eu preciso de sua ajuda, rapaz, se você não estiver do meu lado, tudo o que fiz até agora terá sido em vão! – Lucien se vira e sua presença imponente engole a luz.

– Foi estúpido ter vindo até o senhor, Mestre. Obrigado pelo chá.

Garlando arrasta a cadeira e sai, lágrimas enchendo-lhe os olhos. Não olha para trás.

Dirige-se para a entrada da caverna proibida e a encara. Seus pés não se movem para dentro dela. A floresta que a circunda continua rumo ao Sul. Garlando se volta para a cidade e segue para uma fazenda que também fica em uma estrada próxima dos muros dela, a casa de tio Ralfo. Afinal, sua tia não estará de volta tão cedo.

* * *

A porteira da fazenda de Ralfo era baixa e tinha ripas faltando. O calor de Sarali evaporava o orvalho acumulado na noite.

Os cabelos de Celes brilhavam dourados. As sardas enfeitavam o rosto de olhar concentrado. Vestia calças marrons e uma camisa clara com bordados em azul. Enfim acabara de contar os fardos de lã e fez rápidas anotações, ansiosa para estar livre da tarefa. Pronto. Recebeu um grunhido de Luca Tessitore, seu pai, como resposta. Sem se incomodar, deixou-o, carrancudo, conversando com Ralfo, este sempre sorridente e conciliador, mesmo quando falava de negócios, e correu até Garlando. O menino tinha os cabelos loiros à altura das orelhas, usava calças curtas, botas de couro e uma camisa de algodão cru. À sua frente, bonecos de guerra em tamanho de gente, feitos de palha e couro, segurando espadas e escudos de madeira castigada.

Garlando posava com a rapieira e fez uma mesura para o boneco para impressionar a amiga que o observava. Atacou e fugiu do golpe causado pelo seu próprio impacto. Olhou de soslaio para Celes, que o encarava com as mãos na cintura e sorria com um olhar de desprezo.

– Por que não usa uma espada de guerra? Rapieira é para duelos, coisa de gente que não tem o que fazer. – Celes desencaixou o pedaço de pau amarrado ao boneco e se armou contra Garlando. – Veja isso, é um verdadeiro sabre de cavalaria. Uma arma imponente e que quebra capacetes.

– Quero ver se consegue fugir da minha velocidade, então – Garlando a desafiou e começou a atacá-la antes mesmo que ela tivesse chance de se posicionar.

Ralfo começou a rir e apontar para os dois. Luca Tessitore não via a menor graça e tentava retomar a conversa de negócios.

Garlando avançou e obrigou Celes a recuar, mas ela girou sobre o próprio corpo, desajeitada, escapando de uma estocada para depois bater com as costas da espada na mão dele, que empunhava a arma.

– Ai! – Garlando largou a espada e esfregou as costas da mão. O rosto vermelho, sangue subindo à orelha, furioso. Celes gargalhou.

– Eu sou a Espada Imbatível, o Sabre do Trovão, a Lâmina Celeste!

Garlando se virou e se afastou dela, saiu correndo sob as risadas de Ralfo. Celes ficou com o sorriso paralisado no rosto.

O menino se sentou no alto de um morrinho, em frente a um lago que se enchia de mosquitos à noite. O vergão em sua mão tinha o formato de uma espada, um pequeno sabre avermelhado. Olhou para a outra direção, procurando algo interessante, enquanto Celes se aproximava e sentava ao seu lado.

– Desculpa, tá? Machucou? – Ela tomou o braço de Garlando, que ainda não a encarava, mas se deixou ser examinado. – Dou um beijo que sara, como um beijo de fada.

Garlando arrancou a mão e torceu a boca, suspirando fundo. Celes bufou e franziu o cenho, arrancou um pedaço de grama e a esmagou entre os dedos. Ficaram em silêncio por um tempo olhando os campos verdes nas montanhas. Casas, árvores e gado, todos paralisados como em um quadro. Viam a estrada que seguia para a Terra do Leste e adentrava o vale até se esconder no horizonte. Alguns viajantes longínquos faziam parte da pintura viva.

– Meu pai e meu tio não me ensinam a lutar – disse Garlando, olhos fixos na paisagem. – Vou acabar trabalhando na fazenda, também.

– Ao menos a sua família não é como a minha. Meu pai não consegue manter contratos por muito tempo, promete para os clientes um monte de coisas e depois a gente não dá conta. Aí perde o trabalho... Só o seu tio Ralfo que tolera as demoras da gente.

– Não me interessa a minha família. Não quero viver na fazenda, tudo isso é estúpido. O que os fez parar nessa cidade e ficar por aqui? Parece que não têm orgulho dos gitânios que são, agora ficaram preguiçosos.

– Olha quem fala. A sua tia tem a cidade inteira, todos vivem sorrindo para aquela cara azeda dela.

– Eu não sorrio – disse Garlando, empurrando as pernas de Celes, fazendo-a se desequilibrar. – Meu lugar é nas estradas, quero fazer algo diferente e que me tire dessa vida mansa. A vida da minha tia me interessa menos ainda. Não quero vestir roupas apertadas e perucas.

– Você é engraçado, Lando. Eu vou pra casa, minha mãe precisa da minha ajuda. Tchau, preguiçoso! – E Celes saiu correndo, dando uns pulinhos enquanto descia o morro.

Garlando não se incomodou e continuou fitando a estrada que ia para a Terra do Leste, imaginando como seriam as suas cidades.

* * *

E como há muitos neanos, o caminho a partir da porteira é o mesmo. Contorcendo-se em matos pisados, marcas de roda e plantas que teimam em crescer. A casa está mais velha e cansada, as paredes como uma pele enrugada e flácida que parou de ser curtida. Vê os animais que circundam o quintal, há algumas cocatrizes-moles, dão ensopados deliciosos e seus rabos de réptil viram espetinhos tenros, bem diferentes das suas primas que petrificam gente e cuja posse é proibida pelo Templo. As aves-lagartos saem correndo de perto de Garlando e alguém vem até a porta pra ver quem está no terreno. Uma mulher gitânia velha e enrugada como a casa, vestida em um longo e rubro vestido, para, fica imóvel por alguns segundos e então grita, sorrindo:

– Sêo Raaaaalfo! O menino! O menino chegou!

Ao mesmo tempo, ela vem correndo e abraça o rapaz, que primeiro aspira o cheiro de temperos e terra da velha amiga, recebe os beijos ruidosos nas faces e então a afaga, sentindo os braços ossudos e de pele queimada e murcha.

Ergue o rosto e vê o tio chegando, já começando a chorar. Quando o corpo grande e gordo envolve os dois, Garlando sente um calor de fogueira.

* * *

– A fazenda está quieta – diz Garlando, passando os dedos nas ranhuras da madeira rústica da mesa e aspirando um chá perfumado.

– Tá sim, já é hora de descansar, afinal. Trabalharam o dia inteiro, os curtumes levarão o couro amanhã de manhã. Tudo andando muito bem, meu filho – diz Ralfo, um dente de ouro despontando do sorriso barbado. – Se não tivesse vindo me ver aqui logo ia te pegar no bordel que se metesse e te enchia de porrada. Quer queijo?

– Não estou com fome. Tio, ouça, preciso da sua ajuda – Garlando não consegue encarar os olhos azuis do tio.

– Ah, essa é boa, quero ouvir o que *eu* posso fazer por você.

– É por isso que ele não vem aqui, sêo Ralfo – diz a gitânia, da mesa onde prepara uma cocatriz que acabou de matar.

– Mulher, cozinhe que eu tô falando com o menino. Se a gente precisar de algo, eu grito.

– Não fale assim com a Naná, tio. – Garlando sorri para a velha amiga, que balança o braço mostrando que não se incomoda. – É sério, eu preciso de ajuda para viajar.

– Vai pra onde?

– Coméria – mente Garlando.

– Não tem nada que ir pra Coméria, tem rumor de guerra. Tem rebeldes vindo lá de cima, acho que em Babélia, e o Templo continua insistindo em uma campanha para esmagá-los antes que entrem nos Três Reinos. Tão falando em Sombrios.

– Sombrios no norte? Como você sabe? – Garlando percebe um olhar de esguelha de Naná.

– Ora, recebi um correio do Conde de Balambo, velho cliente meu, querem que eu reúna o bando e vá servir na guarnição deles.

– Você vai lutar, tio?

– Não sei, ainda. Mas viu só como ainda sou importante? Pensou que acabaram meus dias de guerreiro, é? Tem gente que quer pagar, e muito bem, pelos meus braços. Sou um estrategista, moleque. O famoso Bando do Gordão é referência.

Garlando vira os olhos.

– Você está gordo e velho, tio, não luta mais nada. – Naná gargalha, Ralfo perde a cara de bonachão e franze a testa.

– Ah, seu merdinha, você ainda não consegue me vencer com uma espada e tem coragem de falar besteira. Venço dez de você sozinho.

– Tá bom, tio, tá, só tô te enchendo. Deixa eu viajar com você, então. Vou até Coméria e fico pela capital, o senhor fica na sua guarnição e fica tudo bem.

– Não tem nada que ir viajar pelas estradas nesse tempo, eu já disse. Você é teimoso demais, sabe que a sua mãe acharia se soubesse que eu apoio suas besteiras? Pois é, respeite a memória dela.

Garlando fica quieto por um momento e olha para o chão.

– Sêo Ralfo, vá lá ver o que os homens tão fazendo, ouvi uma gritaria, algum bicho saiu do cercado.

Ralfo nem duvida e se levanta rápido, sem olhar para o rosto de Garlando. Apenas resmunga alguma coisa, já na porta, e sai.

Naná se aproxima, limpando as mãos no vestido, senta-se à mesa e pega nas mãos lisas do rapaz, acostumadas a virar páginas de livros e manchar-se de tinta. Arregala os olhos verdes circundados de rugas na pele de cobre, sorri sem dentes enquanto passa os dedos na palma perfeita de Garlando.

– Menino, sêo Ralfo não entende bem por que as coisas são assim, acha que o caminho dele é esse, cuidar de você. Ele precisa que você fique perto e já tá aflito. Você vê bem, a fazenda tá ruim, acho que ele vai pra essa campanha. Mas ele não quer problema com a sua tia, ela não gosta da gente romenu, você sabe disso, ele queria muito ter ido ver você sair da escola – ao ouvir isso, Garlando prende a respiração e suspira – e ele não quer os doutores dela te impedindo de vir na fazenda. Ele fala em você todo dia, tem que entender a cabeça dele, é de gitânio velho, a gente até suporta e segue a vida, mas não aguenta a família longe. Mas entendo que você quer a estrada, tá no sangue, não tem como escapar. Não faz o sêo Ralfo sofrer, eu nem devia falar, mas seu caminho tá mesmo na estrada, não tem jeito.

– Naná, eu não quero ficar aqui.

– É, eu sei, menino. É que nem quando foi pra capital, não é o que tá no seu caminho. Você sabe o que tá no seu caminho. Tem ela.

Garlando se arrepia e olha os olhos brilhantes de Naná.

– Tem também a sombra, menino, eu sei. Mas tem luz no final da estrada. Vejo você na sombra, sinto isso porque sou gitânia velha. Você mora entre a luz e a sombra, como nós. Tem que ir pra estrada mesmo. Sim, eu sei que ela ainda mora aí em você. A menina que era a sua, tá no seu caminho, lembro dela, lembro sim.

Garlando fecha os olhos e inspira fundo o ar perfumado dos temperos da cozinha da Naná. Toma um gole do chá, já gelado.

– Eu não quero ir pra Coméria, Naná. Eu vou pra Babélia. Ela tá lá.

* * *

Depois de comer o jantar e acompanhar Naná em alguns afazeres, Garlando entra no antigo quarto de seu pai, ainda a mesma cama de madeira escura e lençol de algodão cru, ainda o armário velho com roupas e cupins. Senta-se, considera deitar e relaxar um pouco, mas então se lembra de algo que não faz há muito tempo. Para o seu alívio, atrás da porta está a mesma velha guitarra com uma corda quebrada. Apanha-a e sai para as terras no começo da noite.

Segue direto para o alto do morrinho com vista para o pequeno lago, que já vai começar a se encher de mosquitos. Senta-se no seu lugar preferido. Observa a paisagem ao longe sem tirar os olhos da estrada que vai para a Terra do Leste. Olha para a mão, procurando um vergão no formato de espada vermelha, e começa a dedilhar o velho instrumento. Tira uma melodia dissonante, a princípio, mas logo afina as cordas que restam e executa um tema grave, lento, que acompanha Sarali enquanto ela já está na metade do caminho atrás da irmã para dar lugar à noite. Fecha os olhos e corre pelos morros com a música, vibrando as lembranças enquanto sobe e desce pelas escalas gitânias que aprendeu na infância. Celes está lá, vem com seus cabelos soltos e seu vestido bordado à mão, corre cada vez mais rápido pelos gramados, desviando-se de formigueiros enquanto flutua pelos acordes, pula buracos entre os intervalos, os dedos destreinados de Garlando já ardendo pela pressão das cordas, então ela some pela estrada e a música para nas suas mãos. Mas persiste um barulho. É o som de algo soprado, fluido, talvez uma flauta, um timbre que nunca ouviu antes.

Um homem está de pé à beira da estrada, sentado, formando uma sombra deitada e fraca pela luz do pôr de Sarali. Ele toca a mesma melodia que Garlando tocou há pouco, mas em uma escala estranha que lembra as músicas dos Alvos. Porém é diferente, um sussurro baixo e vibrante que fala de tempos e histórias longínquas que nunca pôde conhecer.

Garlando se levanta e vai conhecer seu companheiro de dueto. Desce apressado o morro enquanto se concentra no som da exótica flauta. Vê então o viajante, um homem sentado com as pernas cruzadas, vestido em roupas compridas, como se fosse um sacerdote, parece até estar usando saia. Ele continua tocando o seu instrumento sem se incomodar com a presença de Garlando, e sobe e desce a melodia que se intensifica, mais forte, deixando um tom solitário que se mantém suspenso no ar, um sopro firme e contínuo. Mesmo com os dedos doendo, Garlando os pressiona rapidamente para aliviá-los, acomoda-se o melhor que pode e desliza um acorde que quebra a vibração com duas batidas mais fortes. Dedilha uma escala rápida e sorri. Olha para o seu companheiro e vê que ele permanece concentrado, e acredita ter notado um leve sorriso de satisfação nos cantos da boca que sopram a flauta.

Garlando para, vai até a cerca, chama pelo viajante. O homem o ignora e se prepara para voltar à estrada. É certamente um estrangeiro, de alguma etnia que nunca viu.

– Espere, senhor. Obviamente não é desta terra, está trabalhando em Criane?

Hesitando um pouco, o homem permanece em silêncio como se pensasse em cada palavra que diria.

– Sem trabalho. Procurando – diz, com um sotaque que lembra

a língua dos dorfes, enfatizando os *r* e pronunciando cada sílaba com cuidado.

Garlando olha para o morro e a fazenda acima.

– Sabe trabalhar no campo? – pergunta, mas se arrepende. O homem se porta como um nobre, uma postura perfeita e digna que não tem nada a ver com a sujeira de suas roupas de viagem. Carrega duas espadas finas e curvas à cintura, e veste calças muito largas, não saias, como parecia à primeira vista. Mesmo os cabelos sujos estão presos em um coque alto e bem arranjado. Seus olhos são duros e repuxados, mas não inclinados como os álvicos.

– Trabalho em campo, sim. Se há colheita ou algo de pouco tempo. Prossigo viagem, então.

– Então o senhor acaba de arrumar um trabalho. Meu nome é Garlando Espendi.

– Megumi Hayato – diz o estrangeiro, apontando para o próprio rosto.

– Senhor Megumi?

– Não. Megumi, família. Nome é Hayato.

– Ah, ao contrário?

– Sim. É assim no oriente, de onde venho. Muito longe.

– Está bem, um prazer conhecê-lo, senhor Hayato – Garlando estende a mão, mas o homem apenas faz uma reverência.

Hayato Megumi

4

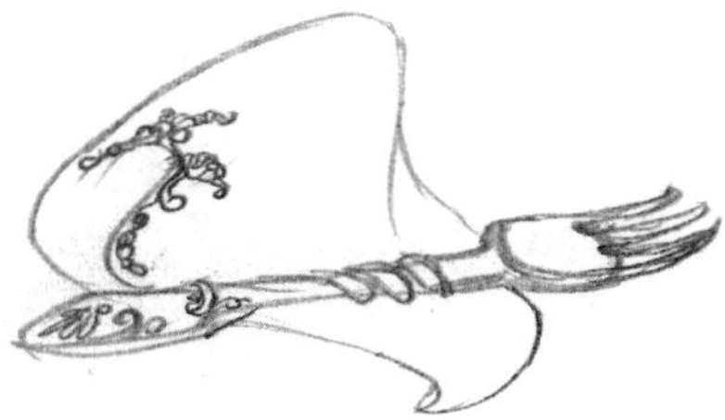

No dia seguinte, perto da hora do almoço, sentado dentro do carro acolchoado e confortável da família Espendi, Garlando olha para a terra de Ralfo enquanto se lembra das rápidas despedidas desta manhã.

O abraço caloroso do velho e os olhos alegres não guardavam rancor. Mais ao longe, o estranho flautista carregava sozinho um carro com fardos de couro. Ralfo não estava esbanjando recursos para poder contratar mais uma mão, mas cedeu ao conforto que um carregador forte e praticamente mudo traria, pois livraria um dos ajudantes para cuidar de coisas que não exigiam força bruta. Acontece que o homem era uma máquina, trabalhava rápido e quieto e fazia em minutos o que normalmente levava quase uma hora. Garlando o vê voltar para carregar os fardos após lhe fazer uma reverência sisuda.

O palácio Espendi fica afastado, como é de se esperar de propriedades distintas, e Garlando sabe que está chegando ao lar pelo fluxo de pessoas que diminui. Em vez de prédios aglutinados, agora há enormes portões e muros que guardam terras silenciosas e bem cuidadas. Enfim os largos portões escuros com a inicial "E" surgem e se abrem para o caminho que dá na antiga residência de bem-nascidos, circundada por árvores e arbustos podados e dispostos em harmonia.

A casa de fachada branca tem três andares e a largura dá uns cinco prédios dos que havia na rua de sua infância. Distraído nesse pensamento, Garlando vê as portas duplas finalmente se abrirem, e na entrada do palácio o aguarda de pé a figura amigável e magricela de Timonez.

O velho criado faz uma reverência, Garlando quebra o protocolo e o abraça sem se demorar, dando um leve puxãozinho na peruca branca que não esconde alguns cabelos desgrenhados.

– Enfim, cheguei, querido Timonez. Suponho que tenha recebido meu recado pelo sr. Felipo?

– Sim, mestre Garlando. Mas eu diria que não devia ter passado a noite fora. A senhora o aguarda – diz o mordomo, sem encará-lo.

Garlando gira os olhos, entediado, e faz uma reverência irônica. Timonez lhe dá passagem ao salão principal.

Duas escadas cobertas por tapetes vermelhos dão acesso ao primeiro andar, Garlando se coloca entre elas no meio do salão, esperando pela presença da senhora da casa. Ignora completamente os afrescos e detalhes rubros que tomam todo o local, enquanto olha o reflexo das estátuas das Mães no piso de mármore e pensa na religiosidade forçada dos Espendi para agradar aos amigos do Templo. E embora ele não possa deixá-la esperando, a recíproca não é verdadeira. Anda de um lado para o outro, bufando.

Minutos depois, Reggiane Espendi aparece, e Garlando já não contém a irritação. Faz uma reverência rápida, mas de má vontade, e observa sua tia descer a escada, seguida por um longo, largo e deslizante vestido. Seu rosto esbranquiçado pela maquiagem e a expressão impassível sob os cabelos armados.

– É evidente que a sua conduta exige uma conversa mais longa, mas só deixei o meu escritório para garantir que vá agora mesmo tomar um banho e vestir roupas que não sejam tão embaraçosas como essas. – Sua voz contida e rígida ecoa pelo salão.

– Tia, eu já estou aqui. Não tenho como viajar, pois meu dinheiro foi bloqueado em todas as agências e até da Inquisição escapei, como a senhora viu. Tantas coisas diferentes que ocorreram graças a sua influência...

– E não há por que falar sobre isso agora. Iremos receber convidados hoje e a sua presença está confirmada. – Reggiane se vira para Timonez sem mexer o corpo. – Certifique-se de que o rapaz esteja apresentável para esta noite. As roupas já estão prontas, posso me assegurar disso, sim? – a matrona fita novamente Garlando com os olhos verdes semicerrados. – E pelos próximos dias há uma série de contratos a serem redigidos. Se gosta tanto de andar pela estrada como aquele seu tio, sei que poderei contar com sua ajuda para representar a família e levar pessoalmente algumas assinaturas para Coméria. Assim já poderá se apresentar para esses importantes clientes e se preparar para o encontro com o Duque de Veridiana.

– O Duque? – Garlando não consegue retrucar, pois Reggiane já subiu de volta as escadas e está dando ordens para os criados no primeiro andar.

* * *

Garlando está vestido com um esmero que não experimentava desde a última vez que esteve em Criane durante o recesso estudantil, há algumas cheias. De pé ao lado da tia, que por sua vez está sentada – pose rígida e comedida – em uma poltrona almofadada. Ambos são como duas estátuas cujos rostos empoados são emoldurados por perucas brancas. A cor vermelha da família Espendi está no casaco acinturado e nos calções com detalhes em dourado dele, enquanto a tia usa um vestido branco cheio de rendas e motivos que se fundem à pele e aos cabelos bem arrumados e firmados. Apenas duas grandes penas vermelhas enfeitam sua cabeça. No fundo, Garlando saboreia essa situação, e por um momento esquece qualquer vontade de viajar e abrir mão de ser tratado como alguém importante. Timonez cuida dos últimos detalhes, ouvem-se cavalos e coches chegando e logo se iniciam os anúncios dos convidados.

Sem prestar atenção aos nomes apresentados, Garlando lembra-se com um sorriso de quando tinha acabado de começar a morar com a tia e ignorava as lições constantes de Timonez para que se portasse como um cavalheiro. Mas ainda se sente incomodado pelos sapatos, roupas apertadas e rituais que logo se tornaram sua rotina. Ao avistar uma bela, mas um tanto dentuça, filha de um Marquês de Não-se-sabe-o-quê, Garlando se esquece das memórias de infância e reimagina toda a sorte de jogos de cortejo aprendidos na Universidade para tentar se embrenhar com ela em comportamentos inapropriados.

A dentuça futura marquesa é mais resistente do que ele imaginava, e o máximo que consegue são rápidas incursões de seu pé sob a mesa enquanto sorri entediado para as conversas misturadas ao som de talheres, taças e o ir e vir dos criados servindo o banquete. Ao ser questionado por alguém sobre a sua atuação nos negócios da família, deixa o pé cair e pisa no da moça. Ela solta um pequeno grito que mais parece um soluço e arranca incômodos olhares dos comensais.

– Com grande satisfação soube por minha estimada tia que parto em breve para Coméria e devo visitar pessoalmente Sua Alteza, o Duque de Veridiana. Aguardo ansioso – Garlando diz com um sorriso insincero no rosto – para poder encontrar pessoas tão distintas.

Sinais de aprovação surgem por toda a mesa, felicitando a incumbência dada a um rapaz tão jovem e que acabou de terminar seus estudos. Outros sorriem constrangidos por admitir que uma burguesa de uma família sem tradição como os Espendi possa estar tão próxima do futuro rei da Coméria.

– Meu sobrinho Garlando, como os senhores bem sabem – interrompe Reggiane, chamando a atenção de todos –, esteve na Universidade de Cidânia para ter no mínimo uma boa educação que lhe pudesse compensar as deficiências de nascimento. Ainda que tenha sido pega de surpresa pela incumbência de ser sua tutora, parece-me que meus esforços têm dado resultado depois de todos esses neanos – diz, enquanto alguns risos contidos surgem. – Consegui assegurar essa vaga não sem empenho, pois os senhores sabem do prestígio da instituição.

– Espero não desapontá-la, minha tia, há muitas expectativas que devo atender – responde Garlando com uma mesura, espremendo os olhos e rangendo os dentes sob um sorriso polido.

– Não irá. Tudo o que se espera de um jovem é aquilo que lhe foi confiado, e esta casa fará o necessário para auxiliá-lo em suas responsabilidades.

Mesmo no silêncio que se segue há alguns acenos de aprovação, mas para Garlando a noite já azedou, até desiste de brincar com a dentuça.

* * *

Tentando manter a compostura, um ex-funcionário de importante casa de crédito de Coméria precisa da ajuda dos criados para deixar o palácio. Depois de muitas formalidades e taças de vinho, cumprimenta Garlando, erra a pronúncia de seu nome, recomenda-o bem e diz-lhe que tem talento, elogios que não são levados em conta, haja vista a sua ebriedade. Então se despede da solene Reggiane

Espendi, que o acompanha até o carro à espera na porta do palácio. Bem provável que daqui vá para um prostíbulo de luxo, bem conhecido do próprio Garlando. Tudo por conta da casa Espendi.

Esse era o último que faltava ir embora. Garlando espera uma conversa a sós com a tia, mas ela avisa que vai se recolher. O silêncio soa como uma trégua momentânea.

Debaixo de lençóis grossos, Garlando vislumbra fugas para Babélia ou mesmo, se tudo falhar, para Majestosa, terra à qual o mago Alexander se dirigiu. Olhando para o dossel da cama, sabe que a tia não o poupará no próximo encontro e tenta dormir com a imagem de Celes fixa em sua cabeça para forçar um sonho com ela. Não consegue. Vê-se de repente correndo em volta do palácio Espendi, os pés descalços sobre a grama úmida, o terreno da propriedade diferente, o comprimento das cercas-vivas, a disposição dos caminhos pavimentados, mas ainda assim sabe que é a casa da tia. Então a cada pisada as solas dos pés afundam mais, sendo envolvidas pela terra como se fossem abocanhadas, e não importa para que caminho siga, não há local seguro, até que as pernas estão enterradas até as coxas e não pode mais tirá-las ou se mover. Acorda com o coração batendo rápido. Olha em volta de seu quarto e Sarali não entra pelas grossas cortinas. A residência Espendi está quieta sob a fraca luz avermelhada da noite.

Em suas longas roupas de dormir, Garlando pega uma vela e sai no corredor escuro, a textura do caro tapete que forma o caminho até o quarto da tia nas solas dos pés. Para diante das portas e bate uma vez, então outra. Ninguém responde. Tenta abri-las, estão trancadas. Desiste e se vira de volta para o seu quarto, expira o ar e repara nos desenhos dos afrescos. Quer resolver esta questão o mais breve possível, mostrar à tia que pode lidar com os próprios problemas e tomar conta de si. Mas fazê-lo no meio da madrugada não resolveria nada. Ao se aproximar de seus aposentos, ouve uma fechadura destrancando no corredor. É Reggiane, que sai do quarto em uma longa camisola, seus cabelos brancos escorridos e bem penteados.

– Sim?

– Tia. Eu...

– Sente-se mal? Vou acordar Timonez para que chame um médico.

– Não. Não é isso...

Garlando olha para o chão no meio do corredor escuro, sombras compridas que se afastam das velas escondem quadros e vasos delicados pelas paredes. Suas vozes ecoam pelo corredor e se embrenham onde a luz não chega. Reggiane fita Garlando sem pressa, seu corpo magro em uma postura ereta e perfeita que mal se mexe, nobre e imponente mesmo sem roupas de gala.

– A senhora não vai querer falar sobre as minhas fugidas da Universidade?

– É sobre isso que quer falar? – Reggiane diz, impassível, como se para si mesma.

– No jantar, a senhora falou sobre responsabilidades...

– E você está ciente delas e irá cumpri-las, eu presumo.

– Eu não entendo como a senhora pode ser assim tão calma sobre essas coisas. Não sei se posso lidar com contratos e negócios. Tenho coisas que preciso resolver – Garlando diz, dando um passo à frente para se aproximar da tia. Mas ela não se move e responde com a voz calma.

– Você tem uma viagem marcada e estará nela, rapaz, é isso o que temos a falar. Agora, se me dá licença...

– Não é tão simples! É da minha vida que estamos falando.

– Uma vida cuja incumbência é minha. Eu sou sua tutora, Garlando. Ou melhor, talvez tenha razão. Afinal, já tem idade para ser emancipado, mas, sejamos honestos, essa é uma escolha que você já fez.

– Eu não escolhi ser seu funcionário.

– Mas nunca abriu mão de ser um Espendi. As roupas que usa agora, a educação que teve, tudo o que é já não é mais parte da vida de pessoas como o seu pai e seu tio. Você só não entendeu isso ainda. Considerando esse seu anseio pela "vida nas estradas", resolvi que deveria fazer essa viagem em meu lugar. Eu o encontrarei diretamente na recepção que será oferecida pelo Duque de Veridiana. Será adequado, conhecerá pessoas com quem temos boas relações e estou certa de que voltará com outra cabeça.

Garlando fecha os punhos e apoia uma mão na porta para voltar ao quarto. As mãos tremem. Diz, sem olhar para a tia:

– E se a senhora soubesse que não faço mais parte desse seu mundo? E se o que sou não for adequado à sua família Espendi, que tanto venera?

– Eu não venero a família, rapaz, apenas faço o meu papel, que é manter aquilo que meu pai construiu. É natural, e você fará o mesmo no tempo certo.

– Eu sou um Desperto! – Garlando grita. – Eu sou o que vocês chamam de Sombrio! Está satisfeita? Ou também não faz diferença, sou como aquelas estátuas que a senhora espalha pela casa para impressionar os amigos do Templo?

Reggiane dá dois passos à frente e o encara com seus olhos verdes acesos pelo fogo da vela.

– Fale baixo, vai acordar os criados – diz em voz contida.

– O quê? Nem isso faz diferença pra você? A Inquisição me marcou, e se por um acaso o Templo perseguir a sua família, tia? E se o nome Espendi for conhecido como adoradores das Sombras?

– "E se". "E se". Eu já te disse que sei que tem passado tempo com o velho vendedor de chás desde quando veio morar nesse palácio? Quase quatorze neanos, não é mesmo? Espero que pelo menos tenha aprendido bastante dessa "magia".

Garlando não sabe pra onde olhar. Deixa a vela cair ao chão e o fogo se apaga.

– É meu papel cuidar de você – continua Reggiane –, por isso é essencial que eu saiba tudo o que tem feito. A magia é uma força curiosa. Eu nunca poderia aprendê-la como você, há pessoas que simplesmente não reagem a ela, como se seus espíritos a repudiassem – ela toca a barriga e Garlando tem a impressão que a acariciou. –, Mas isso não é importante. O que quero que entenda é que a família Espendi faz parte de algo muito maior do que pode imaginar. E essas suas habilidades podem ter um papel importante nisso.

– Agora a senhora quer me convencer que irá contra o Templo.

– Ainda pensa que o Templo está livre das sombras? O Templo mantém pesquisas próprias sobre magia e pretende fazer do seu uso uma das chaves para a supremacia nos próximos mil neanos. Você conhece nobres, suas casas já se desmancharam. Seus nomes e tradições só permanecem porque nós financiamos os seus luxos. Aliás, saiba que é essencial que chegue em Coméria logo, para sua segurança. Haverá movimentação militar e quero que esteja em muros aliados antes da campanha que vai pacificar Babélia.

– Então a senhora também sabe da guerra – pensa Garlando, em voz alta.

– Natural que eu saiba, sou uma das principais financiadoras dela. Os nobres não têm mais como manter uma situação de conflito. Sem os bancos, estariam perdidos. É para reforçar a minha relação com o Duque de Veridiana que você irá a Coméria, garantindo que o nosso nome permaneça intocável como primeira escolha. Estamos falando do próximo rei do maior reino. Agora se me dá licença, vou me retirar. Tenho certeza que podemos conversar sobre isso amanhã, sim?

– Não, espere. Eu tenho direito a saber. Por que eu conhecer magia é importante para a senhora? Durante todos esses neanos me deixou estudar isso e sabia... Eu poderia ter sido morto pelo Templo.

– Você nunca correu perigos tão grandes. Quem quer que o seu mestre seja, é alguém prudente e que conseguiu se manter longe dos olhos do Templo por muito tempo. Talvez possa me ajudar a saber quem ele é.

– Eu não faço ideia de quem seja meu mestre e se soubesse não lhe diria. A senhora nunca confiou em mim.

Reggiane expira ar pelo nariz e forma um sorriso nos lábios.

– Bem... O Templo não vai conseguir esconder do povo da Terra Pátria o conflito dos imortais por muito mais tempo. E você deve saber que fora deste continente há lugares com raças selvagens em abundância, além de cidades humanas que utilizam magia. Mas aqui a nobreza está ruindo. Quando expusermos a fragilidade do Templo, distraído com suas pesquisas mágicas e suas lutas internas por sucessões, será questão de tempo para que os bem-nascidos exijam maiores benefícios para manter o seu apoio à Hierofante. E aí a saúde financeira que eu proporciono os deixa do nosso lado, queiram ou não. Enquanto isso, já há líderes do Templo que nos procuram por também acreditarem que o futuro é dos burgueses.

Garlando suspira e fecha os olhos. Nunca ouviu falar em magia humana fora da Terra Pátria, a verdade é que tudo o que aprendeu não passa do começo de um barbante que forma um novelo confuso e impossível de se desatar. Antes de viajar precisa falar com Lucien, conhecer a sua identidade real e qual a sua intenção ao lhe ensinar segredos místicos, já que nada do que sabe sobre o mundo faz mais sentido.

– Mas onde a magia entra nisso tudo?

– Ela será simplesmente a base de toda a vida humana. Será a força que move as máquinas, será a medicina para curar as moléstias que não compreendemos, será o caminho para vencermos os céus e mesmo as barreiras de gelo dos mares. Todo o legado humano dependerá da manipulação mágica, e pessoas como você comandarão o novo mundo.

Garlando se afasta para o lado e se apoia na parede, tomando cuidado para não encostar em um caríssimo retrato de si mesmo. Inspira fundo, expira devagar, retomando o controle.

Sem olhar para o lado, Reggiane continua.

– É por isso que deverá estar pronto. Falamos bastante. Espero que finalmente possamos ir dormir. Há o suficiente para pensar até o dia de sua viagem, não é mesmo? Uma boa noite, rapaz.

E a luz da vela de Reggiane se fecha junto com a porta de seus aposentos. Garlando, de pé no corredor escuro, entra em seu quarto depois de ouvir a tranca da tia se fechando.

* * *

Há quatorze neanos, Garlando estava nesse mesmo quarto do palácio Espendi quando ouviu fogos de artifício que estouraram ao longe. Começaria em breve. Mas nesta Noite Iluminada, o Neano Novo não traria renovação, libertação, um mergulho a uma nova vida. Não importava que fosse completar quatorze neanos e estudar na famosa Universidade de Cidânia, a mesma que sua mãe frequentara. Para Garlando não havia o que comemorar, só havia a perda de tudo que era mais querido. Foi nesta hora que Timonez bateu na porta e entrou após ser autorizado:

– Mestre Garlando, por que não vai aproveitar a festa do Neano Novo com o senhor Ralfo?

– Mas o que a tia vai dizer a respeito?

– Ora, ela está ausente, foi convidada pelo Conde de Bujerba para as comemorações e não voltará em pelo menos dois dias. Não recebi instruções específicas contra uma visita sua ao tio. Vou pedir ao cocheiro que o leve até lá.

E logo Garlando seria recebido com surpresa e um forte abraço do gordo Ralfo, envolto pelas música e dança vigorosas dos romenu, que encobriam o crepitar do fogo. A perda de Jiorge ainda era recente, poucas cheias atrás, então canções de lamento se sobrepunham às alegres, com as guitarras dedilhadas em arpejos melancólicos. Mas ninguém tocava no assunto, ninguém dizia o seu nome. Depois do funeral simbólico em que queimaram uma carroça com objetos seus, a passagem estava feita. A imagem do carro gitânio em chamas era uma boa memória para Garlando, serena e digna, em contraponto ao fogo violento que o privara do pai.

O pai rolou pelo chão para apagar o fogo. Garlando foi ajudá-lo e se assustou com o grito.

– Garlando, o que está fazendo aqui? Onde está sua mãe? Você a tirou de casa?

– Pai, eu tentei, mas ela anda devagar demais, então pus ela no meu quarto. Pai – começou a chorar –, a nossa casa tá pegando fogo, pai, ajuda a mãe, por favor!

Mas não houve consolo. O olhar de seu pai tinha uma decepção profunda misturada a um medo que fez com que desviasse os olhos. O garoto não pôde encará-lo quando ele apanhou o manto e saiu correndo. Tentou não se desesperar, não havia decepcionado ninguém, iria salvá-la. Levantou e correu. Quando chegou em casa, as chamas começavam a enfraquecer, mas a água demorava a ser bombeada do poço. Via-os enfrentar o fogo com vassouras de palha e terra, enquanto não parava de pensar na mãe.

Mas logo o povo da estrada gritava em sua língua motivações para viverem e, assim, honrarem a memória dos que se foram, e nessa alternância de dor e de coragem para seguir em frente esses homens e mulheres bailavam em volta das fogueiras. Garlando preferia manter distância segura das chamas e via dentro delas o seu pai gitânio, que sempre dançara com leveza e desprendimento, esperançoso de um dia poder entender que a morte também fazia parte da vida.

De repente Nean, a estrela Pai, nasceu no horizonte, cobrindo o céu com seu brilho dourado que sumiria em poucas horas. No meio dos abraços e beijos dos gitânios, e sob os protestos de Ralfo, Garlando quis correr até Criane, fazer uma homenagem à mãe e ao irmão que nunca conheceu, deixando para trás a metade de sua família que festejava noite adentro. O Festival de Neano Novo acontecia, cortesia de nossa senhora a Rainha de Cidânia, como estampado nos cartazes postados pela comuna. Dorfes, Alvos da terra, humanos, todos juntos em comemorações que se espalhavam por toda a parte. Música, risos bêbados, comida em excesso e uma paz forçada pela presença dos guardas mal-humorados por estarem de vigia nesta noite.

Garlando pensou em Lucien e em como ele passava as horas douradas, em sua cabana. Talvez devesse vê-lo, mas esse era um momento que só ocorria uma vez ao neano, então quis prestar homenagem à sua amada. Andou vagarosamente pela rua transversal à da antiga casa de seus pais. Lá tinha morado Celes, seu pequeno apartamento já estava ocupado por uma nova família. Luzes acesas, provavelmente se recolhiam para dormir até tarde.

O pôr de Nean veio logo, a estrela Pai sumiu ao leste. Sua passagem devia ter durado umas quatro horas; pareceu rápida desta vez. À medida que o ouro deixava de iluminar os prédios, a cidade voltava à escura luz avermelhada noturna de Anmas. Os bichos vadios lambiam as bocas dos ébrios pelos cantos e davam espaço aos guardas, que levantavam a chutes quem estivesse no caminho de sua patrulha.

Garlando partiu de volta para a casa do tio Ralfo, passando por um caminho que lhe lembrava vaga-lumes e morangos.

Porque um neano e algumas horas atrás, sob essa mesma luz dourada de Nean, Garlando e Celes corriam pelo Festival visitando barracas para apanhar guloseimas de morangos e participar de jogos. Tio Ralfo participava do concurso de quem bebia mais, era um dos finalistas – e acabou desacordado por três dias após a sua derrota vergonhosa para um dorfe tricampeão na modalidade. Os pais de Garlando se retiraram pouco após os fogos de artifício que acompanhavam o surgir de Nean e foram para casa aproveitar a ausência do filho.

E como o pai de Celes estava bêbado em alguma parte da cidade e sua mãe nunca saía muito, a garota saiu com Garlando a procurar vaga-lumes quando Nean já começava a se pôr, misturando o céu com cores laranja e vermelha em fusão. Os seus cabelos cor de palha eram como ouro sob aquela luz.

– Nean está se pondo. Ora, dessa vez não demorou muito a sua passagem – disse Celes, como uma dos que gostavam de reclamar do tempo que Nean demorava a cruzar o céu.

– Isso quer dizer que Ele está satisfeito com a nossa conduta.

– Que coisa idiota! Ele não aparece uma vez por neano para vigiar se estamos agindo a contento.

– Foi a Mãe do Templo que disse isso.

– E você acredita em tudo o que ouve nas missas?

– E você não? – indagou Garlando, com os braços cruzados e a testa franzida. Logo seus olhos se iluminaram. – Um vaga-lume! – disse, apontando para uma luz que piscava no ar.

Correram atrás dele, a sua luz intermitente flutuante voava um voo preguiçoso, sem dar atenção para os seus perseguidores. De repente girou no céu, voltou e grudou no vestido comprido que Celes usava. Pertinho dos bordados, flores embaixo, três estrelas em linhas escuras mais acima, difícil saber suas cores sob a luz avermelhada de Anmas que agora os trazia de volta à noite comum. Mas uma mancha de torta de morango estava bem clara no tecido de seda pura, especialidade da família Tessitore.

– Você está linda nesta noite, mesmo sem a luz de ouro – disse Garlando.

– Gostou? Mamãe quem cortou, mas os bordados são meus – respondeu Celes sem jeito, baixando o rosto para o vestido.

– Muito linda. Gostaria que bordasse para mim – Garlando mentiu. Os desenhos eram tortos, mal acabados.

– Não levo jeito pra isso, menino. Sabe disso, pare de me bajular.

– Tá bem, sem forçar. Mas você fica... linda ao mostrá-los – disse Garlando sorrindo sem olhar para ela. Mesmo assim conseguiu virar e encará-la por um breve momento.

– Pare de me chamar de linda, tá gastando o elogio e não vai mais fazer efeito. – Celes riu e bateu no braço dele, olhando para o chão. O vaga-lume saiu voando. Correram atrás dele e subiram um pequeno barranco, entre galhos que prendiam nas roupas. Garlando caiu de joelho, ralando a calça, Celes soltou uma risada espontânea com sua voz levemente rouca.

As estrelas dominavam o firmamento, espalhadas e cobrindo toda a escuridão da noite até o chão do bosque. Garlando piscou e olhou novamente por não acreditar, então notou que muitas das estrelas no chão se mexiam. Eram vaga-lumes, nunca vira tantos em sua vida.

Celes ria, maravilhada, enquanto se moviam, colavam em sua roupa, seu vestido parecia feito de um pedaço da noite. Ela abraçou

Garlando, curvando-se um pouco para ficar da altura dele, e lhe roubou um beijo. Grudaram. Garlando se lembrou de tentar respirar, começou a se sentir um idiota, tinha que se concentrar. Queria saber o gosto, os lábios dela tinham gosto de morangos. Queria lembrar o cheiro, era simplesmente o cheiro dela, com o qual estava tão acostumado. Queria poder ver, abriu os olhos e sua pele estava tão próxima da dela que pareciam uma coisa só. Na verdade, achou estranho.

Foi a primeira vez que se beijaram. Celes saiu rindo e não trocaram mais uma palavra durante toda a noite. Ele se sentiu envergonhado, sabia que zombariam dele por isso. Às vezes ela pegava em sua mão, Garlando olhava para ela, mas logo voltaram correndo para o resto do festival.

Celes se despediu e foi procurar o pai, talvez ainda estivesse na rua. Garlando voltou para casa e encontrou os seus trancados no quarto, avisou que havia chegado e foi direto para a cama. Ficou lambendo os lábios devagar, sentindo a aspereza da própria boca umedecida pela língua. Pensava, "Por que eu nunca a beijei antes?".

Reggiane Espendi

5

PENSANDO EM UMA virada de neano de muito tempo atrás, Garlando chega em plena madrugada à cabana onde mora Lucien. Bate à porta encostada, chama, mas ele não atende. Conclui que ele não está, apesar de ser cedo para ter ido à cidade vender remédios. Temendo pelo seu mestre, a imagem da gruta onde conheceu magia pela primeira vez lhe vem à mente.

Hoje é o dia em que Garlando partirá para Coméria. Viajará com uma caravana de comerciantes e tem algumas horas até que Sarali nasça e estejam prontos para partir. Sem se preocupar, segue para a caverna proibida onde muitas lembranças se debatem.

Depois de alguns minutos floresta adentro, chega ao Lago das Fadas, que de fadas só tem o nome, pois nunca viu tais criaturas por lá. Vê em frente a um arbusto um teimoso dente-de-leão que cresceu meio torto e murcho e o toma em suas mãos. Celes adorava soprá-los. E adorava esse esconderijo.

Depois de trabalhar no tear com a mãe de manhã, ela dava um jeito de escapar quando o pai não estava por perto, em viagens para vender tecidos. Corriam sem medo para dentro da escuridão e logo estavam diante do lago subterrâneo, visão fascinante pelas pedras-brilhos, bichos grudados nas pedras que se alimentavam de insetos e até de pequenos animais. A luz azul que emitiam permitia que os jovens vissem por onde andavam, imaginando as estalactites como dentes de um enorme dragão que os engolira. Os meninos juravam que passariam a eternidade dentro dele, alimentando-se de peixes e brincando na fria barriga do monstro de rocha.

As brincadeiras silenciosas tinham gosto de coisas erradas, aquelas que os pais detestariam que fizessem, principalmente o pai dela. Celes deixava que Garlando a abraçasse, para depois se desvencilhar. Abria os braços e o envolvia sentada em uma pedra mais alta, acariciava seus cabelos com o rosto na altura dos seios. Sem poder enxergar quase nada, aquecidos um pelo outro, lembravam-se das advertências dos adultos para depois ignorá-las novamente. Mesmo as do velho louco Lucien que ameaçava a cidade com monstros que surgiriam se essas cavernas fossem violadas. Para eles era apenas mais uma chatice de adulto.

Celes não tinha medo do pai, que já pretendia passar a levá-la nas viagens para impedir suas brincadeiras, enquanto o pai de Garlando só insistia para que se respeitassem e não sumissem por cavernas e campos escondidos. Já a mãe dizia que aprovaria um casamento com ela. Na intimidade, Garlando pensava seriamente nisso, teriam um casamento abençoado pela sacerdotisa, uma vida calma, e levariam seus filhos para esses mesmos lugares secretos.

A memória dos pais traz lágrimas e Garlando deixa que escorram, fazia tempo que não vinham tão suaves. Quando as seca, a pele arde, sensível pelo choro salgado.

Deita-se de bruços próximo à lagoa. A água gelada, o brilho azul nas rochas agitando-se como fogo. As pedras-brilho dançando pela superfície agitada por sua mão. Lembra como o corpo se cansava nos primeiros contatos com a magia, essa força que um dia foi motivo de orgulho e hoje significa uma marca que não pode esconder. Controla a água, ela gira sobre a sua mão, flutuando, então a atira em um jato, como o que jurava ter visto na madrugada em que seus pais se foram. Deitado nesta cama fria, risca a parede com rajadas líquidas, arrancando o musgo que demorou dias para se juntar.

Pressente a vinda de alguém. É Lucien. Encontram-se em outro mundo, onde não há paredes, água ou ar. Os olhos do mestre atravessam Garlando com acusações por não ter abraçado o caminho da magia. Em uma das orelhas, brilha um velho brinco, como usa o Tio Ralfo, mas ao invés de uma argola de ouro como dos gitânios é uma pedra pequena, em forma de gota, pendendo do metal que a prende à pele. Lucien não diz nada, mas Garlando compreende o afago silencioso e promete não ter medo de quem é, pois a magia é apenas uma forma de perceber as Mães e tudo o que há no mundo.

Garlando não quer ser perseguido, e pela primeira vez teme não apenas por si, mas por sua tia e pelo seu tio. A água o protege do fogo que lhe levou os pais, mas não pode ficar nesta caverna para sempre. Lucien diz que a única forma de se livrar desse medo é estando junto das pessoas como ele. Deve ir aonde estão os Despertos, como Alexander no reino de Majestosa. E que eles saberiam quem é Merzadaac, seu nome secreto. Mas como entender quem está do lado deles e quem está do lado dos inimigos?

Os olhos calmos de Lucien lhe mostram que a magia estará no cruzamento de todas as estradas da Terra Pátria e muitas coisas se revelarão em nome da Transformação. Então o peito se espreme e a respiração para, é uma despedida, Garlando se desespera e tenta encontrar o vulto de seu mestre pelo enorme vazio onde se encontra. A voz lhe repete para que mencione aos aliados que seu mestre é Merzadaac. Somente esse nome revelará o seu caminho. A voz é sugada pelo silêncio. Garlando se encolhe de frio e está sozinho na caverna. Seus olhos estão molhados, mas o peito agora está tranquilo. Restabelece a respiração. Ao olhar para a parede escura e cheia de musgo, vê um pulso de luz que a atravessa. Espremendo os olhos, do outro lado da rocha está uma pedra azul e grande que emite uma luz suave, dissipando-se em seguida. Ao se aproximar e olhá-la de perto, uma certeza se fortalece, já a viu há muito tempo. O brinco de Lucien. Pisca e coça os olhos para se certificar de que está acordado, abre e fecha as mãos, agarrando a força que não enxerga. Volta pela floresta perfurada pelos primeiros raios de Sarali, sabendo que não encontrará Lucien em sua cabana, e segue para encontrar os viajantes que já devem estar atrasados por sua causa.

* * *

A caravana é composta por uma dúzia de carros, guardados por mercenários montados e armados de mosquetes e espadas à cintura. Alguns carregam bestas e vestem armaduras de couro, exceto o líder, de couraça de aço.

"*Último suspiro antes de um mergulho na tempestade*, onde li isso?", pensa Garlando. Depois de encontrar o coche próximo à antiga rua onde morava, logo se unem ao comboio. Deixa a mente viajar com a paisagem.

A conversa recente com a tia os aproximou como nunca pensou que um dia aconteceria. Quase como se fossem cúmplices, família acima de tudo.

Depois de a caravana parar em um galpão perto da entrada da cidade para carregar e retomar o movimento, o frio na barriga de Garlando vem forte. Com muito esforço, para de tentar ver através da janela a cidade que fica para trás. Reza à Deusa para que a viagem seja rápida e que o afaste logo de Criane, rumo ao possível paradeiro de Celes.

Casas e árvores de beira de estrada, jardins e pedras, transeuntes e raros carros cruzam o ritmo vagaroso da caravana. Garlando logo se entedia com a lerdeza do comboio. Tenta não pensar em nada e se perde em abstrações cheias de dúvidas, uma frustração curiosa, pois está a caminho do seu objetivo. O problema é que a decisão não foi sua.

Então o verde toma conta da estrada e agora é constante. Garlando se recorda de quando foi para a Universidade, cenário onde vivenciou seus medos de jovem quando deixou tudo para viver no coração de Cidânia. Perto da capital Lindebluma, Criane é uma cidade mediana, não está corrompida pela absurda aglomeração, apesar de abrigar tantos comerciantes e viajantes de todas as etnias e origens.

Coméria é o maior reino da Terra Pátria e, apesar de Garlando ter conhecido pessoas de lá, como a Rosa Vermelha, nunca esteve no local. Qual a real diferença entre esses ambiciosos comerianos que aspiram por tudo no mundo e os cidanianos, sempre dispostos a olhar o passado como um legado de orgulho, mas sem admitir que pararam no tempo? A ansiedade segue disfarçada de curiosidade, coberta pela poeira que as rodas deixam para trás entre uma pintura verde infinita.

* * *

Aí não sabia mais onde estava. Se era sonho, se era ontem, hoje, quando... Garlando apenas via Celes correndo, vestido sujo. Vindo até ele. Sorria, sardas em seu rosto de criança, cabelos loiros e voadiços, fugia, gritava seu nome, ele deveria segui-la. Correu até a esquina que dobrou. Mas, ao alcançá-la, já não a pôde encontrar. Sumira pela rua em pleno dia. Gritou mais uma vez, lá estava em frente a um beco do outro lado da rua, longe, como teria corrido tanto? Garlando correu e tropeçou o pé calçado em belo sapato nos paralelepípedos, então chegou à esquina.

Uma luz, uma brancura cobriu tudo.

Agora era uma criança, devia ter uns sete neanos – menos, talvez seis? Vestido com roupas simples, mas limpo e aprumado como um Espendi, cercado por três garotos mais velhos que o ameaçavam com pedaços de pau e pedras. Sua cabeça doía por causa de uma pedra que o acertara ao tentar fugir dos agressores. Era um beco estreito, final de uma viela, escuro pelos telhados que se encontravam, deixando visível apenas uma listra azulada do céu. Onde Sarali batia era um dia quentinho como os da Escuridade, época fria do neano, mas não na sombra fria onde ele estava.

Por um momento, achou ter visto alguém na esquina do beco, mas ao olhar de novo não viu mais nada.

Eles riam. Todos mal vestidos, mas não eram gitânios como tia Reggiane dizia que todos os pobres eram. Eram filhos de burgueses como Garlando, mas sem uma família rica, como ele.

– Qual é seu nome? – um o ameaçou, cutucando sua barriga com um pedaço de pau sujo de bosta de cavalo, manchando-lhe a roupa, deixando Garlando com o sangue fervendo. – Não olha feio senão faço você lamber isso até deixar limpo. – Os outros riram como duendes. – Fale a droga do seu nome, seu idiota!

Tremendo, começou a falar.

– Garlando Romenu... – e esperando que isso os intimidasse, disse seu último nome com convicção. – *Espendi.*

Ao ouvir isso os agressores estremeceram, mas tentaram manter a pose e logo se recuperaram. Um fedido, certamente fugido do trabalho com o pai que vendia esterco, empurrou-o.

– Espendi? – Tinha os olhos esbugalhados e cuspia enquanto falava. – Ah, um Espendi! Meu pai vive se matando de trabalhar por causa dos Espendi.

– Que que têm a ver os Espendi com isso? – disse outro com a testa franzida.

– Sei lá! Mas sei que meu pai tem pouco dinheiro por causa dos Espendi.

– Quem quer saber do seu pai? Só sei que esse moleque, Espendi ou não, não parece um menino – disse o primeiro. – Esse rostinho parece de uma boneca ou uma princesinha. Será que é menino mesmo? – riu com uma voz estridente. Garlando mal conseguia se mexer, suas mãos tremiam sem parar. Suas pernas doíam, vontade de urinar, controlava-se como podia, tentando ver através do beco, mas com o barulho da cidade ninguém o ouviria mesmo se gritasse. Então de repente avançaram e começaram a puxar suas calças para baixo. Começou a gritar. Um começou a socá-lo na cabeça e, enquanto tentava se proteger com os braços, os outros dois arriavam suas calças. Com as pernas presas, caiu para trás em cima de umas caixas velhas e podres. Quis a morte, que tudo terminasse logo.

– Solta! Solta! Alguém me ajude! Eeeei!!! – As lágrimas vieram aos olhos, mordeu os lábios e tentou, em vão, cravar os dentes em seus algozes.

– Quero ver se não é menina! Menino não tem essa cara, não é possível! Nem deve ter pinto!

Então com um baque o fedido caiu em cima de Garlando, levando a mão à nuca.

– Aaaaaai! Merda, quem me bateu?

Alguém viera da esquina. Parado com um pedaço de pau na mão, pernas afastadas prontas para briga. Era uma menina vestida em uma roupa bonita, mas velha, suja nas barras. Rosto sardento, cabelos ondulados e loiros. Seu rosto inclinado para a frente, olhos fixos nos inimigos.

– É uma filha de um puto-de-alvo, mesmo! Você é duende, menina? – gritou o fedido.

– Duende? – perguntou ela. – Sou louca que nem eles, mesmo. É assim que vocês falam por aqui? E o que é puto-de-alvo?

– Ah, é uma filha duma orca, mesmo! Puto-de-alvo é homem peludo que vai com os Alvos por dinheiro.

– Vai pra quê?

– Eu... Ah, vão e pronto, droga! Que é que você tem que saber?

Era uma menina nova, chegada havia umas duas cheias de Anmas. Garlando a achava bonita, mas meio suja, como os gitânios. Ah, se seu pai soubesse disso que ele pensava, ficaria bravo. Ela preenchia o beco com sua pose firme e aquele pedaço de pau na mão. Os três meninos nem conseguiam falar direito. Suas vozes saíam finas, como se quisessem se encolher e sumir para baixo das caixas velhas:

– Eu vou arrancar suas calças também!

– Ela tá de vestido! Tu também é burro que nem um orc, hein?

Mas ela não esperou mais conversa, partiu pra cima e meteu o pau na barriga de um dos meninos, que soltou um urro e caiu em posição fetal, contorcendo-se no chão. Outro tentou atingi-la e tropeçou, mas, como ela desviou, também caiu de cara. A garota aproveitou e o chutou. O último, com o coração disparado, saiu correndo e gritando.

– Você vai ver, sua duende feiosa!

Chorando, os dois meninos se arrastaram até conseguir levantar e fugiram.

A garota loira se aproximou, e agora ele pôde ver seu rosto de perto, cheio de sardas. Era mais alta do que ele pensava. Os olhos, tão agressivos antes, agora eram dóceis, tranquilizantes. Garlando fitava o chão sem poder encará-la. Ainda estava de calças baixas, tentando se recompor. A gargalhada dela veio sem pudores.

– Garlando Romen Espendi, é?

– Romenu. Sim, meu nome é esse – respondeu com a voz baixa, olhando para qualquer lugar que não fosse o rosto dela.

– Então tá. Eu sou Celestiana Tessitore – disse, cheia de pompa, como se apresentasse alguém importante. Garlando sorriu.

Quando saíram do beco frio, Garlando viu que os olhos de Celestiana eram uma linda mistura de verde com traços acinzentados. Ela saiu correndo na frente e disse que o veria em um outro dia.

* * *

Horas depois, a paisagem mudou pouco. E, em meio a um sono que o embala, Garlando vê a tia de queixo erguido reclamando sobre sua função nos negócios e o lembrando de responsabilidades. Com certeza é um sonho, uma repetição de experiência que ecoa pela mente, até que um choque repentino lança o rapaz de cara na parte da frente do habitáculo. Enquanto tenta se endireitar e entender o que se passa com o cocheiro, que já parece bastante agitado, ouve gritos dos outros membros da caravana.

– Eles vêm da esquerda também, cuidado!

– Ali! Não, eles estão... – e essa voz que nunca tinha ouvido engasga e para de súbito. As pessoas correm sem direção lá fora, e Garlando só se dá conta da situação quando uma flecha quebra o seu vidro e crava na parede interna. Não possui uma espada na cintura, talvez possa alcançar sua rapieira na bagagem em cima da carruagem, mas isso o deixaria exposto para ser atacado. Se a segurança agir bem, terá tempo suficiente para observar o que acontece sem ser impedido pelos agressores, pensar em um plano, até, mas será impossível se permanecer abaixado dentro da cabine. Tenta olhar de esguelha, escondendo-se nos cantos onde não há janelas.

O ataque prossegue, e Garlando revisa as suas opções, ignorando as mãos trêmulas e quase se mijando nas calças. As pernas doem pelo esforço de mantê-las sob controle. Não vê ninguém lutando por perto, seu cocheiro desceu para combater os bandidos, um típico assalto de estrada, mas os seguranças contratados para a caravana já estão no chão, rendidos, sem oferecer muita resistência. Não eram profissionais da melhor qualidade?

Garlando se esgueira para fora da porta e avista a beira da estrada para onde correrá. Olha em volta, tudo aconteceu tão rápido que os membros da caravana que não eram os seguranças já foram abatidos.

Ele se volta para cima e encontra a sua bagagem sobre a carruagem. Pula e se estica inteiro, tentando arrastar o embrulho comprido da rapieira para fora. Puxa-a devagar, ela sai um pouco. Insiste, logo a terá em suas mãos. Mas quando uma garota do grupo dos ladrões corre, gritando, em sua direção, Garlando pula para trás em reflexo e se desequilibra, caindo sobre as folhagens e rasgando as roupas nos galhos duros. Rola por cima do arbusto e desaba por um pequeno barranco, torcendo o tornozelo no instante em que aterrisa. Sua vista se torna branca pela dor instantânea que o domina. O pacote da sua espada cai junto, mas para no meio da queda. Arrastando-se sobre folhas secas, espera já estar livre do ataque, quer respirar por alguns segundos, e tudo o que aconteceu até agora vai fazer sentido. Ao tentar se apoiar no chão, a dor lancinante do tornozelo lhe informa que não há como andar. E então a mesma ladra que deveria ter desistido vem voando sobre ele e o golpeia no rosto com uma bofetada. É montado por sua algoz. Enquanto Garlando toca com a língua um dente amolecido, encara-a de perto, quase à distância de um beijo. Não é uma garota humana, mas uma fel-myn, uma gata jovem e esguia. Ela toma o queixo do rapaz com uma das mãos coberta por uma fina penugem e crava suas garras na pele, apreciando os olhos arregalados e submissos de sua presa. Garlando tenta sair debaixo dela, mas é reprimido por uma bofetada no rosto. A fel-myn não o encara com olhos de assassina, inspeciona-o com calma. O rapaz solta a respiração e seus músculos relaxam, hipnotizado pelos sussurros da gata em sua língua incompreensível. É como um rato dominado, mera diversão para os caprichos da caçadora. De repente, ela se aproxima do seu rosto e sorri.

– Lindo como uma mulher. – E, após lamber-lhe o rosto do queixo à testa, rasga-lhe a bochecha com uma das garras. Garlando fecha os olhos pela dor que o repuxa como um anzol. Alguém grita lá de cima, a gata vira os olhos e suspira. Deixa um sorriso inesquecível para o seu brinquedo e, depois de se apoiar bem em cima do tornozelo torcido dele, salta para longe com uma facilidade que contrasta com o gemido contido do rapaz.

Fica na boca de Garlando o gosto de saliva agradável da lambida.

Respira um pouco e se arrasta o máximo que o tornozelo deixa. A dor é intensa, mas não devem mais vir atrás dele. Se a gata o tivesse matado, ao menos não passaria por esse sofrimento. Ao olhar para o barranco por onde caiu, resigna-se ao ver que seria impossível escalá-lo em seu estado. Expira o ar com força ao lembrar que a espada ficou por ali, também. Não há como saber onde está ou quanto tempo de floresta precisará percorrer até chegar à estrada e aos destroços da caravana.

Os murmúrios dos bichos invisíveis são a voz da floresta escura. Respirando cada vez mais devagar, pedem atenção as dores no tornozelo, nos cortes no rosto e em vários outros pequenos ferimentos. Aceita-as e sorri quando o frio começa a bater nas roupas sujas e úmidas.

Cada minuto se arrasta como as lesmas que Garlando observa. As dores não dão trégua. Recita algo em voz baixa e toca o próprio rosto, depois a junta torcida. Nos cortes, diminui a ardência, mas não consegue fazer o tornozelo melhorar. Deveria ter se dedicado mais à medicina arcana. Então faz com que água brote de suas mãos e bebe dela, sorvendo-a com vigor. Suspira após encher o estômago, mas a água da magia não é a mesma dos rios frescos, falta-lhe o gosto da terra em movimento, só serve para sobreviver.

A noite finalmente surge e escurece de vez o ambiente, mas nem o frio o faz aceitar o fogo.

Por que me afasta?

Porque me feriu.

A árvore é grande demais para ser aquecida pelo seu corpo e devolver o conforto. Pelo contrário, ela lhe absorve o calor. A boca enche de saliva, mas não há como caçar animal algum agora. Mal pode se mexer.

"Aquelas malditos seguranças nem tentaram lutar. Eram todos vendidos, os putos", pensa, mas o frio não o deixa se perder nessas preocupações.

A perna está quase dormente pela dor que aumenta. Contudo, mesmo seu pouco conhecimento de medicina lhe diz que não fraturou o tornozelo. Se conseguir dormir, uma noite de sono aliviará as ideias e revelará novas soluções.

Os sons da floresta aumentam com o avanço da escuridão, fortes, espremendo-o de todos os lados. São os donos do território, Garlando é quem invadiu, mas confia na magia, sua única chance. Lucien disse que em regiões de natureza virgem o poder se amplifica, mana abundante, mas teria de usar o fogo, o corpo já está duro como gelo e a perna se desligou, não o deixará andar e procurar uma saída desse pesadelo.

Chame-me e eu o aquecerei. Chame-me e eu o iluminarei.

Mas e se você transformar tudo naquele inferno? Aquele cheiro de carne queimada como naquela noite? Sua fumaça só vai cobrir tudo, vai matar a mim e a esses animais. Não! Antes o frio.

Desperta num sobressalto, como se estivesse sendo observado. Antes de se lembrar onde está, o peito arde e uma tosse forte o sacode junto com a respiração falhada. Um coelho selvagem que o vigiava corre, e o alívio que se segue ao susto some ao tentar mexer o corpo incapacitado. O tornozelo precisa de aquecimento urgente, a ferida no rosto não arde mais. O estômago reclama. Ao se ajeitar no tronco, tosse mais uma vez, cospe um catarro espesso. A garganta se soma às baixas.

Você precisa de mim.

Eu precisava mais deles.

Esmagado pela fatalidade, Garlando se prostra diante da natureza. À sua volta, folhas secas, as raízes da grande árvore que é a sua cama. Um tronco caído e apodrecido mais à direita, coberto por musgo e pequenas flores. Galhos de seu leito pendentes, um barranco coberto de terra, grama e arbustos expostos. Mil espíritos de animais que se comunicam sem parar, próximos e ameaçadores. Qualquer desses poderia tê-lo atacado enquanto dormia. É quase como se algo o protegesse.

A escuridão vermelha se entrelaça a mais uma noite. Alguns pássaros surgem nos galhos, uma cobra que passa longe nem se preocupa com a presença do invasor. Outro coelho, ou o mesmo de antes, aproxima-se e logo vai embora, de folhagem em folhagem. Como a paisagem não muda, cada pequena modificação em seu campo de visão é perceptível, como as folhas balançadas por uma brisa que adentra a mata, os galhos sacudidos por algum bicho, a dança ondulante das coberturas das grandes árvores que velam a luz de Sarali deixando apenas poucos raios rasgarem a malha. Nota a mudança das cores durante o dia, como o pouco iluminado torna-se ainda menos iluminado e como há diferenças entre os muitos verdes que enxerga.

Então vem a dormência, o seu corpo já deu todo o calor à árvore-leito.

Chame-me, e eu o protegerei.

Recita uma reza, mas o fogo não o atende.

Por que não me atende?

Por que não me chama de verdade?

Abraçando o frio, contorce-se como um caracol e tenta se encolher entre as raízes, de onde pretende acordar renovado em uma cama tranquila, numa casa com tudo que precisa, onde as suas vontades sejam as mais importantes, como sempre, e obter o apoio resignado dos seus tutores. Todos sempre o pouparam, por isso tentou encontrar sozinho a adversidade, mas agora que não tem como escapar dela se convenceu de que é o suficiente.

A Transformação está no rompimento dos elementos: da vida da terra vem o fogo que explode e é extinto pela água que cai, evaporando-se ao ar.

“Ainda não estou pronto.”

Só consegue dormir depois de se exaurir de chorar. Ao acordar no novo dia, nem se surpreende por não estar onde queria.

Ergue-se e, mancando, abandona a paisagem familiar. Pretende ao menos morrer com outra visão, e num caminhar trôpego segue vasculhando locais por onde seguir sem ter que abrir uma trilha.

Procura alimento, os sons dos animais se alternam com sua tosse e o quebrar das folhas. Agradece à Deusa pelo frio com escárnio, pois ao menos não terá de enfrentar mosquitos. Tenta reconhecer nas ervas alguma comestível, que possua algum atributo para o peito congestionado ou que no mínimo não seja venenosa. Seu estômago dói de fome. Porém não se arrisca e se amaldiçoa mais uma vez por não ter aproveitado os estudos, pois mestre Lucien é o maior herbalista que já conheceu. Presta atenção no comportamento dos bichos. Vê um esquilo de vez em quando, talvez possa encontrar nozes ou castanhas, ou frutos que os pássaros comem. Mas no alto das árvores? Desiste.

Já é o começo da tarde, e entre todos os descansos e marchas só engoliu umas frutinhas que davam em arbustos, porém agora o estômago se debate com elas. Cólica e diarreia só vão debilitá-lo mais, por isso trata de se encher de água mágica até a próxima aurora.

Novo dia e novas dores causadas pelo péssimo local de dormir. É surpreendido por formigas que lhe picaram a mão esquerda durante a noite. Depois de sacudir outra multidão delas, que infestaram suas botas e calças, Garlando segue cambaleando, a mandíbula dolorida de tensão, e nem chega a se alegrar com a luz do dia que vem mais forte. Busca na memória um encanto antigo para afastar insetos, pois não pretende ter novas experiências com os malditos. Por fim, se depara com uma fonte de água que escorre entre as folhas, um pequeno riacho.

Bebe da água fresca e se aquece com Sarali, lavando o tronco nu com a manga da camisa umedecida. Tira o pó e a sujeira do tecido e o estende para secar.

Enquanto pondera que pode usar o encanto dos insetos para roubar mel, um coelho passa correndo entre dois arbustos, bem perto. Garlando se joga para a frente, mas se desequilibra pelo tornozelo ainda dolorido e vê o animal disparar em uma velocidade incrível, sem deixar brechas para um predador inabilidoso. Começa a rir de si mesmo, a cabeça pesada, tossindo e com um resto de cólica que permanece após o pior da diarreia. A mão picada pelas formigas, que antes ardia, agora coça.

Chega a uma clareira na floresta, como se as árvores evitassem este único lugar, um gramado baixo se estendendo por todo o grande terreno salpicado de dentes-de-leão. Sarali se esconde atrás das nuvens, o céu já não tem o seu azul esverdeado, tornou-se cinzento. Garlando manca até o centro da área para se deitar e esperar que a Mãe da Luz surja de novo entre as nuvens, esmagando dentes-de-leão com os joelhos. Em sua volta, o mato pisoteado forma um círculo concêntrico ao do perímetro. Toma um dente-de-leão, repara na nuvem delicada sobre o seu caule. Não a sopra, deixa-o sobre o peito e olha para o céu, mas Sarali permanece escondida. Fecha os olhos e suspira tentando achar forças ou um plano que possa tirá-lo dessa situação.

Na floresta do Morro do Silêncio, Garlando abre os olhos. As nuvens escureceram e se tingiram de roxo, talvez um prenúncio de chuva. Vira-se para a grama, mas ela está vermelha. Senta-se vasculhando cada folha das plantas que fazem a floresta, todas rubras como o sangue, e fecha as mãos para enfrentar o que possa vir. Olha para a direita, para a esquerda e para trás. Quando se vira para a frente, um vulto se aproxima. Delicados pés acariciam a grama sem esmagá-la. Escala a aparição com os olhos, uma suave figura feminina vestida por um tecido de seda transparente, seus passos lentos não indicando a velocidade com que se move, pois não toca o chão.

Seu rosto é indecifrável, cabelos compridos e dourados se espalham em tranças e enfeites de plantas.

– Mãe? – Garlando sussurra, a testa franzida.

A figura o observa, cabelos e roupas esvoaçam mesmo sem vento que os sopre. Não há som algum, nem de animais nem das folhas, todos em silêncio diante dessa presença. Não há ar que se respire, e ainda assim Garlando vive, suspenso naquele momento.

– Mãe, é você? – ele repete e tenta erguer o braço, mas não se mexe. Não que não possa mover seu corpo, mas porque ele se recusa a obedecê-lo.

Ela começa a falar, e sua voz ecoa dentro da cabeça de Garlando.

– É uma criança. Tola e perdida, um animalzinho como os outros, mas acredita que vive em outro mundo.

A boca da criatura é invisível. A voz é a da mãe de Garlando, a de Celes, a de Reggiane, a da Rosa Vermelha, a de todas as mulheres com quem já falou na vida.

– De fato é um outro mundo – ela continua –, um lugar cheio de significados e símbolos próprios criados por vocês. Suas pequenas realidades tão frágeis como a abelha e a formiga, mas sem a diligência delas, que perseveram na existência sem hesitar. Ah, mortais, resta-lhes só a misericórdia dos moradores da terra viva. O que seria de você se em minha natureza caprichosa eu resolvesse me aproveitar de sua ridícula figura? Seu bichinho ansioso e sujo, é como uma ferida nesta área de adoração ao equilíbrio. Mas não tenha medo, criança. Quero ouvi-lo, por isso diga tudo, não se amedronte. Só existe nossa voz.

Em torno da floresta rubra e inquisidora, Garlando espreme os olhos para distinguir pequenos vultos que surgem e desaparecem. Ele pisca, tentando confirmar as imagens, torcendo para que sejam mentira enquanto calafrios lhe embaralham as tripas.

"Que são essas coisas à minha volta?".

A figura em sua frente se transforma, galhos finos de uma planta ramificam-se a partir das costas, envoltos por longos ovais translúcidos. Uma libélula na névoa. Em sua fronte, surge um diadema de flores.

– Mas fale, criança, pois eu ordeno – a criatura causa uma lufada com a batida de suas asas, que ergue folhas mortas e avermelhadas, lambendo a grama.

– A Mãe está em coisas visíveis e invisíveis – balbucia Garlando com a boca dormente –, a magia liberta quem ousa despertar do véu ilusório da vigília. Mas o sonho é o primórdio da existência e a Essência de todas as coisas mora nele.

– O que é isso? Uma lição esquecida dos seus professores de *Magia*? As Mães da Luz e da Sombra são as filhas, mas acima de tudo são, de fato, Nean, o Todo, e nisso reside a unidade principal. Mas para vocês, mortais, existirá sempre dualidade, dois mundos, duas visões. Não compreende o que vê agora e por isso quer voltar para o outro lado. Aqui não existe o que chama de *vigília*. – O eco da voz da criatura percorre todo o seu corpo, até a ponta dos pés.

– Você... Vossa Majestade é a rainha deste lugar? – Garlando olha para o lado, inspira fundo e solta o ar do peito. – Mas o que sabe Vossa Majestade sobre sonhos? Disseram-me que os Alvos não os têm. – E no momento seguinte em que o disse, engole em seco.

– Sim, está correto, pequeno – diz a criatura, sorrindo contente pela provocação. – Sou a Rainha. E todo o meu povo não vê sonhos como vocês, mas também não vemos distinção entre a Transformação e a vida material que tentam separar em seus laboratórios. O que é o sonho para quem não entende a vigília?

– Mas por que existe a magia se temos que viver separados dela? Por que quando alguém Desperta passa a buscar sem cessar um caminho para esse estado primordial? Por mais que eu tenha fugido, essa estrada volta para que eu a trilhe. – Garlando não reconhece a própria voz.

A criatura abre um sorriso, seu rosto imaculado se revela.

– É por isso que vocês sofrem, crianças. A magia é o que liga a realidade, não a da sua vigília, mas a verdadeira, a que une os polos da Vida e da Morte, se assim preferir. É a força que a tudo transforma, que a tudo dá movimento. Ela não deve representar uma escolha ou uma obsessão para quem a conhece, pois não é o único caminho para o estado primordial. Para você pode ser um novo caminho, o caminho certo, mas na verdade é apenas mais um dos possíveis. Mãe Sarali nunca exigiu que escolhessem a magia ou a não magia, só que é difícil explicar-lhes mesmo esses simples conceitos, pois a complexidade forçada dos seus pensamentos, crianças, é o que justifica suas tantas imitações grosseiras da Criação.

– É fácil para você, que vive na magia – diz Garlando virado para a grama do chão, os punhos cerrados. – Além de tudo, para nós há o perigo da crisálida.

– Todos vivemos. E esse conhecimento nunca esteve além de ninguém. Mas me parece que é parte de vocês o apreço pelas limitações. Proíbem-se, julgam-se, apegam-se a palavras como *vigília* e *sonho* e acreditam em *princípio* e *fim*. E agora me fala da crisálida, mas será que a entende?

– Como assim? Para mim é claro que um mau uso da magia pode destruir o meu corpo, cristalizar a minha carne, o que mais há para se entender?

– A magia pode, sim, cristalizar a carne. Não só a de vocês, crianças filhas da morte, mas também a dos L'dren, cuja carne é tomada como o fogo consome a palha ao mero contato com a Transformação. Seja como o vento, criança maga, que carrega o pólen para fecundar plantas distantes, sem deixar de ser ar. Seja um córrego por onde fluem os peixes, sem deixar de ser água. Carregue a magia até que se liguem os polos que transformam as coisas. Assim ela nunca irá parar em sua carne, apenas o usará como portador, e enclausurado na crisálida nunca será. Agora venha, levante-se. Você deve atravessar.

– Atravessar? Mas meu corpo... – Garlando encolhe a perna ferida, testa a pisada: o tornozelo não dói. Inspira o ar fresco sem dificuldade, não há mais pigarro. Os músculos de todo o corpo despertam devagar, como depois de longas e boas horas de descanso. Não encontra os cortes no rosto e nem as picadas das formigas na mão que coçavam. Não tem fome.

A criatura se afasta dele em direção a um tronco vermelho, pisando, sem molestar, folhas secas e manchadas de rubro no solo. Os vultos de antes se solidificam, e Garlando pode vê-los sem precisar piscar. São pequenos seres, criaturas que trabalham e povoam toda a extensão da floresta. Antes transparentes e indistintas, agora entretidas, risonhas, cientes da presença do visitante. Umas têm pernas de aranha e rosto de crianças. Outras vestem folhas e ostentam asas de borboletas. Todas diferentes, compridas, baixas, magrinhas ou gordinhas. Suas vozes se misturam ao farfalhar das árvores, que voltam a respirar. Esse novo mundo vibra diante de olhos desacostumados. Garlando expira o ar e se endireita.

"Celes, você nunca acreditaria se eu te dissesse..."

– Minha Rainha! – Garlando enche o peito para dizer, mas sua voz mal sai. Quer dizer a ela que não pode entender isso tudo, que Alvos são seres que vivem em uma parte diferente da realidade, quer perguntar qual o segredo que os separa dos que morrem. Quer lhe dizer que ela não pode entender a condição dele por viver ao lado da Mãe desde o começo. Quer que ela saiba que, para os filhos da morte, a única chance de se aproximar da Criação é pela magia. Antes pensou que fosse uma ciência, ou uma compreensão dos signos do mundo, mas ela está longe dessas coisas, exige outra entrega. – Você deve saber do que se trata, Rainha. Mas é orgulhosa demais para dividir isso com um efêmero como eu.

Porém, a Rainha está longe.

Suspira para as nuvens cinzentas que escondem a Mãe. Celes que o perdoe, mas chega dessa busca, que venha a luz do dia e o retorno ao brinquedo das coisas belas e importantes. Vinho e estofamentos. Afrescos e ópio sob uma música mal arranhada. Gemidos terríveis e sensuais. O prazer de duelos de orgulho e danças de rapieiras.

A Rainha o chama a distância, mas sua voz é clara como se estivesse ao lado.

– Você já se perde em pensamentos, criança. No maior deles está preso, isso é o que procura no meu domínio? Uma prisão? Então ela é uma prisão.

– Quero que você me liberte daqui! Com sua licença, despeço-me já, indique-me a direção até a minha terra, por favor!

– Sem dúvida que será com a minha licença. Mas ainda há o que pagar pela presença inoportuna. Você cometeu uma grosseria ao trazer suas prisões e sonhos para esta terra sagrada.

– Grosseria? Não sei do que está falando. Mal podia andar até pouco tempo.

– O que digo é que o seu espírito está preso, arde no fogo. Você flerta com a verdade da magia, mas nunca poderá ser um Desperto dessa forma.

– Então me ensine, quero sair disso!

– Você vive o fogo que o queima e o privou, há muito.

Garlando vê o olhar desapontado de seu pai quando o encarou na noite em que deixou sua mãe na casa. Ouve a voz de sua mãe abafada pelos estalos.

Então eu devia ter ficado com ela até o fim?

Mas não existe fim.

– Nisso reside seu grande medo – continua a Rainha. – E você fabrica coisas mais poderosas que as armas humanas para se ferir dentro de si! É incrível! Humanos acham que despedaçar o mundo e olhá-lo sob suas máquinas gélidas os libertarão do fardo de se emaranhar nas teias dos próprios sonhos como mosquitinhos. Se eu fosse uma aranha, e eu sou, você não teria chance. Mas hoje sou a grama. Portanto, passe por mim e será livre, criança.

Abre-se uma mancha cinza na cor rubra da floresta. Logo se torna de um verde vivo, e dela provêm sussurros das águas e animais do outro lado.

– Ah... mas e a magia? – O peito de Garlando se aperta, o ar passa espremido. – Já não quero ir, ajude-me ao menos um pouco. Sabe que sou um praticante da arte. Decidi-me pela magia e não aceitarei outra coisa!

– Ah! Decidiu atravessar, então? – A Rainha sorri e ensaia um vagaroso passo de dança. – Pois digo-lhe, está no caminho certo. Banhe-se e tinja-se do vermelho, deixe pra trás tudo o que passou. Não se serve a dois senhores, como vocês dizem. Para viver na magia, deverá deixar de ser um homem comum. Despertar é assumir outra face do que chama de vida. Divida o seu espírito entre ontem e o mago. Aprenda seu novo nome e nunca mais estará livre dele. Então não haverá volta, criança.

– Meu novo nome? Isso é engraçado. Nem sei ao certo a razão do nome que recebi de meus pais.

– É porque você não o escolheu.

– Mas você escolheu o seu nome? Ou tem vários, também?

– Todos temos vários, tenha certeza disso. Eu sou a Rainha para você. E você é Garlando, o que em uma antiga língua significa *guirlanda*. Um enfeite, um adereço. Sabia disso?

– Não. Deve ser coisa dos romenu. Eles vieram de longe.

– Sim, conheço os romenu. E eles nos respeitam.

– São meus antepassados... A guirlanda. É isso o que meu nome é? Pois eu o aceito. Acredito que tudo está junto, então.

– Assim é, pequeno. Dispa-se dos enfeites. Quando aceitar o seu novo nome, limpe o seu corpo, cubra-se da pureza de não entender culpa. Só assim poderá ressurgir. Minhas pequenas vão te guiar. Porém, a floresta é minha morada, portanto seja honesto na transformação. Ou não despertará.

Garlando respira fundo, mas com o coração aquecido. Porém, ainda há uma pergunta.

– Como saberei ressurgir?

– Ah, Guirlanda, guarde-se dentro do fogo e deixe seu espírito se espalhar com ele. Só existe andar adiante e você veio até aqui. Não há volta.

Pequenas criaturas acompanham a Rainha, enquanto outras permanecem em seus afazeres, pelo decorrer do sonho. O mundo é o rubro por toda parte. Garlando se agacha dentro do círculo e percebe entre as danças e cantos o movimento e som da corte mística. Vivem a revolver a grama e as folhas, até que um novo prisioneiro encontre seu rastro. A Rainha não surgirá para todos, mas para os que se perderem dentro dos labirintos de seus próprios mundos.

– Sopre um dente-de-leão e saberei que assumiu o pacto, criança. Agora entre e faça as pazes com o fogo. – E a Rainha desaparece nas brumas.

Quando o jovem Garlando e seu pai chegaram em casa, as chamas começavam a enfraquecer, mas a água demorava a ser bombeada do poço. Abafavam o fogo com vassouras de palha e terra, mas o garoto só via o rosto da mãe.

– Jiorge, a Givania tá no corredor lá em cima, o piso afundou quando ela tentou sair – um vizinho disse ao seu pai –, acho que machucou feio a perna. Ela tá presa, não dá para subir. A escada arrebentou – disse o homem, e foi empurrado pelo pai de Garlando. – Jiorge, vê se me ouve, a madeira tá muito quente, tá em brasa, não entra!

As lágrimas escorrem uma após a outra, mas o peito não deixa de vomitá-las.

Em seu coração, um invólucro se forma para o espremer.

"É a hora. Só não posso deixar a crisálida me enclausurar."

Garlando tentou entrar com ele, mas sentiu a mão do pai em seu peito. Então o viu caminhando decidido para dentro, sem olhar para trás.

– Jiorge, Jiorge! Aqui! – gritava a mãe no corredor suspenso, em meio à fumaça e tossidas. Garlando via o braço dela se sacudir através da bancada de madeira cheia de brasas vivas, um calor que ardia a pele.

– Cuidado, pai!

Jiorge correu e conseguiu pular o rombo na escada, mas ficou dependurado pelo tronco e gritou com a dor das queimaduras. Garlando abafou um grito, mas o pai se levantou rápido, agarrado ao corrimão.

– Alguém pega cobertor, alguma coisa para proteger, vou descer com ela – disse Jiorge em meio aos estalos, voz arfando e tossidas. Havia muita fumaça e o garoto ficou paralisado diante da porta. O pai abraçou a mãe caída no mezanino e a pôs de pé, ela se queixando, não dava para ouvir, mas tudo terminaria bem, afinal. Garlando suspirou e sorriu, soltou o ar, eles finalmente começaram a voltar para a escada, a mãe chorando de dor.

– Garlando! Lando, meu filho! – gritou Givania, e o estômago de Garlando se contorceu em um nó. O toque das carícias dela após uma tarde de estudos. O sorriso do pai olhando para os dois.

Enfim chegaram os vizinhos com os cobertores, entraram dois para ampará-los quando saltassem. Ao pisar no vestíbulo, Garlando queimou o pé e, ao recuar, ouviu pequenos estalos que pareciam surgir por toda a casa.

Viu Celes, seus olhos azuis. Viu o lindo e branco rosto de sua mãe, seus cabelos cinzentos. Sentiu o forte chute do seu irmão de dentro da barriga da mãe, ouviu o grito do pai para que nunca a tivesse deixado para trás.

Quando o pai pisou na borda para pular a escada quebrada, a madeira não suportou e rangeu pela última vez, em um estrondo.

Garlando ajoelhou no capacho à porta, que estava quente. Gritos vieram de trás, eles no meio do fogo, gritos longos e agudos, alguém o puxou para longe da casa. Os alicerces não resistiram e o telhado veio abaixo, levando o mezanino e tudo mais ao chão.

Os lamentos se iniciaram junto com a chuva. A chuva mais atrasada, a chuva que mais odiou em toda a sua vida. Era uma chuva forte que feria a pele, batendo sem parar, fazendo com que o fogo recuasse. Todos paralisados, rendidos por algo que transformou a vizinhança em uma névoa de vapor que ardia os olhos e turvava as mentes.

Um velho surgiu como uma aparição de dentro da névoa. Mas era apenas Lucien, o louco ermitão vendedor de ervas para chás milagrosos. Vinha da rua principal, estava bem longe de sua casa isolada. O vapor que emanava de suas roupas longas e sujas dava-lhe uma aura terrível, mas seu olhar era impassível, talvez triste. Ele fechou os olhos e a chuva aumentou, enterrando o incêndio de uma vez sob a cortina de vapor que subia. Garlando via os pés dele, via a sua casa, enegrecida, em ruínas.

A fogueira que engolia a todos se foi.

Só o tio Ralfo o abraçaria de verdade.

Garlando gritou para que chamassem Ralfo, outro gritou para que chamassem a senhora Reggiane Espendi. O garoto ficou ali esperando que algum deles viesse, enquanto os vizinhos estavam ocupados demais com suas próprias casas e famílias. Eles prometeram que ajudariam sua mãe... Não tinha forças para levantar. O velho se foi e ele ficou chorando baixinho, sozinho.

Alguns minutos depois, como se tivesse esquecido de algo, Lucien ressurgiu diante de Garlando.

O garoto nunca conheceu o irmão e, mesmo sob aquele calor, só sentia frio.

Garlando se levanta com a cabeça doendo de tanto chorar. Enche-se do ar úmido e segue pelo caminho verde em meio à vermelhidão da floresta, acompanhado pelo povo da Rainha. Eles sobem em suas pernas, penduram-se em seus braços, desenham em suas costas nuas. Quando se vão, Garlando não se lembra mais de dor, fome ou frio, seu corpo está pronto. Mas seu peito acusa uma pontada. Atrapalhando o seu centro de bombear a energia.

Por que tem que ser você? Você destrói tudo.
Eu apenas transformo. É a minha natureza.
Transforma qualquer coisa?
Aquilo que posso tocar.

Um frio intenso trinca o espírito gelado de Garlando e o faz ajoelhar, mas apenas em sua mente. Suas pernas estão firmes.

Vai à fazenda de Ralfo, onde homenageou seu pai em um funeral gitânio. Na carroça favorita que os serviu no tempo em que lutaram como mercenários, o pai deixou o mundo dos vivos incendiado mais uma vez, mas ao lado de sua espada e armadura enferrujadas, e acompanhado de canções de lamento das guitarras batidas e nervosas dos gitânios bêbados.

O gelo já lhe tomou os membros e segue na direção do coração. O invólucro de cristal está lá. Ele vai se espalhar por suas extremidades, para quebrar seu corpo como vidro. Urra e se dobra, Garlando quer desistir, mas apenas em sua mente.

Seus braços estão estendidos, as palmas abertas.

Chega ao Palácio Espendi e é recebido por Timonez. Havia um pequeno grupo de pessoas que ignoraram a sua presença, bem-vestidos e recolhidos nos cantos como estátuas que decoravam o ambiente. Tia Reggiane também o recebeu com a polidez de sempre, rígida, como se não pudesse mexer o pescoço por causa do vestido negro que a cobria do queixo aos pés. As pessoas falavam em sussurros, o barulho de passos ecoava pelas paredes do palácio. Garlando esperou por muito tempo pela cerimônia para entender que ela já ocorrera de manhã, o que havia era uma reunião das pessoas da boa sociedade em respeito à perda da família Espendi. A sua última lembrança da mãe era apenas uma lápide de mármore negro no gramado da propriedade. Garlando inventou um enterro para contar ao tio Ralfo.

Agora a carne toda está congelada, suas veias são vidro que o rasgam por dentro. A consciência trinca em uma longa rachadura que carrega uma dor aguda. Garlando abre os olhos. Toda a floresta arde em chamas rubras que cobrem o céu com sua fumaça espessa e negra.

Preciso que me transforme.

Então me deixe abraçá-lo.

Mas você os levou. Não posso mais suportar as perdas.

O frio retorna e começa a adormecer de uma vez a vontade de Garlando. Seu coração já é cristal. Vê os olhos claros do pai e seus brincos de argola, usa-os até hoje, mas ficavam melhores naquele rosto moreno de Sarali.

Deixe-me abraçá-lo, e não haverá mais frio.

A mãe o ajudava a entender as palavras difíceis de álvico dos textos do Templo e o acariciava a nuca quando lia debruçado na escrivaninha.

Quando me tiver em você, saberá que não existem perdas.

E reunindo os braços ao peito com um puxão vigoroso, Garlando chama o fogo de volta a si. Todo o calor que o deixara é varrido das árvores. Em sua volta, um aro de chamas o envolve como uma guirlanda. Toda a sua carne coberta por fogo que não consome, seu peito aquecido despedaça a força da doença dos magos, despido do gelo para sempre. O verde retorna a todas as árvores que deixam as suas formas esbraseadas para dar lugar à vida e aos sons dos animais que as permeavam antes do visitante inoportuno. Sobre as palmas das mãos há duas labaredas que dançam sob o controle de Garlando, mas ele não lhes pede nada, apenas fecha os dedos para que adormeçam.

Está imerso no ar frio e úmido das árvores, mas seguro. Encontra aos seus pés uma delicada forma esbranquiçada. É o mesmo coelho de antes, que fugia sem parar. Ele sobe na mão de Garlando, e sob ele está o dente-de-leão que o rapaz colheu não se sabe quanto tempo atrás. Leva-o aos lábios e o sopra.

Não existem perdas. Só há aquilo que nos leva para a próxima etapa de existir.

FIM DA PRIMEIRA PARTE

Alexander Galliardi

PARTE II

TRANSFORMAÇÃO

1

Na caverna do Lago das Fadas, Garlando e Celes seguiram pelos corredores escuros até chegar a uma bifurcação. As poças cheias de seixos lisos eram pequenas armadilhas desviadas pelos desbravadores.

– E agora, aonde vamos? – perguntou Celes pela terceira vez.

– Para eu lhe mostrar a pedra mágica, você precisa me mostrar algo. É uma troca justa – Garlando sorriu, mal conseguindo manter o equilíbrio por conta das botas de couro delicadas que o faziam escorregar a todo momento nas rochas cobertas de musgos.

Celes o empurrou contra a parede e lhe beijou sem aviso, suas línguas brincaram com volúpia, os calafrios desmontaram as pernas de Garlando e quase o fizeram cair sentado após deslizar pela parede. Então ela se afastou. Garlando voltou a respirar, hipnotizado pela silhueta dela em meio às fracas luzes das pedras-brilho.

– Tudo bem, eu mostro. Mas você poderia ser mais esperto, nesse escuro não vai conseguir ver nada.

E ela estava certa. Garlando mal a distinguia e ficava imaginando como encontraria a tal pedra para poder mostrar a ela. Ou talvez não tivesse que mostrar, se a convencesse de que não era tão importante assim. Celes levantou o vestido até a altura da cabeça e girou com ele do avesso, Garlando tentando distinguir cada uma de suas curvas de moça. Então ela se vestiu de novo e deu uma risada rouca que ecoou.

– Pronto, sabichão, viu tudo o que queria? Agora é minha vez.

– Ei, não deu pra ver nada.

– Azar o seu. Se quiser ver alguma coisa a mais, vai ter que cumprir a sua promessa, em primeiro lugar. Honre a sua palavra.

Garlando olhava para o rosto de Celes contornado pelo azul da escuridão. Até que um tapa no ombro o lembrou de sua parte da barganha.

– Vamos, vai me mostrar a tal pedra ou ficar me enrolando?

Garlando começou a vasculhar as galerias daquele corredor secreto, mas era difícil refazer na cabeça o caminho que descobrira por acaso naquele dia longínquo. Antes que Celes o questionasse de novo, decidiu-se pela primeira luz fraca que viu saindo de uma fenda do teto, acompanhada do som de água pingando. Apontou para ela.

– É aqui, cuidado onde pisa. Para vê-la, você precisa estar num lugar bem alto, há uma abertura ali em cima – disse, redesenhando em sua mente a silhueta do corpo de Celes.

– Sei... Acho que isso é um truque seu. Mas tudo bem, ajude-me a subir, então.

Agachou-se para que ela subisse em seu ombro e sentiu a pele macia das coxas sob a saia quando a segurou.

Celes abraçava a cabeça dele com um braço e apoiava o outro na parede.

– Levanta mais, não consigo ficar na altura da fenda – disse.

Garlando arrastou os pés pelas pedras escorregadias e afastou um pouco as pernas, buscando mais apoio. Celes enfiou a mão na fenda e tentou apoiar um pé na parede para que ficasse ao nível de seus olhos. Então escorregou, sua sola molhada e o limo foram como óleo, ela desceu de uma vez e se chocou contra a pedra escura. Garlando caiu para trás, e ela ficou de gatinhas, curvada para a frente.

Celes se virou e se aproximou sem dizer nada. Garlando tateou o rosto dela, e sua mão se encheu de um líquido quente com cheiro de ferro. Sangrava muito. Ela não chorou nem gemeu, ficou paralisada, com as mãos negras de sangue, sob a luz das pedras-brilho. Então, desatou a rir, percebendo que Garlando não conseguia rasgar a roupa para ajudá-la. Um ato de cavalheirismo tolo, que não venceu a ironia da dificuldade de executá-lo.

Celes tomou o pano de sua mão e rasgou a camisa de algodão nova com um único puxão. Ia amarrar o ferimento, mas parou por um instante e o devolveu para que ele o fizesse. Aguardou sua aproximação.

Ao cobrir a testa de Celes, Garlando viu os olhos brilhantes envolvidos por suor e sangue. Dentro das pupilas, a luz das pedras-brilho que manchava tudo de azul. Talvez ela estivesse atordoada pela pancada, mas se manteve firme como sempre, e, quando finalmente saíram da caverna, a atadura que cobria a ferida estava tomada de sangue.

Foram até a casa de Lucien, que os atendeu rápido, preocupado com o ferimento. Por trás dos cabelos e barba compridos que escondiam a expressão serena, até entediada, os olhos atentos do velho diziam que ele estava concentrado no que fazia. Preparou uma massa que estancou a hemorragia em pouco tempo. E, enquanto Lucien cuidava dela e Celes se preocupava em como explicar para os pais, Garlando apanhou um vidro velho e enfiou a tira da sua camisa suja de sangue dentro, para protegê-la. Antes que os dois notassem, guardou-a numa prateleira com tanto pó que nunca deveria ser tocada.

A partir desse dia, Celes usaria uma faixa para cobrir o corte até que o ferimento suturado se curasse. Resultou em uma larga cicatriz triangular, que ela decidiu manter coberta com uma faixa. A cor dependia da roupa que estivesse usando, mas dava preferência ao vermelho. Ela prometeu que bordaria um lenço rubro com as suas iniciais como lembrança do ato corajoso, mas Garlando nunca recebeu a recompensa por seu cavalheirismo incompetente.

* * *

Garlando abre os olhos, envolto por um conforto que ansiava desde que deixou Criane. Uma cama quente e macia, de onde não quer sair mais. Ao inspirar o ar perfumado do local, percebe que metade do seu rosto está enfaixado, um dos olhos cobertos. Com a ponta dos dedos, descobre que o rosto está ferido, e se lembra da garra da fel-myn. Testa o tornozelo, e este também está levemente dolorido. Senta-se e se descobre vestido em tecidos suaves e brancos que parecem de seda lestiana. O local é limpo e arrumado, a cama larga não possui dossel, como a sua no palácio Espendi. Ouve-se um som distante de água em queda.

Desvencilha-se dos lençóis brancos e fica de pé, evitando pôr peso sobre o lado ferido. Caminha, arrastando os pés, até a janela larga no meio da parede ornada com delicados afrescos que arriscaria dizer serem álvicos, pelos motivos estilizados de folhas e curvas entrelaçadas.

Sente uma lufada de vento morno. É uma bela manhã, já quase meio-dia, por ser a luz de Sarali tão forte que cobre totalmente Anmas. O vento sopra sem parar nesta torre alta. Rios cercam os prédios culminando em lindas cataratas, formando uma baía no começo daquilo que Garlando sempre ouviu falar, mas nunca viu até então: o oceano. Nem o maior dos rios chega até onde a vista alcança e continua para o infinito. Maravilhado pela visão, inspira um ar de gosto salgado, também desconhecido até então.

A cidade tem mais prédios álvicos do que viu na capital ou em qualquer outro lugar. Suas linhas são curvas, as formas arredondadas, brancas pelo mármore ou pintadas desse jeito para refletir a luz de Sarali. Como se o reino fosse um monte de moedas prateadas à beira de um enorme precipício. Enquanto procura na memória em qual parte do mapa a paisagem se encaixa, lembra-se da experiência na floresta, ainda não acredita que não foi um sonho.

Abre a mão direita e, com a palma para cima, inspira fundo pelo que está prestes a fazer. Não pode. Não o fogo, que sempre o afastou. Mas, se acordou depois de tudo aquilo, e ainda por cima em um reino estranho e belo, pode rezar para chamar as salamandras. Expira o ar, esvaziando-se, fecha os olhos e pede a elas que venham.

Uma chama surge na mão, emanando de dentro da própria carne. Garlando a encara com os olhos bem abertos. Então passa sobre ela as costas da outra mão e ela o queima, um aviso de que a essência do fogo é indomável e deve ser respeitada, ainda que a possa controlar.

– Enfim de pé, meu jovem amigo – diz uma voz familiar.

Garlando se vira sobressaltado e fecha a mão, rápido, dissipando a evocação. É Alexander, o mago guerreiro, a última pessoa que esperava encontrar. Está vestido com roupas leves, uma camisa de algodão cru e uma calça justa, bem longe da aparência do viajante de estrada.

– Pela Deusa, não acredito que é você, Alexander – diz Garlando, ainda com o coração acelerado pelo flagrante. – Eu estava na floresta, não sei como vim parar aqui. O que aconteceu comigo?

Adianta-se, mancando, e dá um rápido e desajeitado abraço em Alexander, à moda gitânia, quebrando todos os protocolos ensinados na residência Espendi. Toma as mãos do companheiro e as aperta com alegria.

– A floresta? – Alexander abre um sorriso satisfeito e tímido. – O que importa é que está entre amigos. Que bom que encontrou o caminho que lhe recomendei, rapaz.

– Estou em Majestosa, é isso?

– Sim, esta é uma casa de amigos. Bem-vindo. Mas vamos comer alguma coisa, deve estar faminto, nós o encontramos há três dias.

– Três dias? Minha Deusa, como eu saí do Morro do Silêncio...

– Uma patrulha que fazia a ronda do perímetro do reino encontrou um estrangeiro carregando alguém ferido e desacordado. Eles o detiveram e trouxeram para questionamento por conta dos rumores de agentes inimigos do Antigo Regime. Saira Aquanis, a senhora de Majestosa, foi consultada sobre o futuro desses estranhos e, ao vê-lo, mandou que me avisassem, pois eu havia contado sobre você a ela.

– Um estrangeiro me carregava? Como era ele?

– Usava roupas largas, pele amarelada. Nunca vi um homem como ele. Tinha olhos afiados como a espada que carregava.

– Hayato – Garlando sussurra.

– Você o conhece, então? De fato conhece esse estrangeiro?

– Sim, se é o homem no qual estou pensando, eu o conheci em Criane, antes de viajar com a caravana. São tantas coisas acontecendo, preciso acalmar minha mente. – Garlando sente a cabeça girar e se apoia na parede.

– Vamos comer primeiro. As respostas virão, é melhor enfrentar uma por vez.

* * *

Garlando come depressa, garfando sem cerimônias o que está à frente, enquanto uma força invisível o controla para que mantenha seus modos à mesa. Sentado ao lado de Alexander, chacoalha as pernas sem parar e consulta o companheiro repetidas vezes.

– Alexander, a senhora de Majestosa vai demorar? Há um grande engano, preciso saber de Hayato.

– Já solicitei uma audiência urgente com ela. Deve estar em outros afazeres e nos receberá em breve.

– Sei que é uma terra de amigos, mas me garante que não o

maltrataram? Ele mal fala a nossa língua e foi quem me salvou, não posso ficar sossegado enquanto não souber dele.

– Eu vou falar com os criados mais uma vez – diz Alexander. Ele se ergue e deixa a sala larga, iluminada pelas janelas redondas, onde fazem a refeição. Garlando se levanta, incapaz de se concentrar na comida, e se debruça no beiral para observar a beleza do reino de Majestosa, sem se incomodar com o criado que retira as louças e talheres da mesa. Olha para as próprias mãos e tenta capturar o vento ou se molhar na água que se atira do precipício, buscando ouvir em sua mente os sussurros daqueles que habitam a Transformação. Sorri por um instante, e é pego de surpresa quando um dos criados anuncia:

– Sua Majestade, a rainha Aquanis do reino das Águas Pendentes.

Garlando se ajoelha depois de todos os criados, o tornozelo acusa o movimento repentino, e o que vê é um longo vestido branco terminando em um azul vibrante. Este se intensifica quando chega aos pés, escorrendo para trás da silhueta esguia.

– Erga-se, amigo de Alexander. É bem-vindo nesta casa – diz uma voz suave e pausada, cuja força vem dos silêncios que preenchem o ambiente como o fluxo de uma cachoeira.

Garlando se levanta e faz uma mesura. Reverencia-a como foi ensinado a fazer com pessoas bem-nascidas, esperando que ela lhe permita falar livremente, enquanto contempla a rainha de Majestosa.

Um diadema de metal azulado com uma safira média envolve sua testa. Os olhos são levemente purpúreos, quase transparentes, e sua pele é pálida como os lábios. Os cabelos azuis, tão claros que parecem brancos, escorrem rente ao crânio como as quedas d´água do seu belo reino.

– Sou a senhora desta terra que carrega a marca dos Alvos em nosso mundo mortal. Teve grande sorte de ser encontrado pelas nossas patrulhas do sudoeste. E que sorte ainda maior termos em nossa casa um amigo de Alexander! Amigo dos Despertos, posso presumir?

Garlando olha para os criados, depois para baixo, incomodado por suas presenças ao se falar de um assunto tão delicado no lugar de onde veio. Como se entendesse sua apreensão, Aquanis o acalma.

– Não se preocupe, aqui não há ouvidos inimigos. Estamos entre aqueles que acreditam na Transformação como uma dádiva das Mães a todos os mortais. Se para a nossa senhora, a rainha de

Cidânia, precisamos fingir respeitar as exigências do Templo em nome da sobrevivência de meu povo, entre nós, Despertos, não há por que temer pelas represálias dos religiosos. Estas não chegam a nós graças à presença dos denorianos, como deve saber.

Denorya, a maior nação de Alvos da Terra, a única onde aqueles do povo glorificado vivem próximos aos humanos, muito mais para vigiar nossas tolices do que por amor aos mortais. Garlando nunca esteve tão próximo deles antes.

– Majestade, peço permissão para falar – diz Garlando, olhando para o chão.

– Concedida, amigo Desperto.

– Meu nome é Garlando Romenu Espendi, venho da Comuna de Criane, Onde Todos se Encontram. Há tantas coisas que eu gostaria de saber... O senhor Alexander insistiu para que eu viesse à sua bela terra antes, mas eu não estava pronto. Porém, agora que cheguei, estou preocupado com um fato muito urgente. Há um amigo, um viajante com quem fui encontrado. Preciso muito saber como está, temo por sua segurança.

– O viajante que o carregava era um amigo? Leve-o até ele imediatamente – diz ela, virando-se para um dos guardas, que logo sai da sala para cumprir a ordem. – Ele está detido, mas vou agir pessoalmente para a sua libertação. Perdoe nossa desconfiança, amigo. É um tempo de medo para os Despertos.

– Eu compreendo, Majestade. Agradeço à Deusa por acreditar em mim, um estrangeiro. Antes que eu incomode Vossa Majestade com minhas curiosidades, adianto-lhe que era essa a maior das minhas preocupações, mas fico à sua disposição se houver algo que eu possa fazer.

– Teremos outro momento para sanarmos nossas curiosidades mútuas, Garlando Espendi, amigo de Alexander. Vá ter com o seu companheiro e aproveite a hospitalidade de meu povo. Agora, peço licença, preciso atender a outros afazeres. Espero poder reencontrá-lo em breve.

* * *

Torres cor de marfim que iluminam o dia ensaralado. Colunas de alabastro com entalhes de folhas e vinhas. Voais transparentes com linhas que formam gotas e quedas d'água. Tapetes com desenhos bordados que levaram mais de uma cheia para ficarem prontos, o melhor da arquitetura e decoração álvica encontrada apenas nos monumentos que venceram gerações e mortais. Mas Garlando não pode apreciar essas belezas ou tentar entender quão belo foi o mundo um dia. Não antes de libertar o seu amigo.

– Fique calmo, Garlando. Aqui ninguém faria mal a ele – diz Alexander, que escolta o rapaz com mais dois oficiais da guarda de elite de Majestosa.

Mas a claridade e a beleza se desvanecem rápido quando as escadas e portas levam à área onde estão os malfeitores. Os calabouços de Majestosa são escuros, úmidos, e só diferem daquilo que Garlando já ouviu sobre prisões por haver poucos lamentos e conversas desesperadas entre prisioneiros. Enquanto andam sobre pedras lisas e cheias de musgo, no corredor estreito e iluminado por tochas, o que ouvem é um misto de gemidos e silêncio.

Apesar de todas as promessas e palavras dóceis de Alexander, a cela onde está Hayato é sombria, pouco iluminada pela única alta janela. Garlando tenta olhar pela portinhola cavada na madeira e imagina que seja aquele o amigo.

– Hayato! Abram essa cela, pelo amor da Deusa!

Com um aceno de Alexander, o carcereiro deixa o rapaz entrar sozinho e fecha a porta atrás dele.

– Darei a vocês alguns momentos, fique à vontade – diz Alexander do lado de fora.

Hayato dá um passo à frente e, sob o facho de Sarali que incomoda os seus olhos impassíveis, desfranze a testa ao reconhecer Garlando.

– Eu sinto muito que esteja preso. Está ferido?

Hayato tem um olho roxo, e há hematomas espalhados pelo dorso e braços. Sua velha roupa oriental se foi, ele veste os trapos que os prisioneiros devem vestir.

– Me desculpe, amigo. – Garlando mal consegue encarar o estrangeiro.

– Tudo é meu destino – diz Hayato, depois pigarreia, como se desacostumado a falar. – Bateram em mim porque não sabem de onde venho. – O sotaque forte tropeça nas palavras. – Tempos de guerra, pessoas desconfiadas.

– Eu vou tirá-lo daqui. Se não fosse Alexander, eu estaria no mesmo lugar que você. – E em voz alta, para quem está do lado de fora: – Alexander! Pela Deusa, esse homem foi interrogado e está ferido. Não há como tirá-lo daqui para que, diante da senhora, possa implorar por sua liberdade? Por favor, ele é um amigo, que julgamento é esse que manda qualquer um para calabouços?

– Abram a porta! – A voz de Alexander é alta e impetuosa. Quando vê o estrangeiro, sente o sangue subir. – Carcereiro. Estamos saindo agora mesmo. Não me importa quem decidiu fazer isso com esse homem, mas vou me encarregar pessoalmente da sua soltura com Sua Majestade, a Rainha Aquanis.

* * *

No centro da sala do trono, como uma pedra que suporta as incessantes quedas d'água representadas nos pilares grossos, Aquanis olha para os visitantes com o rosto erguido e a fronte tensa. Seus lábios estão contraídos, a voz sai baixa, mas clara.

– Época amaldiçoada em que confundimos amigos e inimigos e ferimos aqueles que agem por nossa aliança.

Garlando e Hayato não estão algemados, mas acompanhados de perto por fileiras de vigias e guardas reais. Alexander está de pé em posição formal, olhos serenos e respiração calma, como se acreditasse na melhor resolução.

– Garlando Espendi é um amigo dos Despertos, como já dito, e Hayato Megumi é apenas um viajante, que não fazemos ideia de como veio parar na Terra Pátria. Diz ele que veio além do mar gelado, mas não há como barcos atravessarem esse oceano. Fala pouco nosso idioma e, ao não conseguir esclarecer as dúvidas do capitão da guarda, foi agredido. Tenho certeza de que todos agiram no melhor interesse para o reino. – Alexander se vira para Garlando, que encara o chão com as sobrancelhas erguidas. Garlando não resiste e explode:

– Que essa prática não seja comum em outros tempos. Um homem traz outro ferido para dentro de uma cidade e é preso e torturado?

Aquanis ergue a mão.

– O jovem desculpará a descortesia que esse reino lhe fez, bem como ao seu amigo. Mas não admitirei que questione o serviço dos vigias que trabalham para a proteção de meu povo. O que posso fazer pelo estrangeiro é lhe dar roupas, provisões e um cavalo para que siga viagem. Mas deve partir o mais breve possível, pois esse é um tempo estranho e não quero que haja qualquer chance de novos desentendimentos.

– Mas... Majestade, está expulsando esse homem? – Garlando abre os braços, falando mais alto. – Ele precisa de cuidados e...

– Está bom, Garlando – diz Hayato, segurando em seu braço, o sotaque mais forte pela voz exasperada. – É bom, vou seguir agora mesmo. Agradeço a oferta e aceito provisões. Mas fora isso, peço apenas minha espada e pertences.

A rainha anui e, a um gesto seu, um criado sai de cena para cumprir a ordem.

Hayato faz uma reverência diferente, mantendo braços paralelos ao corpo e se curvando com o tronco reto, olhando para o chão. Vira-se para Garlando e olha dentro de seus olhos, com uma mão em seu ombro.

– Obrigado, Garlando Espendi. Não se preocupe. Não é ainda a nossa despedida. Tenho certeza, lutaremos lado a lado antes do fim de nossos caminhos. Antes do fim de nossos destinos.

Garlando franze a testa e respira fundo. Hayato recebe a permissão de Aquanis e deixa a sala sem demora, passos firmes e seguros, sem nunca olhar para trás.

2

A RAINHA AQUANIS está sentada na cabeceira da comprida mesa. Por toda a sua extensão, velas de luz azul tornam o ambiente lúgubre, entre arranjos de galhos cinzentos com flores de pétalas escuras. Criados, parados como estátuas, aguardam para encher copos e servir a comida. Garlando chega, trazido por Alexander, e não consegue evitar a lembrança dos jantares na casa da tia. O banquete tem um aroma delicioso, mas é bem diferente do que comia em Cidânia. Em Majestosa não se comem cocatrizes, mas outras carnes vermelhas preparadas com molhos que não sabe distinguir, legumes gratinados e massas que parecem lestianas. Mesmo tudo isso não lhe provoca o apetite, pois aguarda uma entrevista tensa.

– Senhor Garlando, seja bem-vindo. Perdoe-me por insistir neste encontro – diz Aquanis. – Por favor, sente-se aqui, próximo a mim.

O rapaz vê o próprio nome escrito em um papel sobre o guardanapo de pano no prato de porcelana álvica ao lado de esquerdo de Aquanis. Claro que há taças e talheres organizados por ordem de uso. Acomoda-se com elegância e aguarda que Alexander esteja em seu lugar antes de se sentar. Ele ocupa o assento à direita da rainha.

Poucos lugares ocupados, muitos vazios. Uma reunião intimista. E há Alvos na mesa. Garlando repara nas orelhas pontudas e nas roupas de seda. A maior parte dos criados se retira, ficam apenas dois, um de cada lado, para auxiliar os convivas. Como se adivinhasse a curiosidade de Garlando, Aquanis apresenta as pessoas que compõem a mesa.

– Já conhece meu grande amigo Alexander, que muito me ajuda

nos assuntos militares e com as informações trazidas de suas viagens. À minha esquerda, ao seu lado, está Bard Wendell, nascido em Denorya; sua ascendência álvica o faz especialista em combate assistido pela magia, e por isso é o comandante militar de Majestosa. Os amigos Alvos denoryanos que nos honram com suas presenças são Rimalea, nobre senhora que possui residência também em nosso reino, ela está ao lado de Alexander; Tladylla, a maior estudiosa em história humana da sociedade álvica, está de frente para Odil. Ele é o embaixador de Majestosa em Cidânia, e deve retornar para lá pelos próximos dias. Como vê pelo restante da mesa vazia, esta não é uma festa, mas uma reunião para poucos. Nós chamamos este grupo de os Novos Despertos. Nossa missão é garantir que a magia retorne para o mundo dos mortais, mas de forma controlada e responsável. Queremos evitar outro desastre como o de Arcádia.

– Estou honrado, mas não sei como posso colaborar com os senhores, Majestade. – Garlando dispensa o vinho quando o criado tenta servi-lo. – Eu sei que além da guerra há uma movimentação estranha pela Terra Pátria. Foi assim que conheci Alexander, enfrentando não apenas o Templo, mas também mascarados sinistros que tentaram nos matar sem anunciar.

– Alexander nos disse. Ele estava em viagem porque há suspeitas importantes que estamos tentando confirmar, apesar de eu achar que já seja tarde demais.

– Vossa Majestade toca em um ponto importante – diz Garlando. – Perdoe-me, mas, se a senhora mantiver segredos, eu não me sentirei entre amigos. Se sou importante para estar aqui, preciso saber por quê.

– Não seja rude, meu caro – diz Alexander, mas Aquanis o interrompe.

– Deixe-o falar. Quero que entenda que não há ressalvas aqui.

Garlando se remexe na cadeira e bebe a água da outra taça.

– Por que estou aqui?

Alexander confirma o consentimento da mesa e fala o mais calmo que pode.

– Garlando, você é um Desperto. E isso já o faz importante para nós. Porém, desde que o conheci, sempre senti sua relutância quanto a seus próprios poderes, pois somente quando se viu em uma situação de vida ou morte resolveu usá-los para se defender.

– Mas qualquer Desperto que valorize a própria vida não iria mostrar que é mago na frente de um inquisidor do Templo.

– De fato.

– Então, por favor, me diga, sem rodeios, por que me sinto um prisioneiro aqui.

Os convidados se entreolham no silêncio curto que se segue.

– Você falou um nome enquanto dormia que nos chamou a atenção.

– Me vigiaram enquanto eu dormia? Mas que nome eu disse? – Garlando sente um frio na barriga, mesmo que apenas o nome de Celes lhe venha à mente.

– *Merzadaac* – diz Alexander. Garlando empalidece. Apesar da recomendação que o próprio Lucien lhe deu para usar esse nome, parece que o destino tomou as rédeas e decidiu a melhor hora.

– Eu... Eu não sei do que está falando – Garlando diz, sem esperar que alguém acredite. Todos têm seus olhos fixos nele. Aquanis fala primeiro.

– "Merzadaac", "Mestre Merzadaac". Enquanto eu conversava com Alexander sobre a sua exaustão, já que dormiu por alguns dias, ouvimos esses murmúrios em seus sonhos. Não chamamos isso de coincidência, eu mesma ouvi. *Merzadaac* é uma palavra que pouquíssimos indivíduos conhecem, entre eles estou eu. Os Despertos acreditam que, quando falamos em sonhos, estamos tentando entrar em sintonia com o campo da Essência. E magos experientes podem conversar dessa forma deliberadamente... Mas acho que você já sabe disso.

Garlando toma a água que o criado repôs em sua taça e sinaliza para que sirva vinho.

– Eu não sei o que dizer, Majestade. Estou encurralado, sou um prisioneiro. Mas eu preciso dizer que sou Garlando Romenu Espendi, herdeiro da família Espendi, controladora do maior banco e várias corporações de ofício da Terra Pátria e... – Para de falar quando Aquanis ergue a mão.

– Sabemos quem são os Espendi, sim. Fico surpresa. Mas adianto-lhe que os poderes financeiros do mundo não vão ajudá-lo se acontecer o que os L'dren, os Albinos, se preferir, estão prestes a executar.

O susto faz Garlando derrubar a taça de vinho. Um criado se apressa para limpar a mesa.

– Albinos? Os imortais?

– Sim. O que está em jogo é uma disputa entre forças antigas. Por isso nesta mesa há Alvos, pessoas que viveram muitas vezes o que você viveu. Incluindo eu.

– Mas, senhora... – Garlando olha para Alexander, e então para os Alvos taciturnos à mesa. – Não me parece uma Alva.

– Eu não sou. Sou arcadiana. Sou filha de Mammon, criada por meu pai-mestre Melquior, taxado de traidor da ascensão humana. E tenho quatrocentos e treze neanos de existência, aguardando o mundo dos mortais se transformar. Meus irmãos Pyro e Kaward também atravessaram esses séculos, mas não convivo mais com eles.

– Perdoe-me, eu não sabia que isso era possível. – Garlando baixa os olhos para a mancha na mesa.

– Podemos lhe ensinar muitas coisas. Mas para isso precisamos de sua ajuda. E é por essa razão que temos que saber onde está Merzadaac.

– Vocês querem que eu denuncie a localização do meu mestre, alguém que pelo visto foi hábil o suficiente para se esconder de vocês por muito tempo.

– Por mais de quatrocentos neanos – diz um dos Alvos.

Garlando toma o vinho reposto de uma vez.

– Muitos que o procuraram nem acreditam que ele exista mais. Gerações viveram perseguindo um nome que sempre se mostrou um fantasma – diz Aquanis.

– Arranquem logo isso da cabeça dele. Ficar educando essas crianças é cansativo demais – diz Rimalea, suspirando enquanto gira o vinho na taça.

– Paciência.

– Mas quem diabos é Merzadaac, Majestade? Quem é tão importante para mobilizar os poderes antigos do mundo? – diz Garlando, rosto vermelho, quase tornando a esbarrar na taça de vinho ao gesticular.

– Merzadaac – Aquanis diz, com uma voz calma que silencia tudo em volta – só pode ser o meu antecessor, meu irmão em Mammon mais velho, Janus, o príncipe-senador que herdou a pedra-alma da água. A Pedra de Ondina.

Garlando se lembra da Pedra na caverna do Lago das Fadas e

tenta organizar os pensamentos. Aquele lugar onde se escondia com Celes guarda um artefato tão poderoso que acabou por pô-lo diante dessas pessoas.

– Mas como só pode ser ele? Se é um nome arcadiano, é impossível que só ele o tenha. Nem mesmo os antigos poderiam ser tão criativos assim – Garlando sorri, sem graça, com o rosto vermelho.

– Tem razão – diz Aquanis. Seus lábios se esticam em um sorriso que contrasta com os olhos melancólicos. – Mas *Merzadaac* não é um nome, é uma expressão na língua dos L'dren, corruptela de um antigo ditado que é um dos cumprimentos deles, *Merzaludie.* "A busca pelo sonho". E Janus Ondino foi quem me disse isso ao responder meu cumprimento, na última vez que o vi antes do ritual. Eu estava com meu irmão Pyro, era tão pequena... – Ela para e olha para cima, como se buscasse nas memórias. – Me soou estranho, mas não era digno de atenção. Mas depois que eu soube o que aconteceu com Arcádia, pois não presenciei, nunca pude esquecer.

– E não pode ser que algum dos seus irmãos tenha usado esse nome? Havia mais gente na ocasião?

– Garlando, seja respeitoso! – exclama Alexander, quase se erguendo do assento. Mas Aquanis ergue os dedos para o alto e inspira fundo, de olhos fechados, antes de continuar.

– Pyro, meu irmão em Mammon, hoje está do outro lado. Ele é um dos generais do exército de Babélia e serve ao Antigo Regime. Nosso amigo Alexander confirmou que ele está nas linhas de frente, marchando para o sul, neste exato momento. – A rainha dá à audiência um silêncio curto e logo o interrompe. – *Daac* é "traição", em L'dren. Janus era um dos escolhidos ao Quarteto Maior e liderava a comissão que entraria na Última Fortaleza. Mas no fundo ele acreditava que era uma missão inútil, e que poderia destruir Arcádia e os humanos que sacrificariam tudo para isso. E ele estava certo. Eu e Pyro ainda éramos crianças, nessa época. Se o ritual falhasse, nós éramos os sobressalentes como invólucros para as pedras-alma. Seríamos aprisionados em um sonho de séculos para suceder ao Quarteto Maior um dia, quando todos os arcadianos se quebrassem. Janus traiu o sonho dos L'dren de abrir a Última Fortaleza e provou a todos nós que a obstinação para escapar do próprio destino é uma motivação poderosa. Essa história surpreende mesmo os nossos amigos Alvos.

– De fato, a determinação de vocês, humanos, é um mistério que nunca iremos entender – diz Tladylla, acariciando uma mecha de seus cabelos vermelhos.

– E, depois da *Merzadaac*, Janus Ondino sumiu. A falha no ritual causou a fragmentação do mundo dos homens por Metatron, o guardião da Porta da Verdade. Poucos arcadianos restaram para viver nesse pedaço que chamamos de Terra Pátria. Desde então fui despertada, e temos nos organizado para tentar encontrá-lo. Ele tem a Pedra de Ondina, e infelizmente os L'dren já têm a Pedra de Silfo. A Pedra de Gnomo está nas mãos do Templo.

– O Templo? – Garlando empalidece, tentando imaginar as implicações de os sacerdotes adquirirem outras pedras. Leva a mão ao peito, onde a marca ainda o incomoda depois de tanto tempo.

– Sim – Aquanis olha para a mão de Garlando, depois para o rosto dele. – Porém descanse, amigo dos Despertos. Aqui eles não podem feri-lo. Sabemos que o marcaram, mas nem seus maiores encantos podem enxergá-lo nas terras livres. Mas voltando ao que dizia, a boa notícia é que a Pedra de Salamandra está destruída, mesmo sob alto custo para os amigos Alvos.

Os Alvos se entreolham.

– Mas, pelo que o meu mestre disse, precisavam de quatro pedras-alma para abrir a Última Fortaleza. Como os Albinos pretendem abri-la, então? – diz Garlando.

– Nossa suspeita é que eles já sabem da Pedra de Gnomo em poder do Templo, e é onde deverão atacar por último em sua investida. Lá será a nossa última resistência. E devem saber da Pedra de Ondina, ou têm uma boa noção onde ela está. Se não, não arriscariam se revelar e começar uma campanha – diz Bard Wendell. – Temos fortes indícios de que essa guerra é somente uma distração, por isso nossos agentes têm rodado a Terra Pátria para tentar detectar a presença dessa última Pedra que ainda não encontramos.

– Ainda assim, falta a Pedra do fogo.

– De fato. Mas as pedras são apenas parte de um aparelho – diz Rimalea. – Os L'dren têm máquinas muito além das que os humanos já sonharam, e acreditamos que construíram uma forma de compensar essa Pedra que falta nos últimos quatrocentos neanos.

– E é por isso que você é tão importante, Garlando. Você é a principal chance que temos no momento – diz Alexander. – Adquirir a Pedra de Ondina frustraria os planos deles.

– Espere. Mas eu ainda estou pensando sobre essa destruição que sofremos, com todo o respeito aos primogênitos aqui. Onde estavam os Alvos para nos ajudar nessa hora? – Garlando engole o vinho e bate a taça na mesa. – As pedras-alma simplesmente sumiram após o incidente? Pelo que sei de história, fomos quase aniquilados, e foi nessa época que surgiu o Templo, não é mesmo? Vocês deixaram o Templo proibir a magia quando estávamos tentando remontar a nossa sociedade? – O rapaz gesticula para o criado trazer mais bebida.

– Mais respeito, Garlando – diz Alexander.

– Ótimo. Os "senhores" primogênitos não viram o que aconteceria com a sociedade dos humanos? E com essas pedras poderosas soltas por aí? Minha Deusa.

– Há muito que você não entende, criança – diz Rimalea. – A sua paixão em questionar os motivos dos antigos é a base do próprio fracasso de seu povo. As pedras-alma se espalharam com os descendentes, como o próprio Janus, e estamos durante esse tempo lutando com os L'dren por elas. Não sei se as suas lições de História contaram que os L'dren foram os principais instigadores para que os humanos tentassem abrir o céu. Natural que soubessem onde procurar as pedras, e adquiriram bem rápido uma delas. Outra ficou em nossas mãos, e garantimos que fosse destruída antes que caísse na posse deles. A proibição da magia foi apoiada porque não se estende aos seres mágicos. Nunca permitiríamos isso. Dada a experiência em Arcádia, entendemos que isso preservaria as suas vidas frágeis. É como afastar filhotes das fogueiras para protegê-los, e é isso que apoiamos. Lembre-se de que esse Templo e suas leis estúpidas são um acontecimento de menos de quatrocentos neanos, quando o seu povo estava perdido e espalhado, privado de seus líderes, tentando entender o próprio papel na existência. Nós vivemos há milhares de neanos neste mundo, a Segunda Essência, e graças à nossa participação conseguiram se reerguer em vez de serem extintos por raças não civilizadas. A sua queixa é a dos filhos que não entendem as lições da mãe e do pai e os culpam por isso. Nosso povo está apenas deixando que vocês compreendam as consequências das próprias escolhas.

A Alva toma do vinho devagar, como se quisesse manter as palavras suspensas.

– A lição acabou, criança. – E, virando-se para Aquanis, diz: – Agora, por favor, vamos encerrar essa discussão e determinar os próximos passos para garantir que a Pedra de Ondina seja nossa. Os Albinos estão em movimento agora mesmo, esse tempo é precioso.

– Sim, meus amigos – diz Aquanis, fazendo uma reverência. – Garlando, o que você está fazendo nessa estrada?

– Não sei mais.

– Deve haver algo que esteja procurando, algum objetivo. Eu lhe pergunto isso para que possamos saber como ajudá-lo. Majestosa e seus amigos querem colaborar para a sua causa pessoal, assim como pedimos que ajude a nossa.

Garlando olha para a mesa e todos que dela fazem parte.

– Eu... – Pensa no caminho para Comméria, onde deve se preparar para as reuniões arranjadas pela tia. Está atrasado por conta do roubo da caravana. Pede mais vinho, e a taça é logo enchida. Dá um gole longo e saboreia a tensão, ainda que para os imortais Alvos aguardar alguns segundos não signifique grande coisa. Que tudo se exploda, nada mais fará diferença.

– Estou procurando por uma pessoa. Alguém que não vejo há muito tempo. – Fica em silêncio. – Já procurei em todas as fontes oficiais, pus funcionários dos Espendi vasculhando cartórios e registros das corporações de Cidânia, Coméria e até de Babélia, para onde acredito que ela foi. Isso antes da guerra, claro.

Os Alvos se entreolham, mal escondendo o enfado gerado pela situação. Aquanis não desiste.

– Uma pessoa? Mas... Você tem algum objeto que já foi dela? Qualquer coisa. Alguns fios de cabelo, por exemplo, seriam perfeitos para magia.

Rimalea suspira.

– Já sei o que quer dizer, Majestade. Realmente pode-se fazer uma conexão com esse objeto que abra uma visão, um esforço de clarividência.

Garlando se arrepia e vasculha em sua cabeça uma forma de conseguir algo de Celes. Na sua casa antiga não há, talvez na fazenda do tio. Na da tia, sem chances. A caverna? Só se o sangue dela estivesse nas paredes, mas isso é impossível. Não há como, mesmo com os melhores magos do mundo ao seu lado, é inútil. Olha para toda a mesa que o encara, já impaciente com a entrevista, e pensa aonde eles querem que os leve. A casa de Lucien. Então se lembra de um vidro enfiado em uma prateleira poeirenta há muitos neanos. Segura o ar e expira devagar com a boca entreaberta, a mão tremendo, a taça de vinho manchando a toalha branca.

– Eu... Eu aceito levá-los ao meu mestre. Mas também aceito ajuda para rastrear a pessoa.

Alexander abre um sorriso e se joga no encosto da cadeira. Aquanis não disfarça e suspira. Os Alvos murmuram entre eles.

– Que assim seja, jovem Espendi, amigo dos Despertos. Uma comitiva vai escoltá-lo para que viaje tranquilo, mesmo nesse tempo de guerra. Mas por agora aceite a nossa hospitalidade e coma conosco.

* * *

Garlando está debruçado na janela, olhando para o mar de dentro do seu aposento no palácio branco. Nunca havia visto tanta água junta, e a sensação de ser pequeno diante do mundo é intimidadora. Imagina que aos mortais não é permitido atravessar o oceano, pois onde a luz de Sarali não chega forte há gelo, fatal para as embarcações. E com isso persiste a dúvida de como Hayato veio para a Terra Pátria.

Batem à porta. Após autorizar a entrada, ele vê Alexander com um pacote comprido e um livreto grande nas mãos.

– Bom dia, Garlando. Olhando o mar?

– Sim, é incrível. Nunca tinha vindo ao litoral.

– A Criação é mesmo extraordinária. Trouxe uma gazeta para você passar o tempo – entrega-a a Garlando. – As notícias não são encorajadoras. O inimigo está avançando rápido, e acho que teremos que partir antes do esperado. Então me perdoe, mas não vou poder passar o dia com você. Muitas reuniões e coisas para resolver. Mas fique tranquilo, você terá a escolta de pessoas de minha confiança, e além disso os denorianos mandarão três agentes. – Alexander não para no mesmo lugar, andando de um lado para o outro no aposento.

– Três Alvos? É, parece que o meu velho mestre é importante.

– Ele é importante demais. Você sabe disso. Precisamos de uma vantagem, tem muita coisa acontecendo nos bastidores e, se não tivermos algo que os inimigos não esperam, seremos facilmente vencidos.

– Eu vou levá-los a ele. Prometo.

– Obrigado por isso, garoto. – Com uma pequena reverência, o mago se aproxima da porta. – Ah, quase esqueci, há algo que preciso te entregar. – E ele estica o pacote comprido para Garlando, que o toma com o coração acelerado.

– Mas isso... Eu... – Ao desenrolar o pano, a sua velha rapieira surge embainhada. Ao puxar a lâmina, ela está polida e brilhante, como se fosse nova.

– O melhor ferreiro de Majestosa a poliu, a senhora Aquanis entendeu que seria adequado.

– A minha espada. Mas como... Eu a tinha perdido na floresta.

– O estrangeiro Hayato foi encontrado com ela em sua posse quando abordado pela patrulha. Ao ir embora, pediu que a devolvessem a você, pois não era dele.

– Minha Deusa.

Garlando pensa no sorriso transparente da Rainha da floresta e agradece às fadas em seu coração.

– Obrigado a você, meu amigo. Bom dia.

Quando Alexander sai, Garlando se senta, respirando o ar salgado que limpa a sua alma. Apoia a espada no canto e aceita o afago do fogo que agora também faz parte dele.

Toma a gazeta na mão e passa os olhos por ela, lendo na diagonal. Mas, ao se deparar com um trecho sobre a guerra, os calafrios o percorrem como as fadas pela floresta. Para e relê, quer ter certeza de que leu aquilo mesmo.

No Dia do Fogo passado, foi com grande pesar que a notícia da tomada do Priorado de Narshe chegou a esta Corte, motivo de grande alarme para os Gentis que zelam pela paz e honra da Aliança da Terra Pátria. A capitã responsável pela invasão, representante do Exército da Libertação do Antigo Regime, a babeliana Táscia Elena, permitiu que a sagrada Prioresa, a Magistrada Banon di Returni, enviasse mensagem para avisar sobre a ocupação e providenciar a evacuação dos civis para outras cidades. Sua Majestade, Saira Aquanis, viu nisso um sinal de grande respeito por parte dos adversários, mas prometeu atuar para ajudar os Três Reinos a enfrentar essa ameaça, em nome da Mãe Sarali que nos ilumina em todos os dias.

Garlando enterra a cabeça nos braços cruzados e sente o gosto das lágrimas que começam a escorrer. Os espasmos do peito e a ironia das coisas o fazem levantar e tentar controlar a respiração. Os olhos ardem, mas vê mais claramente do que nunca.

– Táscia Elena. Então é essa a comandante dos babelianos.

* * *

Arranjos de flores brancas que simbolizam a luz para o caminho tortuoso permeiam toda a sala do trono de Majestosa. Bandeiras compridas nas cores do reino, o azul claro do céu e o branco dos seus mármores, pendem de seus pilares largos, enquanto a voz da rainha Aquanis ecoa solene entre as principais figuras da corte que vieram se despedir de Garlando Espendi.

– Amigo Desperto, ajude-nos a terminar essa disputa que já dura tantos neanos. Que esta época não viva os sofrimentos que meu antigo povo viveu. E que Majestosa seja sempre um porto seguro para quando estiver em viagem. Todos aqueles que aqui vivem sempre lhe serão gratos. Adeusa!

Uma canção é entoada por um coro de belas moças. Garlando sorri, mas prefere imaginá-las despidas das túnicas a aproveitar a apresentação musical.

Vivemos, pois a luz é maior
Vivemos, pois a Mãe é clemente
Longe do céu, nascemos mais uma vez
Pelo amor da terra, crescemos mais uma vez

Que pétalas brancas clareiem a noite
Um mar de flores para o caminho
Que a sombra não nos cegue
Uma estrada rubra, segura

Nesta casa branca
O cheiro do sal é constante
A vista do mar fica para trás
Avante! Que voltemos um dia
Sob Sarali, para esta terra amar

Alexander põe as mãos nos ombros de Garlando, e seu sorriso é contido, como se quisesse guardá-lo apenas para um futuro onde há a certeza de vitória.

– Confie nos Alvos. Temos que entender que a nossa busca por conhecimento é um caminho longo, e eles podem nos ajudar a entender os desígnios da Deusa.

Garlando anui e entrega uma carta selada para ele.

– Posso lhe pedir um favor? Esta mensagem é para a minha tia, Reggiane Espendi. Ela estará em Coméria, na residência do Duque de Veridiana. Eu só estou tentando avisá-la, já que era para eu ter chegado em Coméria faz tempo e ela deve estar preocupada por conta do ataque da caravana.

– Claro, ela precisa saber que você está bem. Age corretamente.

– Por favor, consiga um correio de sua confiança, é realmente importante que ela receba essa mensagem.

– Pode contar comigo.

Garlando sorri em agradecimento, mas em seguida endurece o olhar ao encarar o amigo.

– Você vai confrontar esse irmão da rainha? Pyro?

Alexander desvia o olhar para as pessoas que formam a despedida.

– Eu queria poder trazê-lo para junto de minha senhora Aquanis. Mas sei que ele não vai ceder. Então só me resta impedi-lo. Nem que seja para privar os Albinos de ter nas suas linhas um herdeiro arcadiano que conhece a máquina que abrirá a Última Fortaleza.

– Eu sinto muito por isso. – Garlando dá um tapa no ombro direito do mago. – Obrigado pela sua amizade. Não me sinto à vontade, sei que me toleram pelas informações que tenho. Mas você é um verdadeiro amigo. Adeusa.

– Adeusa.

Os dois se abraçam à moda gitânia, e Garlando se junta à comitiva de Alvos e humanos que partirá para recuperar a vantagem nessa disputa.

A comitiva deixa Majestosa em uma tarde sem nuvens. Garlando vai quieto em sua montaria, esperando que a distância seja vencida o mais breve possível e que a sua esperança de achar uma forma de se ligar a Celes se confirme.

Aquanis

3

Sem o eficiente atalho através da floresta do Morro do Silêncio, a comitiva precisa margeá-la pelo Sul, um caminho muito mais longo, mas o melhor para viajantes que seguem de Majestosa para o reino de Cidânia.

Apesar de não estar à mercê de uma caravana que o levaria a um caminho indesejado, Garlando entende que sua suposta liberdade seria frustrada rapidamente pelos mosquetes dos soldados da escolta.

Na primeira noite em que montam acampamento, os Alvos surpreendem os humanos ao pedir que lhes armem uma única barraca espaçosa. Os soldados começam a fazer piadas na mesma hora, mas algo na atitude dos imortais os deixa receosos. Então aos poucos os gracejos somem e são sobrepujados pela brisa.

Garlando é poupado do trabalho, assiste enquanto os humanos montam várias pequenas barracas e se organizam em grupos para descansar.

Alguns jogam dados em pequenas rodas, outros contam histórias, outros saem para o meio do mato a fim de caçar pequenos animais e quebrar a monotonia das rações de viagem. Garlando senta-se onde a bebida e as piadas são abundantes, em volta de uma fogueira acolhedora.

– É, lá vão as fadas se foder – diz Dara, a capitã dos guerreiros de Majestosa. Bonachona, cicatriz na cara e atitude decidida. Mastiga um pedaço de carne seca e o engole com cerveja.

– Pode ser que estejam conversando sobre os seus planos, os

imortais também têm o que combinar sobre estratégia – diz Garlando, encarando o fogo como um novo amigo.

– Até que você é legal, cidanense – diz Miquel, um soldado esbelto e amigável. – Eu pensei que você fosse tratar a gente, que é soldado, que nem esses Alvos arrogantes. Devem ser todos sodomitas.

– Deixe-os. – Garlando toma um gole da caneca de cerveja amarga. – Não acho que isso seja algo que diminui alguém.

– Você gosta de dar a bunda? – diz Dara. – Que decepção. Um menino tão lindo.

– E se eu gostasse? Não iria querer comer? – Garlando pisca para a mulher e todos caem na gargalhada. Dara dá um tapa na sua perna e quase o derruba.

Os guardas riem, iluminados pelo fogo que crepita alegre. De repente, há movimento na barraca dos Alvos. As conversas do lado de fora cessam, um silêncio incômodo se espalha e toma conta do acampamento.

– Quem quer apostar que os boatos são verdadeiros? Vou ter que falar com esses camaradas – diz Dara.

Sai o líder deles, Kwell, um Alvo com os cabelos escuros e azulados no meio das costas. Está seminu, seu torso musculoso e definido à mostra. É seguido de perto por Mellow, um Alvo loiro e de cabelos escorridos na altura dos ombros, e por Rella, uma Alva de pele sardenta, sua trança longa derramando-se pela linha de suas costas, vestindo apenas uma túnica de seda. Caminham entre os grupos como se analisassem presas. O de cabelos dourados apenas aponta para uma mulher, que olha para Dara a distância e, na ausência de um sinal, levanta-se e segue o Alvo para dentro da cabana.

A capitã joga um pedaço de pau na fogueira, a chama sobe estalando. Kwell está diante de Garlando e do seu grupo. Sem dizer uma palavra, acaricia o ombro do rapaz, que primeiro tem um calafrio, depois uma reação involuntária entre as pernas. Dara dá um passo ao lado e põe a mão na coxa de Garlando, encarando Kwell. O Alvo devolve o olhar de ódio pela insolência. Então Miquel se levanta e é notado pelo imortal. Depois de avaliá-lo de cima a baixo, Kwell apalpa a sua virilha sem constrangimento. Então contorna o rapaz e acaricia-lhe a fenda das nádegas.

– Este homenzinho não tem vergonha de sentir. – Kwell vira as costas e entra na cabana logo depois de Rella. Esta leva consigo dois soldados, que mal escondem o sorriso pela escolha, e o próprio Miquel, que dá de ombros e depois os segue com olhos satisfeitos.

Garlando olha para Dara. Ela suspira.

– Você não entendeu mesmo o que está acontecendo? Tão fazendo a gente de puto-de-alvo, isso sim.

– Nossa Mãe, é verdade esse negócio de vigor de imortal? Que loucura. E o Miquel, hein? Tava na deles.

– É, mas eu salvei a sua bundinha, então vou cobrar o meu prêmio.

Garlando dá risada depois de um grande gole de cerveja.

– Ei, mas vai querer me comer?

– Eu vou, mas não como você gostaria.

Na barraca pequena, o calor logo chama a transpiração. Dara monta Garlando e o engole como se fosse um virgenzinho. Não deixa que tome a iniciativa, nem que a toque, e parece decidida a não deixar que ele use as mãos. Quando sente que ele está pronto para o gozo, bate-lhe na cara para que não tenha pressa, e o acaricia depois, soprando o ardor da marca dos dedos.

Garlando já conheceu mulheres assim na época da Universidade, mesmo uma matrona ou duas que o contrataram como duelista para depois ter os seus favores. Mas essa guerreira é mesmo durona.

Dara lhe lambe o corpo como ele fez tantas vezes às filhas dos importantes da sociedade. É engraçado se pôr nessa posição, e ele aproveita a noite o quanto pode. Quando lembra para onde esta comitiva está indo e com que objetivo, sorri de forma irônica e pede que ela deixe-o comandar também. Ela não deixa.

Garlando não tem controle nenhum neste momento. Assim, resigna-se às imposições da amiga e segue todas as suas regras. Entende os tapas e as restrições, ansioso pelo momento em que ela vai libertá-lo.

Então o gozo sobe arrancando seu vigor, enfim livre, para depois fazê-lo despencar, atônito pela dança em que pouco teve o que fazer. Dara o abraça forte e Garlando respira fundo embaixo dela. Suas mãos espalham o suor da mulher através das costas bem definidas.

– Menino bonito, gostei de ver.

– Você me raptou mesmo. E o Miquel, hein? Criticou os Alvos para depois ir rapidinho com eles.

Dara ri baixinho de olhos fechados, seu rosto na contraluz das lâmpadas no canto da barraca.

– Eu já o conheço de outros festivais. Sempre gostou de homens.

– Então aquele papo de eu ser legal...

– Sim, você já estava na mira dele. Ainda bem que eu peguei primeiro. Graças aos nossos amigos Alvos.

Garlando cheira os cabelos curtos da capitã majestosiana e passa a mão na cicatriz do rosto dela. Cheira bem, apesar dos dias de viagem.

– É, a vida ainda não te marcou, garoto. Tirando esse negócio no peito, mas já vi outros de nosso reino que foram pegos pela Inquisição.

– Será que não? – Garlando suspira e desliza o dedo pelos músculos úmidos de Dara.

– Tenha certeza. Quando vier, você vai saber. – E após respirar fundo: – Já descansei. Vamos de novo?

E, rindo, os dois se cansam mais.

* * *

Se quando voltou da Universidade a alma de Garlando ansiava por uma reconciliação imaginária – por desavença que nunca houve, mas que o manteve doze neanos longe da comuna –, hoje Criane parece ser a mesma maldição que sempre o atraía de volta. É como a Universidade, onde não queria estar, onde o preparavam para ser tudo que não fosse ele mesmo. Assim é Criane, nesta manhã nublada e sob um frio cinzento, poucos dias depois de deixarem Majestosa.

Depois de apresentar os papéis selados pela própria rainha Aquanis, os guardas de Criane deixam o estranho grupo entrar sem muitas perguntas. Parecem mais tranquilos quando Garlando se identifica como membro da casa Espendi, e logo estão dentro da Comuna Onde Todos se Encontram.

Os Alvos olham inquietos para os prédios, como se cada beco escondesse emboscadas e como se as pessoas que correm para seus negócios, a pé ou em carruagens, lhes parecessem ameaçadoras inimigas da paz. Uma vez que sua presença e aparência atraem muita atenção, a situação fica ainda mais opressora para os longevos.

Tendo entrado pelo Portão Leste, Garlando os guia por atalhos, ruelas e travessas malcheirosas que só alguém com bom conhecimento da cidade saberia indicar. Na cabeça do rapaz só há o casebre de Mestre Lucien, encontrar o paninho e a esperança de ser libertado o mais breve possível. E então poderiam lhe dizer como rastrear Celes.

Vê-se então na rua principal, que dá para a transversal de acesso ao Portão Sul. Não pisa nela há muito tempo, pois a evitou, sempre que possível. Ali ficava a sua antiga casa, quase quatorze neanos atrás. Mas não há mais hesitação, nenhuma sensação que o impeça de passar diante dela.

– As cidades humanas continuam lotadas, cada vez mais gente em menos espaço. Como vocês conseguem viver dessa forma? – diz Kwell, coçando o nariz e incomodado com o cheiro.

– Vocês já devem saber – diz Garlando. – Juntos nos sentimos mais protegidos, talvez. E a morte parece menos solitária.

Estão em frente à sua antiga casa. Não se parece em nada com o que foi um dia, já que foi reconstruída e transformada em um sobrado com uma loja no andar mais baixo. Há um toldo estendido e embaixo dele castanhas diversas, provavelmente vindas de Denorya, vendidas por um crianense que tenta chamar a atenção dos transeuntes. Os dois prédios ao lado formam um remendo mental que para Garlando parece mal encaixado, mal costurado, na fileira de prédios sujos e velhos. Um deles, uma loja de perfumes modesta. O outro, a loja de alguma oficina tipográfica, livros pendurados nos cordões podem ser vistos através dos vidros.

– Algo especial nesse local? – diz Kwell.

Garlando ainda está absorto, tentando ligar essas lojas às suas lembranças da rua. A casa de Celes ficava mais para baixo e não foi afetada pelo incêndio. Ela morava lá até aquela noite. Agora é uma botica, se não está enganado.

Como se percebesse o incômodo dos Alvos e dos guardas de Majestosa, Garlando indaga, voltando a andar devagar:

– Os Alvos podem morrer por magia?

Kwell fica em silêncio por alguns instantes. Atrás deles ouve-se uma conversa entre os homens de Majestosa sobre onde haveria boas carnes preparadas ao estilo dorfe, pois faz tempo que não as experimentam.

– Tudo o que mata você pode nos matar. Exceto usar a magia ou a ação do tempo sobre a nossa carne. Sabia que Alvos muito antigos se retiram para longe e não voltam mais? Não sei como as memórias agem para vocês, mas para nós a existência parece um livro relido muitas vezes, depois de um tempo não há nada de novo para se tirar dele.

– É a tediosa história sobre a vida ser uma viagem de aprendizado. Mas a minha pergunta permanece.

– Se você me cortar com sua espada, sangrarei e morrerei – diz Kwell, sem deixar de olhar para a frente, olhos tranquilos. – O fogo invocado por sua magia me consumirá e morrerei. Mas, antes que um humano ouse tentar atacar um Alvo, é importante imaginar que os seus neanos de treinamento marcial não passam de uma tarde, comparados aos nossos.

– Mesmo homens treinados, como esses de Majestosa? – Garlando insinua o rosto de leve para trás, apontando para eles.

– Diria que a presença deles é inútil, se pretendem impedir que tenhamos a Pedra.

– Mas eles sabem disso, acredito. Por que os humanos confiariam a Pedra a vocês?

Kwell franze a testa e suspira, impaciente.

– Suponho que saiba a história de como essas Pedras foram criadas e o seu propósito. A arrogância de vocês, humanos, é responsabilidade nossa. Nós escolhemos essa Terra para viver e não seguimos os nossos antepassados, indo para outras Essências. Não nos protegemos atrás da Mãe, pois abraçamos a sua Criação para aprender com ela.

– E um dia se cansam de aprender... – Garlando sorri de boca fechada e solta ar pelo nariz.

– Tolo! – Kwell fecha os olhos e suspira. – A sua insolência é justificada pela simples ignorância. O caminho de nosso povo nos conduz para que um dia sucedamos a Mãe e herdemos o poder da Criação. Conceber vida, oferecer um caminho para espécies primitivas. É esse o impulso primordial. Mas por que você entenderia isso? A única coisa que os humanos fazem para manter a própria cultura é a reprodução indiscriminada, consumindo tudo o que há em sua volta. E você é como um animal perdido, um lobo que se perdeu de seu grupo.

Garlando se empolga, os olhos brilhantes pelas curiosidades atendidas.

– E é isso que vocês procuram na Última Fortaleza? O poder de ser como a Deusa?

Kwell estapeia Garlando, que nem vê de onde vem o golpe e apenas sente o rosto quente. Então encara o Alvo com ódio contido.

– Maldita criança – diz Kwell. – É por isso que os humanos devem sofrer. Se o medo da morte os torna tão desinteressados dos grandes propósitos pelos quais fomos criados, só posso lamentar que tenham que viver nas sombras e sucumbir como insetos, um atrás do outro, sem fazer diferença na história de Nean.

Os guardas de Majestosa cercam os dois. Os outros Alvos observam a tudo entediados.

– Discutir com um humano... – diz Mellow consigo mesmo, prendendo os cabelos atrás da orelha, alto o suficiente para a reprimenda chegar a Kwell.

Garlando sorri por dentro enquanto se aproximam do Portão Sul. "A nossa insolência imortal pode incomodar até os reservados e misteriosos Alvos", pensa, divertindo-se por descobrir um pouco do que escondem as almas imortais que não podem sonhar.

* * *

Há quase treze neanos, Garlando tinha ido ao casebre de Lucien, mais uma vez atraído pelo lugar, como se aquele estranho homem que o acolhera após o incêndio fosse alguém de outro mundo, de outra realidade.

Agora já estava prestes a ir para a Universidade. Deixaria por um bom tempo a vida em Criane para estudar as artes liberais e, depois do mestrado, tornar-se um doutor em Direito para conduzir os negócios da família Espendi.

Mas algumas cheias antes, no dia em que seus pais se foram, sem se dar conta seguira o velho herbalista até a sua casa, onde recebera uma manta cheirando a mofo para se enrolar.

Garlando segurava uma caneca rústica com chá quente, um dos milagrosos que o velho vendia. Quieto, olhava para a mobília simples sem prestar atenção. As lágrimas ainda insistiam em cair, nem ousava fazer barulho. Estava escuro. Anmas começava a ser coberta pelo brilho de Sarali, que nascia em seu leste, o fim daquela horrível madrugada.

Poucas velas iluminavam o local. As prateleiras eram cheias de pequenos frascos de vidro, cobrindo grande parte das paredes ao fundo. Dentro delas havia ervas, algumas secas, outras moídas. Do braseiro subia o vapor de um chá de aroma adocicado, envolvendo o ambiente. Não conseguia distinguir qualquer tipo de organização entre os objetos, era como se todos estivessem em uso, mas o pó que cobria tudo atestava o contrário. Era como se ninguém vivesse nessa cabana, tudo parecia velho e estranho como o seu dono.

Aquela fora a primeira vez em que reparara como os olhos purpúreos de Lucien eram profundos, de uma força que o espremia na cadeira. Era como estar na casa de tia Reggiane, mesmo que a aparência dissesse justamente o contrário. Talvez o herbalista tivesse perdido o costume de falar, pois todos o conheciam como alguém que vivia sozinho havia muito tempo. Outros diziam que nasceram e cresceram e ele sempre pareceu o mesmo velho solitário, como se o tempo não passasse para ele. Garlando tinha a mesma impressão.

Sentado em uma cadeira, sentia-se observado por Lucien com curiosidade ou indiferença. Não sabia dizer. Os olhos do velho brilhavam, assim como o seu estranho brinco na orelha direita.

Lucien raramente recebia estranhos em casa. Costumava ganhar a vida com consultas que dava na rua, vendendo ervas para chás que serviam para curar todo tipo de moléstia. Mas a verdade era que Garlando não conhecia ninguém que tivesse se curado com ele de fato.

O menino se remexia, inquieto pelo olhar inquisidor do herbalista, como se Lucien se importasse por ele ser filho de um casamento incomum entre um gitânio, Jiorge, e uma rica burguesa, Givânia Espendi. Afinal, era sempre a conversa do povo.

– Tem com quem ficar? – perguntou Lucien.

Garlando não respondeu. Ainda esperava que algum vizinho aparecesse à porta e o levasse para casa. Se perguntava se alguém teria avisado o seu tio Ralfo ou mesmo a tia Reggiane.

Como em uma teimosia buscada no fundo da cabeça, Garlando trouxe a imagem de Celes. Fantasiava imaginando-a triste com o seu azar. Seus olhos já ardiam, a cabeça latejando por tanto choro. Não queria pensar em seus pais nem em nada que ficara para dentro dos portões da cidade. Celes estava longe disso tudo, então queria poder fugir para esse lugar e não ter que voltar a Criane. Ela prometera lhe escrever assim que chegasse a Babélia. Agora só havia a espera por uma carta. Sabia que não havia como ela ter chegado ainda, mas poderia escrever de alguma estalagem. Será que conseguiria pagar um correio para trazer uma mensagem? Ou pior, como esse correio entregaria a carta, já que a sua casa estava destruída? Estava impotente diante do mundo. Quisera ter se plantado na frente do prédio em ruínas e esperado o dia inteiro.

– Viu o que aconteceu? Como começou o fogo? – perguntou a voz rouca de Lucien, que insistia em tentar trazer o garoto à realidade. – Beba isso enquanto está quente, vai acalmar o seu peito. Quer comer algo? – ele suspirou após o silêncio incômodo.

Garlando deixou metade da sopa gelada na mesa. Fez o mesmo com o chá, que mal bebericou. Lucien sumiu. E o menino não queria saber de falar sobre nada. Toda vez que apareciam os rostos de sua mãe e seu pai, os gritos e o calor de horas atrás, pensava em Celes, tentava viajar pelos momentos em que corriam pela grama, brincavam pelas ruas de Criane ou matavam os pais de preocupação com os sumiços. Queria que hoje fosse assim, queria pensar que eles não sabiam onde Garlando estava e logo voltaria, tentando escapar de uma bronca por não estar dentro dos portões àquela hora. As lágrimas voltaram em seguida, caindo sem parar, até piorar a dor de cabeça.

Adormeceu de cara na mesa, sentindo o cheiro da manta velha. Foi um sono profundo, sem sonho, como se o cansaço da mente cobrisse o do corpo. No início da noite, abriu os olhos e não viu ninguém dentro da cabana. A cabeça ainda doía, uma dor chata em volta dos olhos. Enfiou a cabeça entre os braços novamente, o nariz encostado à mesa empoeirada, e ouviu o barulho de algo arrastando, um som surdo e incômodo. Ergueu os olhos e viu o velho, que mexia em seus livros na estante, de costas para o garoto. Como se não o tivesse visto, foi para o braseiro e destampou o caldeirão, raspando a pesada tampa da panela de ferro para ver o que tinha dentro. Garlando se mexeu na cadeira, e desta vez o herbalista notou que havia acordado.

– Levante, deite aqui – disse ele, apontando para uma rede pendurada no meio do cômodo, que não tinha visto antes. Sua voz era baixa e serena, como sempre. – Dorme mais, pois precisa.

Garlando fingiu que não queria. Para que o velho insistisse que bebesse, terminasse a comida e então fosse dormir. Mas Lucien não fez nada disso. O garoto desistiu de esperar e levantou, foi até a rede e se sentou. A casa de madeira rangeu. Enrolado na manta, olhava quieto para o braseiro, as chamas tremulavam se aproximando e se afastando, como se o desafiassem, rissem de sua fragilidade, da sua carne fácil de ser queimada e consumida. Então Garlando culpou em seu coração todos os vizinhos que não salvaram os seus pais. Que deixaram Jiorge entrar sozinho na casa. Que não acolheram esse menino solitário depois, ocupados demais com seus próprios assuntos. Que não chamaram os seus tios e o deixaram ir à casa do velho louco.

A tampa de ferro chacoalhou sem ser tocada. Garlando quis que as chamas do braseiro deixassem de existir, como os seus pais. Que nunca mais nada queimasse neste mundo, que ao fogo fosse proibido continuar, como ele cessou a existência do irmão Zícero que nunca nasceu. Em seu estado de sono, soltou um grito que ardeu a garganta. Então a tampa deslizou da borda do caldeirão e caiu com um estrondo, cobrindo as brasas, erguendo as faíscas e inflamando o fogo por instantes. Quando Garlando se virou para o outro lado, ele se apagou, como espremido por uma força, levando sua luz e calor.

No escuro, Lucien disse com uma voz que reverberou dentro do garoto:

– Ora, o fogo foi apagado.

* * *

– Não há ninguém aqui – diz Garlando dentro da casa de Lucien. A mesma de quatorze neanos atrás.

Procura no canto da cabana por uma prateleira. Há muito pó, pó acumulado através dos neanos que passou na Universidade. Cada aula que teve, cada festa para onde escapou, esse mesmo vidrinho guardado aqui acumulando pó. A camada é tão grossa que precisa verificar, um por um, se é o que está buscando.

– Está procurando alguma coisa? – pergunta Dara, que está na porta, vigiando os movimentos do rapaz.

– Sim, mas é rápido. Vai me ajudar no caminho.

E então Garlando vê um vidro atrás de outros, e ao tentar tirá-lo derruba alguns. Dentro dele, vê, com o auxílio da luz, um pano velho, sem cheiro de nada, marrom e embolorado. Um alívio percorre o seu corpo, o espirro pelo ar contaminado é como uma comemoração pelo sucesso.

Guarda o vidro na bolsa de couro e começa a vasculhar com mais calma. Como quem conhece o lugar, pega uma velha lamparina largada no canto e verifica se há azeite para ser usada. Acende-a com fogo de suas mãos. Os Alvos não parecem se incomodar, nem os humanos de Majestosa.

– Espero que os senhores estejam prontos para explorar uma caverna.

* * *

Alguns majestosianos vigiam a entrada enquanto o resto do grupo some no escuro da caverna do Lago das Fadas. Dara olha para Garlando sem sorrir e com as sobrancelhas arqueadas. Quando ele passa por ela, recebe um tapinha discreto no ombro.

Garlando carrega a lâmpada que pegou na cabana de Lucien, outros humanos fazem o mesmo. Os Alvos invocam magia, Rella emite luz com suas luvas arcanas.

– Se eu soubesse que tinha uma dessas, eu nem teria trazido a lâmpada. – Garlando sorri, tentando aliviar o clima. Ninguém ri.

A tensão os acompanha pelas paredes úmidas, caminhando pelo chão cheio de musgo. Ainda que para o jovem mago este seja um lugar de lembranças, neste momento ele só pensa no que dirá ao mestre quando chegarem à câmara da Pedra. Se é que ele saberia encontrá-la sozinho.

Têm que abaixar a cabeça em certas partes, sempre em fila, pois é tudo muito estreito e claustrofóbico. A respiração acelera com os corações. O silêncio permanente que ninguém pediu é ainda mais incômodo, cada um dos invasores deste local mágico está prestes a explodir ao mínimo estímulo.

Mas o seu anfitrião os poupa de qualquer surpresa ou trabalho para encontrá-lo. Como se a caverna tivesse mudado, Garlando encontra uma luz azulada pulsante que parece convidá-los para a sala principal, onde o senhor lhes concederá uma audiência. Seu coração acelera, não há como voltar atrás.

Todos desembainham suas armas, exceto os imortais, que nunca perdem a calma, e Garlando.

A abertura é como um arco esculpido nas rochas antigas e culmina em um espaço enorme, com um pé direito tão alto que parece impossível pertencer à mesma realidade por onde andavam há pouco.

Merzadaac, ou Lucien, está sentado confortavelmente em um trono de gelo. A Pedra de Ondina flutua atrás dele no alto, envolvida em uma barreira de vidro mágico. Sua luz intermitente é a fonte que ilumina o local. O semblante do velho é sereno, quase impassível. Garlando se lembra desse mesmo olhar há tantos neanos e, em um impulso, mostra as palmas das mãos em sinal de paz.

– Mestre Luci... – Garlando começa a falar, mas é interrompido.

– Janus Ondino! – diz Kwell sem esconder a excitação, fazendo uma leve reverência e tomando a frente do grupo. – É impressionante que um humano possa manter um foco tão grande e por tanto tempo. Mas você já está tomado pela crisálida e sabe muito bem disso. Desista e não seja destruído na frente do garoto.

"Crisálida?", Garlando pensa, e seu sangue já corre acelerado por seus membros.

Janus esboça um sorriso, mas retoma a expressão serena.

– Esses guardas de Majestosa sabem que estão condenados a nunca mais ver a grande Mãe no céu?

Os guerreiros apertam as suas espadas involuntariamente e se entreolham. Dara não resiste a falar.

– Leli Kwell, o que esse maldito está dizendo? Pretende nos trair?

– Tola! Acreditaria em alguém que destruiu o próprio povo e que está escondido por tanto tempo? Esse é um dos detentores das Quatro Pedras, um do Quarteto Maior, o Ondino. Só que ele não luta para reestabelecer a glória antiga como a sua soberana, esse homem deixou para trás todos que acreditam na sabedoria das deusas para se enclausurar nessa cidade imunda. É nessa pessoa que poria a sua fé, mas não em nós, que sempre apoiamos Majestosa diante do Templo e das bandeiras dos homens?

Garlando até coça os olhos para focalizar melhor, como se estivesse até então em um teatro vendo apenas parte da peça. Agora, pelo resto do palco, se acendem pontos que nunca percebera antes. Arrasta um pé, mas ainda hesita.

– Leli... Kwell, não é mesmo? Há quanto tempo não me deparo com um nobre imortal... – diz Janus, sem mover um músculo que lhe tire a expressão serena. – Quatrocentos neanos atrás vi de perto a generosidade álvica e como vocês mantêm o mundo sob a sua eterna vontade. Esperava que tivessem mais consideração com os animais que criam.

Kwell segura o cabo da cimitarra na bainha e dá mais um passo à frente, virando o corpo de lado, um punho em riste voltado para Janus.

– Vou cair na sua provocação. Por acaso deixaria viver um animal agonizante que não pudesse ser curado? A humanidade estava corrompida, espalhada, destruída pela própria ganância. E, por amarmos todas as formas de vida, lhe demos novas chances. Mas vocês traíram a nossa confiança e mais uma vez se mancomunaram com os L'dren.

– Você estava lá? Não me lembro de seu rosto, e olha que sempre via os mesmos. Os L'dren foram espertos de agir onde vocês negligenciaram.

– Eu não estava. – Kwell se esforça para falar de forma clara, entre os dentes à mostra. – Mas não importa. Por acaso acha que eles iam mesmo deixá-los entrar na Última Fortaleza? Vocês seriam descartados no momento em que atravessassem a barreira de Metatron.

– Interessante. Os denorianos são ainda mais hipócritas que os Alvos Glorificados. Vocês detêm conhecimentos da Transformação mais profundos que qualquer ser sobre esta Terra. Curariam qualquer animal moribundo, pois entendem como ninguém a máquina da vida.

– E é por isso que nunca interferiremos. A morte faz parte de suas naturezas, nós os mimamos por tempo demais. Os humanos devem entender o seu lugar neste mundo.

Os guardas de Majestosa se inflamam a essas palavras e preparam as suas espadas. Dara grita:

– Malditos Alvos, vocês juraram que estavam do lado de nossa senhora! Nós, que seguimos aqueles que dormiram e agora vivem novamente. A sua amizade será a ruína de nosso povo!

– Sua cadela tola, se aprecia a vida e quer aumentar as suas chances de sair daqui, obedeça ao seu dono – diz Janus Ondino. – Alvos e Albinos são a mesma coisa, nunca aceitarão que ousemos nos aproximar do estágio de existência deles.

Garlando não aguenta mais e corre para o outro lado da câmara, pondo-se ao lado do mestre. Atrás deles, a Pedra de Ondina os banha com sua luz oscilante.

Kwell dá um grito de fúria e puxa sua longa e curva espada, projetando um vento veloz em direção aos guardas de Majestosa. A surpresa dos humanos com o movimento não se compara ao desamparo ao não mais sentirem as suas pernas e mãos. Os membros decepados desabam, e o sangue é esvaziado da carne aberta. Dara grita. Garlando vê a sua amiga fugaz silenciada pela lâmina curta de Mellow, que lhe atravessa a boca até sair pela nuca. A mulher cai inerte, uma eterna estátua de desespero.

– Garlando, fique atrás de mim. Se eu morrer, você não sairá dessa câmara – diz Janus, com a voz ríspida.

– Kwell! – grita Garlando. – Por que está fazendo isso? Majestosa é um reino justo, os Novos Despertos lutam pela coisa certa e...

– Criança – diz Kwell, impaciente. – Seria questão de tempo até que os homens tentassem reabrir a Porta da Verdade, ou o que vocês chamam de "Última Fortaleza". Não aprenderam da outra vez. O erro se repetirá.

– Do que está falando? – Garlando questiona. – Majestosa quer proteger essas pedras, não usá-las. Então por que não destrói essa Pedra aqui e agora? Ponha um fim nisso!

– E acabar com todos nós? – diz Kwell, suspirando e completando com um sorriso de deboche. – Não vou abrir mão do meu papel no futuro da Criação. Nós somos os Primogênitos da Mãe da Luz, esse poder é nosso por direito. Os Alvos da Terra serão a Mãe de novos mundos.

– Então se tornaram os Albinos que tanto julgam – diz Janus. – Diga-me, Leli Kwell, sabe que eles estão em vantagem, já que têm outras Pedras, não é mesmo?

Kwell o ignora, seus olhos vidrados são os de um animal enfurecido. Ataca pelo meio com um corte projetado. De seus flancos, Mellow corre com duas espadas curtas em mãos e Rella prepara um encanto com suas luvas arcanas, posicionando-se para alvejar os oponentes.

Garlando nunca viu Lucien – ou Merzadaac – desse jeito. É mais fácil imaginar que é mesmo Janus Ondino, uma pessoa diferente e que está enfrentando sozinho um ataque de três guerreiros mágicos álvicos.

O velho arcadiano levita e se posiciona para bloquear os ataques, repelindo os golpes com um aro de água que gira rápido à sua volta. Os Alvos retornam à posição inicial do outro lado da câmara.

– Fique calmo, garoto. Estão apenas nos estudando.

"Eu estou lutando também?", Garlando pensa, as pernas tremendo e os braços inquietos.

– Foi tolo em orientar essa criança a usar o nome *Merzadaac* como senha, Ondino! Os humanos podem tentar, mas não há como escapar do movimento dos céus. A Deusa quis que você se revelasse para esse pobre garoto.

Janus sorri. Seu corpo nem aparenta mais o de um velho curvado.

– Não há para que ter segredos com aquele que será o meu sucessor. – Garlando é varrido por mais um calafrio e as pernas amolecem. – A minha alma anseia por se desligar deste corpo quebrado, vocês só me encontraram porque mal consigo manter a oclusão da energia da pedra-alma. E sim, a crisálida já vai avançada dentro de mim. Mas vou destruí-los, como fiz com todos que me encontraram. Não pensem que são os primeiros. – Vira-se para Garlando e diz: – Prepare-se.

Mellow tenta dar um passo à frente enquanto o arcadiano fala, mas Janus o chicoteia com a água, espirrando o sangue azulado do imortal sobre o chão molhado.

– Humano insolente! – grita Mellow. – Como ousa ordenar aos elementos que firam um Primogênito?

– Ondino! Deixe que os imortais cuidem dos assuntos do mundo antigo – diz Rella. – Pare de resistir.

– Nesta câmara imersa nos elementais da água, eu sou absoluto – Janus diz, e sussurra comandos para as ondinas.

O mago arcadiano ergue o aro, girando-o cada vez mais rápido, e o deita horizontalmente, expandindo-o como uma grande lâmina. Kwell salta e se apoia na parede, pronto para mergulhar em um ataque. Mellow rebate com suas espadas, com as pernas flexionadas. Rella sorri e cria uma bola de fogo pulsante que destrói a energia à sua volta, empolgada em mostrar ao Ondino que não se intimida e pode anular suas investidas.

Kwell mergulha com a espada para a frente, postada como um ferrão. Janus rebate com uma lança de gelo que brota da água. Então repele os ataques laterais de Mellow, congelando o aro e o posicionando à sua volta. Rella ergue a bola acima de sua cabeça e está prestes a arremessá-la.

Garlando desperta de apenas ser um espectador e começa a rezar para as ondinas, tentando agitá-las dentro de si. A pedra-alma pulsa com o ritmo do seu coração.

"Garoto, eu posso nos proteger deles. Mas isso vai me ocupar demais."

A voz é clara em sua mente. O mestre Lucien está ao seu lado, defendendo-se de magia e golpes rápidos dos Alvos, e ainda assim consegue passar instruções. É inacreditável.

A bola de fogo atravessa a sala em um segundo e Garlando a rebate, erguendo um jato de água. O projétil explode no teto.

"Não, seu tolo! Faça com que ignorem você. Deixe-os chegar perto."

Janus continua repelindo os golpes, e os Alvos parecem sem pressa para terminar a luta. Como se contassem com a fadiga do mortal ou com alguma falha no manejo.

Mas, quando Rella cria uma lança de fogo e se une a Kwell e Mellow para o corpo-a-corpo, é por haver entendido que a defesa mágica de Janus é perfeita.

Estocam e cortam com velocidade cada vez maior, e são afastados com jatos de água e gelo que servem como as armas do Ondino. Garlando olha para a Pedra e tenta pôr a sua vontade dentro dela.

Ela está protegida e não pode ser acessada. Continua vibrando, ligada ao arcadiano, fornecendo energia infinita para que ele possa lutar.

Rella fura a defesa de Janus e a lança de fogo queima o seu ombro. O velho urra de dor, e com grande esforço cria uma explosão de gelo que faz com que os imortais recuem. A confiança deles está aumentando.

Garlando olha para dentro de Janus e o encontra sozinho sob uma chuva de fogo. Ele estende a mão espiritual para o garoto, e a lembrança da noite em que a chuva veio tarde demais volta como um choque.

"Não tema. Tome a minha mão."

A mão de Janus é fria, congelante como a água em seu estado morto. Garlando se une a ele, e uma energia infinita o invade, correndo por suas veias até que o coração dói de ter que bombear o fluxo embebido de mana. Grita alto, precisa se livrar disso, então abre os braços e os olhos e direciona para Rella uma enxurrada de calor, um jorro de vapor que a avassala e a faz berrar, angustiada.

A pele do rosto da Alva está coberta de bolhas. Um olho cego, a bochecha aberta expondo os dentes. Ela urra, assustada. Kwell e Mellow recuam, incrédulos. Sem dar tempo para se recobrarem, Garlando faz subir uma nuvem de vapor quente demais para todos, exceto para ele e o mestre Lucien. Os Alvos começam a sofrer as dores das queimaduras, ainda assim tentam se manter em combate, mas a sua concentração escorre com o suor. Janus empurra uma onda de fluxo para o pupilo. Este tenta controlá-la, mas a água se choca contra a parede, errando os imortais.

Aproveitando a concentração dos inimigos, Kwell ergue a espada e grita em sua derradeira investida, arremessando-a com toda a força que resta na direção de Janus. O velho arcadiano é atingido no peito e cai sentado com um gemido. Sem suportar mais o controle, seu corpo estoura, metade de sua carne perfurada pelas estacas de vidro da crisálida. Garlando, desta vez, não erra e soca o chão da câmara, criando um gêiser que cobre os imortais de água fervente. O brado de dor dos Alvos é tão intenso que ecoa pelas galerias da caverna do Lago das Fadas.

Garlando ajoelha ao lado do mestre. Está atravessado pela cimitarra de Kwell, que se sobressai em meio aos cristais que despontam de seu peito. Metade do seu rosto está tomado pelo vidro, que engoliu um dos seus olhos. O velho Lucien sorri para o jovem aluno, ainda embasbacado com a própria performance.

– Eles estão mortos. Não se preocupe mais. Você lutou muito bem, garoto.

Garlando vasculha em volta, os corpos queimados e desfigurados. O cheiro de carne cozida e o vapor desprendido pairam no ar. Desvia o olhar ao se deparar com o cadáver de Dara. Põe a mão na marca em seu peito.

– Mestre Merzadaac... Lucien... Não, mestre Janus.

– Ah, Garlando. São apenas nomes.

Janus olha para cima, a Pedra de Ondina flutua sobre eles. A redoma se derrete como gelo e as gotas caem nos cabelos do mestre e do aluno. Janus a chama para perto. Garlando fica hipnotizado com o brilho de azul pulsante.

– Eu já vivi demais, garoto – diz com um suspiro resignado. – Mais do que a cabeça de um homem pode suportar. Não, não toque nesta espada. Deixe-a aí. Vou cuidar disto. Se eu tivesse coração do lado direito, estaria perdido. Tome isso. – Janus mexe na própria orelha e tira um brinco azulado.

– O seu velho brinco. Pra que isso?

– É para protegê-lo. Você precisa de poder mágico, e ele lhe dará.

Garlando respira o ar quente devagar, tentando controlar os próprios nervos. Olha para o brinco e o coloca na orelha, no lugar do velho furo que abrigava uma argola. Um pulso de energia poderoso primeiro o assusta, depois o preenche.

– Eu entendi por que os Alvos e os Albinos não sonham, garoto – continua Janus Ondino. – Porque seria insuportável lidar com as memórias de séculos, eras. Eu vivi quase setenta neanos apenas nesta cidade, e a única coisa que vem à mente de noite são memórias do tempo em que eu pensava que me preparava para restaurar a magia a todo o mundo mortal. E iluminar a nossa existência coberta de sombras – ri com sua voz quase sussurrada. Garlando nunca tinha visto o lado sarcástico deste que sempre pareceu uma pessoa tão reservada. – As sombras estão dentro da gente, não importa se somos magos, despertos, adormecidos ou que demônios sejam. O corpo de um homem se esvai porque a sua mente não poderia suportar mais, de qualquer forma.

Então Janus começa a tremer. A espada é expulsa de seu corpo. No lugar dela, estoura uma ponta de cristal longa, embebida de seu sangue.

– Pelo menos aquela tosse maldita parou.

– Mestre – Garlando chama-o dessa forma por impulso. Esse homem lhe ensinou tudo o que sabe sobre os segredos do mundo. E mesmo com um poder como esse não deixou de sucumbir à doença. – Eu não posso ajudar o senhor. E nem a ninguém. Não sei o que espera de mim, mas sozinho não me vejo conseguindo impedir nada. Mal sei lidar com o pouco de magia que aprendi.

– Busque os seus amigos. – Janus segura o braço de Garlando e o puxa para perto, falando com um raro tremor na voz. – Busque os majestosianos, os Novos Despertos. Eu tinha certeza de que a palavra Merzadaac lhe daria acesso a eles. Eles lhe darão direção, e você vai poder impedir que os Albinos abram a Última Fortaleza.

– Mas por que os L'dren não podem? Que diferença fará um

grupo ou outro no poder? O senhor parece a minha tia, que vive para garantir que quem lhe interessa esteja sentado em algum trono!

Janus olha para a caverna escura além dos cadáveres cobertos de vapor, como se visse algo longínquo.

– A Última Fortaleza é onde mora a Ciência do Bem e do Mal. É onde a Mãe da Luz guardou os segredos de sua obra, o poder da Criação, antes de adormecer. Da última vez que os L'dren tentaram chegar lá, Arcádia foi devastada...

– ... e houve a divisão da terra do mundo em grandes continentes. Você já me contou essa história mil vezes. Por que não posso destruir essa maldita Pedra eu mesmo, então?

– Porque você morreria. Você está ligado a ela desde que a viu muitos neanos atrás. É por isso que pode controlar a minha magia, canalizar a minha força como fizemos juntos nessa luta. – Garlando se senta no chão. Tenta controlar a respiração, o coração batendo rápido. – Esse brinco que lhe dei é uma joia arcadiana feita de um fragmento dessa pedra, todos do Quarteto Maior usavam esses acessórios. Ele o ajudará, pois está ligado a essa fonte de poder quase infindável. Ressoa com ela. Está disposto a abrir mão da sua juventude, da sua vida? Ah, eu compreendo. Eu a vejo aí na sua mente. Sim, ela. A menina com quem você fugia aqui para dentro. Na morte você não vai encontrá-la, Garlando, estará apenas preso às suas memórias pela eternidade, dentro de Sarali.

Garlando não quer abrir mão da própria vida. Ele pretende encontrar Celes, não pode parar agora. Mas está preso a essa maldita pedra, algo que nunca soube, traído por quem mais confiava, aquele que o salvou quando ninguém estava por perto. Agora está sentado no chão frio da caverna onde brincou com Celes tantas vezes. Esse lugar frio e úmido onde o fogo não poderia feri-lo. Nem aquecê-lo.

Janus, mal podendo respirar pelos pulmões destruídos pela crisálida, olha para o garoto que um dia pensou ser a sua saída dessa prisão que durou vidas de homens. Esse jovem de cabelos compridos e rosto perfeito, como ele mesmo foi um dia. Respira fundo.

– Ligando-se à Pedra, você poderá encontrá-la. A garota. Celestiana.

Garlando levanta a cabeça do meio dos joelhos. Então os Novos Despertos não mentiram, poderia mesmo encontrá-la com magia.

– Eu não tinha nada dela comigo. Os Novos Despertos me

prometeram algo parecido, e eu encontrei um pedaço de pano velho na sua casa que ainda tem algum resto de sangue dela. E no fundo eu nem acreditava nisso.

– Com o poder da Pedra isso mal será necessário. As pedras do Quarteto Maior são feitas das almas de todos os arcadianos. A vontade e o espírito dessas pessoas, a sua essência e memória ligados em uma única coisa. E todos eles nos seguiram sem receio. Éramos figuras públicas, os líderes desse povo. Toda a memória dos arcadianos reunidas. A ciência coletiva de um povo para nos aproximarmos da Grande Mãe.

– Não estou entendendo nada.

– O que eu digo é que a sua memória está ligada à alma dessa garota. Por isso a Pedra lhe mostrará esse elo, você poderá senti-lo, e com isso saberá em que lugar ela está. Toque a Pedra e a ligação estará completa.

Garlando se aproxima do mestre. Olha para o seu rosto velho, cuja metade foi comida pela crisálida. Os movimentos paralisados tornam Janus uma figura derrotada e estranha. A Pedra pulsa no ritmo dos corações de mestre e aluno. O jovem respira fundo, tenta mentalizar o rosto de Celes e seus dedos tremem quando sentem a textura áspera da Pedra de Ondina.

Então a sua cabeça se desmancha como um dente-de-leão.

Janus Ondino

4

E ENTÃO AS lembranças do mestre Lucien surgem, uma por uma, e o invadem como serpentes de luz com corpos infinitos, ocupando cada pequeno espaço vazio. Os muitos neanos de letargia, então os de apreensão, então era Janus, cada sorriso fingido e autêntico, o toque da pele branca de seu amor imortal, lágrimas arrancas ou oferecidas, e então não só as dele mas as de todo um povo, a vontade de alcançar a imensidão azul, as púrpuras lavandas de Arcádia farfalhando sob o vento, as bandeiras que representam o céu e a terra, uma azul e outra roxa, do povo mais próximo da Deusa. Mas nem todo o mármore e pavimentos bem encaixados da cidade mais linda, para Garlando de uma inimaginável engenharia humana, conseguem distrair os seus olhos de uma visão ainda mais profunda. Uma memória de fogo e fúria de apenas quatorze, e não quatrocentos neanos atrás. Era Janus, não se exasperou com a perseguição ou a lição que daria àqueles arrogantes rapazes, pois não pôde evitar que fogo e vento destruíssem casas de inocentes. Quando os dizimou pelos elementos e fez seu sangue jovem escorrer pelos paralelepípedos das ruas de Criane, Janus viu um garoto paralisado pela visão da própria casa em ruínas engolida pelo inferno. Paralisado pelo som de ruidosas chamas.

Garlando se afasta da Pedra e as suas pernas já não parecem ter ossos. Cambaleia, as lágrimas escorrem para cima, descolam de seu rosto e flutuam para o teto da câmara. Um frio insuportável pelas lembranças do fogo, abraça o próprio peito e deita no chão úmido, olhos fechados, sem poder ver mais nada. Janus também não pode ver. A metade de crisálida tem um olho seco e afundado dentro da órbita que reluz com a dança do brilho da Pedra.

O arcadiano se sente parte da parede, incrustado nela. E não poderá nunca mais deixar este lugar, nem quando Garlando se levantar com dificuldade e sair da caverna do Lago das Fadas para nunca mais voltar.

* * *

Garlando abre as pálpebras, está com frio e encolhido. Mas o calor de Sarali é reconfortante, a sua luz é ainda mais branca do que é capaz de lembrar.

Está entre feixes de grama alta e púrpura que balançam à lenta brisa como se fossem cabelos de um gigante. Mesmo no meio do mato, abre os braços e fica com o peito apontado para o céu, aquecendo-o sob o dia pálido. Pode olhar a Mãe da Luz sem ofuscar a vista. O clima é ameno e ele se sente à vontade, como em seu próprio quarto. Alguém surge e fica entre Garlando e Sarali, o garoto espreme os olhos, mas mal consegue distinguir a silhueta contra a luz. A pessoa tem cabelos compridos e lisos e veste uma roupa que não delineia o seu corpo. Garlando se senta e esfrega os olhos. O estranho se agacha para ficar na mesma altura. Ele é jovem, tem compleição delicada, mas leves marcas de expressão na testa. Os cabelos são escorridos para trás, roxos como as suas pupilas. Garlando torce o nariz e se levanta, franzindo a testa. O estranho é um pouco mais alto que ele. Veste uma túnica roxa, toda bordada em linhas da mesma cor, que vai do pescoço aos pés. Dividindo o seu corpo há uma larga faixa azul-clara que o envolve do peito até o fim da cintura.

Aqueles olhos tristes e calmos fazem o coração de Garlando bater mais rápido. E então a água lhe inunda as pálpebras.

– Não se sinta obrigado a falar comigo. Mas, antes que eu vire apenas uma memória dentro dessa Pedra, precisava mostrar as minhas razões.

– Eu já sei as suas razões, Janus Ondino. Agora sei tudo o que você sabe.

Janus olha para o horizonte. A planície vai longe e uma cidade se funde ao céu azul límpido, sem nuvens.

– Me acompanharia até minha casa? Arcádia?

Atravessam em silêncio o mar roxo de flores de lavanda pelo que parecem horas. Mas não há cansaço. Sarali traz um calor leve e gostoso com a brisa. Chegam à estrada cujos ladrilhos de pedra branca refletem a cor do céu. Surgem as bandeiras, o desenho já visto antes, compridas e com duas pontas, cada uma de uma cor, serpenteando com o vento.

– O Céu e a Terra. A Terra é onde vivemos, mas o céu é onde viveremos – diz Janus.

Atravessam os portões da cidade sem resistência, não há vigias. Dentro da cidade branca, onde as ruas são todas revestidas por um material reflexivo que as torna azuladas, não há pessoas. Nem nas ruas nem nas casas.

– Todos se foram – diz Garlando.

– Porque vivem em nossa mente agora.

– É uma linda cidade. Mas isso só torna o turismo melancólico, andar sobre os mortos e o fracasso de um povo.

– É o fracasso da ambição da imortalidade, Garlando. O meu povo foi o ápice da civilização humana. Mas quem nos ensinou a construir essas coisas incríveis?

– Vai culpar os Alvos, agora? Ou os L'dren?

Janus ignora Garlando e continua:

– A arquitetura é completamente planejada. Não há áreas improvisadas, tudo está dividido e organizado por suas funções. E tudo era de todos, não havia donos de prédios, animais ou máquinas. Veja esses aquedutos. Eles abasteciam todas as casas com bicas próprias. Água limpa dentro de cada residência. Acredito que você já tenha visto um trem, correto?

– Só em Cidânia, mas estão começando a querer fazer mais estradas agora.

– Pois já os usávamos com a ajuda da magia. Meios de transporte eficientes, sem precisarmos explorar animais. Esta foi a sociedade mais abastada e você jamais verá igual. Mas em uma vida onde tudo era fornecido sem esforços, os prazeres perderam o sentido.

Garlando solta o ar pelo nariz e balança a cabeça.

– Sem sofrimento, o prazer não é mais um luxo. Não me surpreenderia se houvesse quem lutasse para ter problemas. – Ri enquanto sobe uma ponte feita de vidro ou algum material às vezes translúcido, às vezes opaco, como fumaça congelada e resistente. Embaixo de seus pés, peixes salpicam a superfície do rio límpido.

– Mas havia sofrimento. Os Albinos eram mais numerosos naquela época, e nos visitavam com suas roupas negras de metal e nos ensinavam tudo sobre a Ciência da Terra. E isso nos fez cada vez mais inquietos, pois, quanto mais sabíamos, mais queríamos saber. Desde os nomes dos animais e plantas até os segredos da Criação. Nós tínhamos que alcançá-los. Os L'dren nos diziam a composição mais básica de cada pedaço da natureza. Nos ensinaram sobre os Quatro Elementos, você sabe, Terra, Fogo, Ar e Água, e como nós humanos trazíamos essas forças em conflito buscando equilíbrio dentro de cada um de nós.

– Mas o senhor sempre me disse que os Albinos são ruins. Por que ajudariam os humanos?

Janus olha para baixo. A cidade se estende branca e brilhante próxima das nuvens, erguida por alicerces altíssimos.

– Porque não podem manipular a magia. A crisálida os afeta muito mais rápido que a nós. Pela Deusa, a própria luz de Sarali os queima como se fossem pólvora até que explodam pela doença dos magos.

– Então eles sabem muito de magia, mesmo não podendo usá-la.

– Eles eram como os Alvos, Garlando. Primogênitos, estiveram lá no começo do mundo, antes de a Mãe da Sombra amaldiçoá-los. Imagine ter todo o conhecimento da Transformação e estar fadado a carregá-lo para sempre sem poder utilizá-lo. Chegamos. Eis a praça da Graça de Nean.

Garlando olha para um monumento que está em uma larga praça octogonal. A Torre de Babel. Uma espada de pedra com quinze metros de altura e apontada para o céu. Um grande monolito circundado por pedestais que partem de suas bases nas quatro direções.

– Essa é a porta para a Última Fortaleza. E para a Ciência do Bem e do Mal.

A estrutura é lisa e perfeita, como se esculpida em uma enorme rocha branca pela própria Mãe da Luz.

– Isso parece tão longe da realidade. Como uma conversa sobre mitos, sobre coisas que nunca aconteceram.

– Mas é verdade. E a vontade de entender a Criação foi quase a ruína da humanidade.

– Todos os humanos do mundo viviam aqui? Pois o senhor fala como se assim fosse.

– Naturalmente que não. Quando o mundo em que vivemos era uma única massa de terra, muitas cidades humanas existiam. Pietru Negro não era arcadiano, você sabe disso.

– Sim. Mas pisar nessa Arcádia das lendas é como se eu pudesse ver a origem dos humanos. Uma tolice, mas é esse o sentimento. – Garlando analisa a base do monumento como se procurasse algo. – Como se aciona essa... máquina? Posso chamar assim?

Janus esboça um sorriso e pisca devagar.

– É uma máquina, sim. Tecnologia mágica, se preferir, mas é isso. Não há alavancas ou meios evidentes de fazê-la funcionar. Ela é um construto complexo, feito para ressoar energia de pedras de mana concentrado. E essa força rasgaria o véu que esconde o que há no céu. Essa é uma energia inconcebível, inexplicável. Por isso foi necessário o Grande Sacrifício. – Janus suspira profundamente, seu rosto menos radiante e sereno.

Garlando abraça o próprio torso, como se a brisa estivesse um pouco mais fria.

– Sacrifício?... – e olha para a enorme cidade vazia.

Janus fala sem deixar de encarar o céu azul sem nuvens.

– Dizem que os reis do passado, ao morrer, levavam consigo todos os seus criados e corte, para servi-los do outro lado. – O arcadiano então olha para dentro da mente de Garlando. – Agora você entende.

Garlando dá um passo para trás.

– Todas essas pessoas...

– ... viveram na maior cidade humana. Foram beneficiadas pelo ápice do conhecimento e da realização dos mortais. E aceitaram seguir nossa mãe-regente em um ritual para podermos sonhar pela eternidade com os Alvos em Zeal. Lá entenderíamos o princípio da Criação. Da Essência, Sarali. A vitalidade, as memórias, a alma de todos os arcadianos era um preço baixo para fazermos as pedras-alma e criarmos o equilíbrio perfeito entre os elementos. E essa energia inimaginável romperia o céu e revelaria a Última Fortaleza.

Garlando se lembra, como se resgatasse uma memória que preferia manter escondida. Mesmo que fosse uma memória implantada em sua cabeça à força, pelo fluxo que corre na pedra-alma de Ondina.

Vê as fileiras de arcadianos, os seus cabelos azulados e purpúreos, uma raça que não mais existe no mundo de Anmadun. Todos em túnicas leves, perfeitas mortalhas para o sono eterno no qual imergiriam.

Ouve o discurso apaixonado da mãe-regente Xala e hinos entoados em glória à Criação.

Ó Terra púrpura sob o céu
Ó Terra jovem sob o céu
Que a deixemos
Que a percamos
Pois pisaremos além da Última Fortaleza
A azul visão é a última
Antes da verdade
E do sono dos eternos
A lembrança dos grandes jaz ontem
Amanhã viveremos
Para sempre
O sono dos eternos

A voz de Xala entra na cabeça ainda que ela esteja distante, como um sussurro fantasmagórico, convencendo as mentes de que aquele fim era o correto. Ela flutua, suas roupas esvoaçam como as bandeiras de Arcádia.

Antes de ela receber o fluxo ampliado pelos magos, Garlando chora as lágrimas de uma mulher no meio das fileiras que não pôde ver seu filho voltar das casas de sabedoria. Vê a sua vida desde a infância, quando foi separada dos pais para a educação, o crescimento sem ter vivido com aqueles que lhe deram a vida, a chegada da fase adulta, gravidez, para então ter um filho entregue para renovar o ciclo. Como se repusesse a vaga que ela mesma tomou.

Após o silêncio dos cantos, uma vibração intensa faz o chão tremer. A explosão de som destrói a coragem de um jovem estudante cuja mente Garlando visita. Respira fundo e se concentra, aperta os dedos nas palmas das mãos. Se suportarem o ritual, suas almas estarão livres da prisão da carne.

Quando de Xala brota a crisálida, Garlando sente a sua própria constituição física ressoar com a onda que varre a multidão. O ar deixa de ser ar, engasga com o mana que o penetra por todos os lados. O corpo que habita é preenchido até transbordar, os ossos ardem e todas as dores surgem, em todas as partes e de todas as qualidades. Estica as mãos para sair do mar de vácuo. Então a cabeça se torna mais leve, as cabeças, pois Garlando agora é muitos, vê os rostos daqueles que amava, as lembranças das paixões proibidas nessa rígida sociedade, a saudade dos irmãos e amigos separados pelos ministérios para que cada um cumpra as funções necessárias, ambições sufocadas pelo bem coletivo. E todas as coisas secretas e vividas apenas na intimidade são seguidas pelo empedramento dos membros, tornando-se pesos densos e sólidos. Cristais irrompem de suas juntas, reluzentes ouriços, estátuas da mais bela morbidez que é a forma da crisálida vencendo a carne embebida de magia.

Então pousa em um garoto de três neanos, que só conheceu a existência por poucos sons e cores. Ele chora por não compreender por que tem que estar aqui. Seus amigos estão aqui, mas não é como se fosse uma brincadeira. Um jogo para aprender novas palavras, talvez? Prestes a estourar em uma flor de cristal, alivia-se molhando as próprias pernas com urina quente, ouvindo as pessoas à sua volta desabrochando e cessando de existir. Cada pessoa não fala mais. Cada pessoa não canta mais.

Garlando já é crisálida, então sua pele não sente a carícia da brisa. A praça é apenas do vento por alguns instantes.

Agora abre os olhos como Janus, ergue-se de seu leito e se prepara para apanhar as gemas e abrir o céu.

– Por que tenta me impedir de ver esse Albino que está na sua cabeça? – Garlando desperta do seu transe e olha para Janus, que, apoiado no parapeito da praça, contempla a cidade branca brilhando como um lago calmo lá embaixo. Cada camada sua apoiada por enormes alicerces, como se os humanos pudessem morar no céu.

– Você pode vê-lo, não é mesmo?

– É claro que posso.

– Então sabe por que tento escondê-lo de mim mesmo. Consegue distingui-lo na frente do grupo dos L'dren? Atrás da barreira que puseram para se proteger da onda de mana?

– Sim, eu sei quem é. Por que nunca me falou desse Zorak N'ldir?

Janus massageia a testa com as pontas dos dedos.

– Você deve entender o final do ritual.

Garlando franze a testa, mas fecha os olhos e se concentra. Então é Janus, tem os braços e torso nus, usa apenas joias feitas do material de sua gema, um par de brincos e um pingente, e uma longa saia, como seus irmãos em Mammon. Ergue a gema que se tornará a pedra-alma de Ondina. Melquior Salamandro, Gaspar Silfo e Baltazara Gnomo fazem o mesmo com suas respectivas pedras.

E recebem toda a energia das vidas desprendidas das flores de crisálida. Têm a consciência varrida por uma enxurrada de emoções, medos e vontades, alegrias e decepções, sem que possam distingui-las uma a uma.

Só o ciclo de morrer e renascer tantas vezes na Máquina de Mammon os protege de não terem as próprias memórias levadas pela correnteza.

Arcádia está morta, as vidas de seus cidadãos são oferendas para que haja as pedras-alma.

Garlando começa a se sentir zonzo e ajoelha diante da Torre de Babel. Prostrado diante de sua exuberância naquela casa de mortos, vazia e eterna nas memórias dos arcadianos.

– E então estávamos prontos para a Última Fortaleza, a cidade que nunca foi visitada por aqueles que morrem. O obstáculo definitivo para entender os mistérios da Criação e alcançar a imortalidade. Para os humanos se tornarem como a Deusa, essa era a última fortaleza que precisaríamos transpor.

Garlando olha para o chão branco que reflete o azul do céu. Mas, ao buscar na própria memória, não vê as lembranças de Janus sobre o que mora além dele.

Vê novamente os Albinos com seu grande contingente, todos vestidos em seus trajes negros, como besouros blindados, para barrar Sarali, ainda que fosse o dia de Neano Novo, e o fluxo de magia. Mas, além das roupas, há uma enorme redoma de vidro âmbar que os protegeria do retorno de energia quando iniciasse o ritual.

As pedras-alma estão em seus lugares, cada um do Quarteto Maior em volta das gemas. O monumento é acionado. A energia se condensa e então explode, uma torre de luz que chega até o céu. Tamanho é o seu poder que rompe o véu da imensidão dourada.

Após um tremor que retumba por toda a cidade de Arcádia, a realidade é rasgada, uma fenda aberta no meio da abóbada celeste.

Surge algo tão complexo em sua forma e presença que mal pode ser lembrado pelos mortais.

Nesta hora, Janus vira o rosto. Suas pernas tremem sem parar, como alicerces prestes a ceder. Pois o que paira no céu é uma força que o faz se sentir menor, inútil.

Por isso Garlando não vê Metatron, o guardião da Porta da Verdade que esconde a Criação. Ele segue até a borda da barreira dos L'dren e confronta Zorak N'Ldir.

– Janus, o que pensa que está fazendo? – Zorak berra e gesticula. – Aquilo é Metatron. Vocês ainda têm que vencer o desafio dele. É agora a hora. Vamos pôr um fim nisso de uma vez por todas!

Garlando sente o coração batendo rápido. Os calafrios que o Ondino experimenta diante do protetor do céu não são causados pela audácia humana ao desafiar a Deusa.

– Termine com isso! – Zorak grita.

Pressionando os olhos com a ponta dos dedos, Garlando tenta organizar as próprias peças do tabuleiro que é a sua cabeça. A busca por Celes, a relutância em aceitar os desígnios da tia para os negócios da família. As lágrimas ardem. Mas não pode interrompê-las. Ergue-se e grita para Janus, apontando-lhe o dedo na altura do rosto.

– Eu vi, mestre Lucien. Janus, que seja. Tá tão claro para mim que toda a merda que destruiu o mundo tinha a ver não só com a arrogância da humanidade. Mas também com o seu maldito sentimento. – Empurra Janus, que dá um passo para trás pelo impacto, mas não reage. – Não faz diferença que, depois que seus irmãos em Mammon caíram, uma coluna de luz tenha rasgado a terra com tamanha intensidade que despedaçou o continente como se fosse um biscoito. Prédios dissolvidos como se fossem pó, pessoas caindo pelas fendas. Os grandes pilares que erguiam a cidade, desfeitos. Ruínas e um mar de gente transformada em cristal. Eu vi tudo.

– Sim, você viu. Isso é ótimo – Janus diz. – Porque entende acima de tudo por que não podemos deixar essas pedras caírem em mãos erradas.

– Só que eu não tinha nada a ver com isso! – Garlando grita.

– Garlando, essas coisas todas são maiores que a gente. Se me envolvi nisso há quatrocentos neanos foi porque a minha função na sociedade arcadiana era essa.

– Pois então. A maior sociedade humana já criada não permitia que as pessoas vivessem de forma livre. Ninguém fazia o que queria, todos tinham um papel a desempenhar. Vi você morrendo e acordando através de gerações. – Garlando abre os braços, tentando tirar da cabeça as lembranças de Janus e Zorak se amando. – E a única coisa que permanece na sua cabeça é... uma pessoa que você amou.

Janus sorri para Garlando, soltando o ar pelo nariz.

– Não sei se dou conta, mestre. Eu não queria nada disso. – Garlando se senta no chão da Arcádia dos sonhos. – Você me enganou. Falou que eu poderia usar a pedra-alma para encontrar Celes. Mas não me contou que eu teria que me tornar você. Por que essas pedras não podem ser destruídas, afinal?

– Porque, o que quer que tenhamos feito, conseguimos transformar a força da vida condensada em um estado puro, como o sangue da Essência que há no centro de Anmadun. E isso não pode ser desfeito por mortais.

Garlando não tem mais como escapar, pois agora é o Ondino. Vê Janus se reerguendo no meio de uma floresta, seu corpo destruído após a falha no ritual. Arrastando-se, restabelecendo-se, então vagando por neanos, sem saber aonde ir. Seguindo uma energia que pulsava com a sua própria alma.

– Essa foi a Luz do Julgamento. A espada de Metatron. – Janus fala devagar, como se tivesse medo do que lembra. – Eu não sei dizer quantas pessoas morreram nesse dia. Anmadun foi dividida em quatro pedaços, pelo que dizem os antigos e mesmo as palavras do Templo. Um deles seria a Terra Pátria onde vivemos. Eu não sei o que é verdade, mas eu estava lá quatrocentos neanos atrás e vi a terra ser cortada, os abismos se abrirem e a água surgir separando cidades e povos longínquos. Dizem que Babélia é um resquício da velha Arcádia, mas nunca pisei lá. Para o sul há mais um pedaço. Tudo destruído e separado, não entendo nem como fiquei vivo. Os Albinos sofreram um golpe duro, pois estavam ao nosso lado no momento da abertura, esperavam entrar na Última Fortaleza.

"A única coisa que eu poderia fazer era esconder a pedra à qual me ligava.

"Quando despertei, não sei quanto tempo depois, estava em uma floresta. Envolto pelo murmúrio dos animais em uma cama de silêncio. Fui acolhido pela Rainha das fadas, que me explicou que o mundo dos homens fora destruído pela Mãe. Mesmo com todas as descrições dos horrores que se sucederam após a minha inconsciência, eu me preocupava apenas com a pedra-alma. Ela me tranquilizou, disse que a máquina que criamos foi desmontada pela vontade dos céus, e as pedras-alma, que não poderiam ser destruídas, foram espalhadas, cada uma para um pedaço do Novo Mundo, o Mundo das Ruínas que a nossa raça teria que reconstruir."

– Eu não me importo com a sua maldita história! – Garlando grita, ecoando pela caverna onde estão no mundo presente. – Agora eu conheço tudo o que os arcadianos souberam sobre as coisas da Criação e ainda não consigo simpatizar com nada disso. Foi a ambição de vocês, arcadianos, que simplesmente não souberam aceitar a vida que nos é dada. Foi isso que levou o mundo a tudo o que está acontecendo!

– Foi só depois de muitas cheias que senti a energia. – Janus continua, falando cada vez mais devagar. – É como se a Pedra tivesse levado muito tempo para se refazer. Acho que foi por isso que não pôde ser encontrada por magos que navegam pelo mana. Depois que deixei a floresta, vaguei sem saber para onde ir. Guiado apenas por essa força que parecia a minha própria alma, encontrei uma cidade pequena, poucas casas em volta de um prédio alto. Era um Templo. E essa vila se chamava Criane. As pessoas me receberam primeiro com medo, por ser mais um estranho que surgia nessa época sombria. Eu não compreendia como pude ficar alheio ao mundo por tanto tempo. Então descobri que havia passado centenas de neanos desde a queda de Arcádia. No Mundo das Fadas , os dias e as horas não respeitam as medidas dos que morrem. Me disseram que homens encapuzados apareciam de noite e ofereciam tesouros para que dessem informações sobre magos ou acontecimentos estranhos. Dinheiro que pouco servia a esses que viveram tanto tempo para restabelecer vidas comuns. Mas a energia que me chamava parecia mais forte nesse lugar, então pedi para viver ali em troca de ajudar as pessoas com as suas enfermidades. Sempre conheci muito das plantas e suas propriedades curativas, e assim me estabeleci sob o nome de Lucien.

– E a pedra-alma estava aqui... – Garlando ouve os sussurros das ondinas que agora lhe contam o que houve. – Os elementais te revelaram a pedra-alma fazendo-a brotar do chão. Como água. – A pulsação da caverna ecoa dentro dele, causando um frio que lhe gela os ossos.

Garlando se ajoelha e puxa o rosto do mestre em sua direção, agarrando o cancro de vidro até fazer o dedo sangrar.

– Eu perdi a minha família e a minha própria vida por causa disso tudo. Por que não me deixa em paz? Por que eu tenho que carregar a sua maldição? Não está satisfeito em destruir a própria existência? Monstro!

Janus pensa nos debates que teve em sua juventude e quão apaixonadas eram as defesas de quem buscava a eternidade e o conhecimento além do céu. Pensa no rosto de seu irmão Melquior, seu sorriso triunfante quando bolou o plano para frustrar os intuitos dos Albinos. Olha para o seu jovem sucessor com o peito chiando pela má respiração. O olho em crisálida não chora, mas o outro olho do velho se enche de lágrima.

– Você não entende, Garlando. Metade minha olha para o passado, a outra metade para o presente. Ainda que isso me destrua por dentro, eu não posso deixar que repitam o erro do meu povo. – Janus suspira. A respiração dói. Anseia para que ela cesse de uma vez. – A minha esperança era Majestosa, mas os denorianos parecem determinados em abrir a porta eles mesmos... Isso seria uma guerra entre os próprios Alvos.

– É tudo inútil! No fim, vocês foram apenas um capítulo nessa guerra eterna dos imortais. Entendo, sim, o seu desespero. – Garlando se levanta e ergue a Pedra sem tocá-la. Ela paira no ar, diante do seu velho mentor. O Ondino antecessor.

Janus abre a boca para perguntar ao garoto aonde ele vai, mas então ruboriza e se contém. A sua separação acontece em silêncio, não há lágrimas, pois elas também se tornaram cristal.

5

A LUZ DOURADA do fim do dia inunda o salão dos Espendi através de suas janelas drapeadas. A seda vermelha dança devagar pelo vento, refletindo pontos amarelados, pendendo de um pé direito tão alto quanto a própria casa geminada de onde os pais de Garlando se foram, também envolvidos por essas cores flamulantes.

Garlando está enroscado sobre um divã confortável, cercado de móveis, tapetes e porcelanas com padrões e entalhes feitos pelos maiores artesãos da Terra Pátria. Olha para o magnífico piano denoriano no canto enquanto uma pequena chama corre pela sua mão. Na orelha direita, o brinco arcadiano que sobreviveu à queda da maior cidade humana o liga ao pulso eterno da pedra. O vazio da enorme sala cuidadosamente decorada esmaga a resolução do sucessor do Ondino para seguir adiante.

Timonez entra com uma xícara de chá fumegante sobre uma bandeja que acompanha a família há muitos neanos. Provável fruto dos primeiros saques de Vito Espendi na época das guerras.

– Mestre Garlando, tem certeza de que está tudo bem?

Garlando não se incomoda com a presença do querido criado e continua a fazer correr a pequena chama em suas mãos.

– Espero que o banho tenha sido de seu agrado. Vou providenciar para que aquelas roupas não vejam a luz de Sarali novamente.

– Timonez, eu vou pedir ajuda para a minha tia. Ela conhece muita gente, circula nos melhores salões da Terra Pátria. Aqui mesmo nesta sala já vivi tantos encontros solenes – Garlando diz, e suspira. – Ela vai saber o que fazer.

– Certamente. Mas eu sugeriria que o senhor fosse mais cuidadoso com suas aptidões fora de ambientes seguros. A Inquisição é uma realidade, e há rumores de que estão aproveitando as movimentações das estradas para cometer mais abusos. É de fato lamentável que o tenham ferido de forma tão odiosa.

– Não me importo.

– Muito bem. Talvez se importe de saber que as autoridades da Corporação conseguiram ordens para a detenção dos responsáveis pela caravana em que esteve. O senhor ter sobrevivido foi uma bênção da Luz, mas é provável que não contassem com isso.

– Eu acho que nem sabiam quem eu era. Estúpidos, poderiam ter barganhado um resgate com minha tia.

– Por favor, mestre Garlando, não brinque com essas coisas.

Alguém bate à porta dupla. A um sinal de Timonez, Garlando finalmente cessa o encanto e fecha a mão, extinguindo o pequeno fogo. Um criado entra com um cartão de visitas sobre uma bandeja.

– Muito bem, eu diria que devo resolver alguns assuntos. Chegou o representante da Corporação com o salvo-conduto emitido para o senhor. Já providenciei também para que sua espada seja entregue polida e afiada, uma boa montaria e provisões decentes à moda dos dorfes, para que não me apareça tão magro da próxima vez.

– É a segunda vez que essa espada é polida. E é uma viagem curta a cavalo, Timonez – Garlando diz, soltando uma pequena gargalhada.

– Mesmo assim. Estou especialmente preocupado porque há movimentação de guerra nas estradas. O senhor Ralfo partiu sob a bandeira do antigo bando para servir ao Conde de Balambo. Ao norte, o senhor sabe.

Garlando anui, satisfeito por saber que o Bando do Gordão está de volta à estrada. Seu amado mercenário deve estar sorrindo por não ter que se preocupar com produção de fazenda.

– Obrigado por tudo, velho amigo. Devo partir ao amanhecer.

Garlando devolve a xícara à bandeja e dá um abraço gitânio no mordomo. Timonez mantém a bandeja equilibrada de forma impecável, e com a mãos livre afaga as costas do eterno garoto aos seus olhos.

* * *

Sentado na beira da estrada, comendo uma maçã, Garlando tira o pano apodrecido da bolsa de couro e tenta ver, nos restos daquele dia na caverna mágica, uma razão para tudo isso que está acontecendo. Não há nada. Tenta alcançar Celes através das próprias lembranças. Se é o Ondino, tem um dos grandes poderes deste mundo. O pano não tem o cheiro dela, mas o da única trilha para terminar essa história de uma vez por todas.

Se pudesse se odiar mais, o próprio espírito covarde se encarregaria de ir até a beira de um penhasco e finalizar isso mais cedo. Mas, em nome da determinação de neanos atrás, fantasia que esse seria o grande término que a história merece.

A estrada com pouco movimento faz com que o mundo pareça uma terra morta. E, mesmo com bandidos profissionais ou bandos de soldados que se aproveitam da desordem para atacar viajantes, Garlando os evita sem grandes problemas e faz a viagem em tempo recorde, tendo trocado de cavalo duas vezes para se certificar de que chegará rápido. Dinheiro nunca foi problema para um Espendi.

No final do quarto dia, já sob a noite rubra, vê as luzes de Comir, a capital de Coméria, surgirem no horizonte. Postada sobre um grande morro, parece uma pirâmide de cujo topo o palácio da família real observa a todos, rodeado pelas camadas de súditos cada vez mais baixas até os muros que formam o perímetro.

Em um dos portões principais, o viajante prestigioso, representante da Corporação Comercial de Criane, não enfrenta perguntas nem investigações incômodas. É sempre impressionante como os sorrisos e a boa educação vêm à tona diante de roupas caras e selos importantes. Garlando quer apenas chegar à residência do Duque de Veridiana, que fica num dos bairros mais altos, próximo do palácio real.

* * *

Altas janelas de vidro límpido, como as do próprio palácio Espendi, cortinas verde-musgo derramando-se por elas através dos longos corredores. Para a surpresa de Garlando, o bilhete apressado em Majestosa parece ter alcançado a sua tia, pois o receberam como se o aguardassem há dias. Poucas e gentis conversas com os criados e guardas e logo está em uma sala, onde irá esperar por quase uma hora.

Decorado de forma impessoal, mas requintado, o cômodo possui uma pequena estante com livros. Após pegar um volume ao acaso, Garlando tira as botas de viagem e se deita em um divã, sem se incomodar por estar com as roupas imundas. É um exemplar em capa dura carmesim de uma edição antiga de "Maturo", o primeiro livro que o mestre Lucien lhe deu para ler. Naquela época nunca imaginaria que fosse uma leitura tão popular entre bem-nascidos. Narra o primeiro contato que os jovens têm com a cultura dos Alvos.

Abre o livro em um lugar qualquer. Maturo perguntava à rainha dos Alvos o que deveria fazer para provar o seu valor e poder viver entre eles.

"Abra mão de sua mortalidade. Que o conforto de um fim certo lhe seja tirado. Que os neanos testem os limites do que vocês, homens, chamam de alma, essa força tão misteriosa e longe de nossa verdade."

Sem ser anunciada ou bater à porta, Reggiane entra e interrompe a leitura. Seus olhos se apertam em desprezo com a visão de um Garlando sujo e desleixado jogado no divã.

– Enfim, chegou. – Ela expira o ar e olha para cima. Seu alívio é o de alguém que se livrou de um problema.

– A senhora minha tia não parece preocupada com o meu destino. Mas estou muito bem, obrigado – responde Garlando com um sorriso forçado, tentando voltar para o livro.

– Poupe-me de sua atuação ruim, rapaz. Qualquer atriz barata faria melhor que isso. – Reggiane anda pelo cômodo e confere de soslaio que livro Garlando está lendo. – Providenciei para que tome um banho e use roupas adequadas à residência do Duque de Veridiana.

– A senhora me ofende – diz Garlando, cruzando os braços e balançando a cabeça. Está inconformado como a tia sempre consegue lê-lo sem dificuldades. – Eu nunca fugiria sem ao menos avisá-la que me atrasaria para o jantar e para os compromissos com a sociedade. – Torce os lábios em um sorriso insincero e franze a testa.

– Pois eu não deveria nem falar com você antes de estar apresentável. E, se algo tivesse acontecido, eu certamente já estaria ciente. Se bem o conheço, deve ter se aproveitado da confusão na caravana para sair em suas aventuras.

– A senhora conseguiu punir os responsáveis pelo assalto? Ou não teve tempo de lidar com isso?

Sem se importar com a provocação, Reggiane responde, ereta e sem se mover:

– Pode ter certeza de que o farei. Mas isso é apenas uma preocupação trivial. Porém não posso deixar de elogiar a sua consideração em me escrever de Majestosa. Um bilhete curto, é verdade, mas responsável – e, antes que Garlando possa saborear o afago, continua: – Mas Majestosa! Francamente, não há algum lugar mais atrasado para se enfiar? Vivem como se fosse há dois séculos atrás, não me parece o lugar aonde alguém suscetível a excessos como você se dirigiria. Havia festas por lá?

Garlando sente o sangue nas bochechas.

– Para a senhora é disso que eu vivo, não é mesmo? Pulando de uma festa para outra. Pois eu poderia supreendê-la com as coisas que tenho para contar. – Senta-se com as costas retas e estufa o peito. – A senhora não imagina as coisas que testemunhei. Majestosa foi à guerra, minha tia.

– Como todo país que honra os seus acordos, é natural que o faça. Deve mesmo se apresentar a seu suserano, Cidânia, mesmo que os denorianos e os antigos tratados os protejam. Ainda se vestem como personagens de histórias antigas? Os soldados devem usar elmos cônicos e pontiagudos, armaduras que parecem barris de metal, espadas de bronze, não é mesmo?

– Minha tia, essa guerra é talvez o evento mais importante nos últimos trinta neanos, não há nada assim desde a Batalha da Muralha.

Reggiane perde a expressão irônica, soltando ar pelo nariz e balançando a cabeça.

– Não preciso que me ensine História, Garlando. Lembre-se de onde está. Aqui é onde a escrevemos – ela se vira e dá dois passos, parando diante de um retrato antigo. – Depois do espetáculo deprimente na residência do Duque de Lesalia na Terra do Leste, ninguém acreditava que os babelianos realmente pegariam em armas, nem que pudessem recuperar Rio Claro e fazer Coméria se preocupar.

– Eu estava longe. Não faço ideia do que está falando.

– O que importa é que essa movimentação não vai longe. Lamento desapontá-lo, essa guerra é provavelmente uma distração para ações isoladas. Babélia fala em recuperar território usurpado, em renascimento de sua plena soberania. Mas há forças maiores por trás disso.

– A senhora fala dos Alvos?

– Não somente. O Templo fez seu movimento. O Exército Sagrado vai se unir aos batalhões que aguardam o próximo avanço, a nordeste. Isso, sim, é algo que não se vê sempre nos registros históricos. Parece que há mesmo participação dos imortais.

– Então os Alvos farão parte da guerra... É, eu estive com denorianos em Majestosa. Queriam tirar alguma informação minha.

– Muito bem. E espero que tenha aprendido a ficar de boca fechada dessa vez. E é claro que são os denorianos. Os Primeiros Alvos nunca se sujeitariam a esse papel.

Garlando fecha a cara.

– Mas agora me ouça, Garlando, essa situação muda um pouco os nossos planos. A Inquisição está aqui nesta corte e você já teve os seus problemas com eles. – Garlando põe a mão no peito, sobre a marca. – Após nossos compromissos aqui, penso em enviá-lo a algum lugar seguro. Não há como garantir que alguma das capitais não seja atacada. Mas antes você deve conhecer o nosso anfitrião, o Duque de Veridiana. Ele tem uma linda filha, estou certa de que encontrará conforto ao passar tempo com ela.

Garlando fica até tonto com as ordens que a tia despeja. Perde todo o ímpeto de lhe contar o que passou, muito menos revelar que é um dos detentores das pedras mágicas que movem essa guerra. Põe a mão no brinco, e seu pulso leve o acalma.

– Minha tia, eu não posso ficar muito tempo, eu devo partir.

– Partir? Para onde? Estamos no meio de uma guerra. Não pense que ela acontece como nos relatos históricos: há perigo real em viajar pelas estradas. Vamos resolver isso juntos.

– Minha tia, há compromissos...

– Garlando. Por favor. Sempre permiti que praticasse a sua *magia* às escondidas. – O rosto de Garlando empalidece. – Mas há limites até para esse tipo de rebeldia. Já é adulto, entende que a crisálida é real, eu presumo? Isso é um risco à sua saúde, e usá-la sem profundo treinamento me mostra que quer encurtar o seu tempo de vida.

Garlando se pergunta o que ela diria se soubesse que ele é o sucessor de Janus Ondino, um dos que fizeram parte do Quarteto Maior.

E imagina o que aconteceria se tentasse explodir estas paredes e fugir deste maldito lugar.

– É uma decisão estúpida, mas é sua. Uma coisa é a sua curiosidade juvenil, outra é querer realmente se envolver com violadores das leis do Templo e da Terra Pátria. Eu não ignoro que em Majestosa haja os dissidentes da antiga Arcádia – Reggiane fala com ar de deboche. – O que quer que estejam te dizendo ou te influenciando a fazer, você precisa entender o seu lugar, a qual família pertence e o que se espera de um Espendi. Nosso lugar na História é bem diferente.

O jovem controla a respiração e engole tudo o que queria dizer. Que seus pais morreram e não foi um acidente. Que todos os neanos de estudos e preparação para os negócios da família não fariam qualquer diferença em seu próprio destino. Que não é um simples rebelde sem causa, que mesmo sem querer está mais envolvido na história do mundo do que a família Espendi inteira estaria em trezentos neanos. Essa mesma família que comprou um lugar dentro do círculo do poder com dinheiro de empréstimos e de exploração de comerciantes como os pais da Celes.

– Eu entendo, minha tia. Estou muito cansado da viagem. Se a senhora me permitir, poderemos falar sobre isso depois, vou tomar um banho e me tornar... apresentável.

Reggiane parece relaxar os ombros por um instante.

– Você é o filho de minha única irmã. E a única família que resta aos Espendi. Não temos tradição, é verdade, mas hoje o meu nome abre portas em todo esse continente. Os bem-nascidos estão falidos, Garlando. E só nós temos os recursos para manter os estilos de vida deles. Estamos onde queremos estar. Não destrua o trabalho da vida de seu avô. Ou o meu. – Reggiane vira as costas. – Tudo isso é seu, de qualquer forma. Não me decepcione. – E deixa o quarto. As portas parecem se fechar sozinhas.

Garlando volta a se deitar no divã. Antes que cochile de cansaço, levanta-se e procura um criado para saber onde tomar o tal banho.

* * *

O palácio de Veridiana em Comir é movimentado como as ruas de Criane. A diferença é que em Criane não há guardas a cada três portas vigiando segredos, intrigas e a segurança da corte do país que comanda o maior exército dos Três Reinos. Lá as intrigas e segredos correm soltos, sem paredes para abafá-los.

Garlando está vestido com um casaco longo e vermelho, rendas nas mangas e gola, uma fita azulada em seus cabelos dourados. O brinco arcadiano na orelha é incrível, parece um enfeite digno e exclusivo. Passaria por um jovem nobre facilmente. Mas, mesmo vestido dessa forma, traz sempre o velho paninho que um dia socorreu Celes em um bolso dentro da roupa. Acompanha Reggiane Espendi pelos corredores, andando sobre os tapetes verdes e de intrincados desenhos denorianos. Sorrisos e reverências distribuídos por todo o percurso, cansa-se de se curvar e parecer digno, até as portas duplas que levam ao gabinete onde o Duque os aguarda.

Os vigias abrem alas e anunciam os visitantes. Dentro há uma sala de paredes decoradas por toda a volta com um afresco de belos campos verdejantes, florestas de árvores de troncos brancos com prédios que imitam a arquitetura álvica integradas à paisagem.

O Duque está à mesa de madeira escura atrás de papéis espalhados, penas, seus selos pessoais da Casa Veridiana e tinteiro aguardando a sua atenção. Ao seu lado, uma garota muito formosa, vestida em verde-musgo, assim como o próprio Duque, que usa uma jaqueta com um plastrão rendado e botões brancos perolados. Ambos de perucas e pele muito brancas e empoadas. Reggiane faz uma longa reverência, seguida por Garlando, que parece obcecado em admirar todos os tapetes por onde pisa, mais bonitos em cada cômodo que adentra.

– Senhora Espendi, um ótimo dia sob a luz da Mãe.

– Alteza, agradeço-lhe por nos receber tão cedo. Este é meu sobrinho, Garlando.

– Um belo rapaz. Seja bem-vindo.

– A sua paciência nos honra enormemente. Veja, meu sobrinho acabou envolvido em desventuras por conta dessa pequena crise que assola os Três Reinos, mas que está sendo vencida – diz Reggiane com um sorriso contido no rosto.

– Folgo em saber que está a salvo – diz o Duque.

– Alteza – Reggiane faz uma pequena reverência.

Antes que Garlando comece a sentir o tédio dessas formalidades e falsas gentilezas, o Duque parece atender à sua silenciosa súplica por piedade.

– Mas vamos direto ao assunto. Hoje devo conceder audiências, e uma manhã que começa produtiva é sempre melhor. Acredito que a senhora Reggiane já teve o prazer de conhecer a minha filha, que esteve retirada nas últimas cheias em uma de minhas residências, em Denorya. Claris, por favor, cumprimente os nossos hóspedes.

Garlando que até então imaginava se seria possível uma execução rápida e indolor em vez desse destino cruel em que servia à vontade dos outros, nota o quão linda é Claris – tem o mesmo nome daquela linda cortesã –, mesmo sob tanta maquiagem. Ela dá um passo à frente com delicadeza e distinção. Tem uma boca delicada e olhos grandes e expressivos, mas a estranha familiaridade dessa visão o agarra pelo pescoço, principalmente pela expressão de horror que a moça mal consegue esconder.

– Encantado, minha nobre donzela – diz Garlando, fazendo uma reverência. Encantado e preocupado, um calafrio incompreensível querendo lhe subir pelas costas. Então uma voz que já ouviu antes diz, delicadamente:

– Alteza, permitiria que eu apresentasse os nossos jardins ao jovem Garlando Espendi?

Surpreso pela proposta, o Duque troca um rápido olhar com Reggiane.

– Mas é claro, minha filha. Apenas atente-se aos seus compromissos, sim?

– Agradeço muito a gentileza, minha senhora – diz Reggiane com um sorriso inesperado.

Seguindo pelos corredores, acompanhados não de muito longe por guardas, Garlando Espendi e Claris de Veridiana saem para o jardim leste da propriedade, não menos belo do que sua representação nos afrescos do gabinete do Duque.

Quando a brisa e a amplitude do terreno ajudam na discrição, Claris diz:

– Não pode mesmo me reconhecer, Garlando? Ou eu é que estou imaginando coisas e você não está à minha frente?

Então Garlando liga a voz à beleza. O desespero de não poder dividir os segredos com a tia se choca com a lembrança de noites de conforto e prazer roubados há algumas cheias. Mas a coincidência é grande demais, a circunstância muito improvável. Arrisca:

– Minha senhora... Rosa... Rosa Vermelha? – diz, devagar. Os olhos de Claris se enchem de lágrimas, e Garlando estaca por instantes. Sem segurar os soluços, a garota se apoia no braço dele o mais discretamente possível, temendo os guardas.

– Minha Deusa – Garlando sente mais esse golpe do destino, e o calafrio completa o seu curso como se por dez vezes. Claris parece se agarrar ao que pode nesse acaso improvável:

– Garlando, o que me diz? Só eu estou feliz por vê-lo aqui? É como se a vida pregasse peças, mas então parece que há um mínimo de esperança e...

– Não. Por favor, Rosa.

– Meu nome é Claris de Veridiana. A maioria das pessoas preferiria me ver assim.

– Claris, pois bem. Você não entende, eu não posso estar aqui. Minha tia não entende também, claro, mas então eu a encontro aqui. É demais. – Garlando toca a orelha direita e encontra o brinco. Põe a mão nos olhos e os aperta levemente, como se tentasse enxergar através do escuro. Suspira e olha para Claris. – É difícil reconhecê-la embaixo de tanta maquiagem e dessa peruca. E para quê? Já é tão branquinha – sorri, mas o sorriso se desfaz rápido.

– Eu... Sei que você também deve detestar a ideia de não decidir a própria vida, mas encontrá-lo aqui, você como meu pretendente, como o terrível destino dado a uma bem-nascida que desonrou a família, casar com o sobrinho de uma banqueira. Isso me alivia muito. Me perdoe por ser honesta demais.

– A maior das banqueiras... – Garlando esboça outro sorriso falso. – O próximo rei de Coméria precisa mesmo dos favores de Reggiane Espendi?

– Não faço ideia. Mas a nobreza está perdida, Garlando. Acataram as ordens do Templo por tempo demais, não sei para que gastam tanto dinheiro os sacerdotes. Já não resta mais orgulho aos que têm bom sangue.

– Esqueça. Não falemos disso. Parece que a ironia do destino tem sido tão solícita comigo que é melhor simplesmente ouvi-la e tentar andar junto com essa carruagem. Estou cansado.

– Você andou por onde todo esse tempo? Passou por algum lugar em guerra?

– Está tudo em guerra. E você, como deixou de ser Rosa Vermelha para se tornar a filha de um Duque de Coméria? Ou devo perguntar desde o começo...

– Não quero falar nisso.

– Algum motivo muito forte deve ter tido.

– Sim, eu queria envergonhar o meu pai. Mas ele sempre dá um jeito em tudo, não é mesmo? Nada melhor do que casar a filha que nunca poderia se casar com alguém que nem é bem-nascido, no fim das contas. Só para garantir ouro para o reino por pelo menos umas três gerações.

Garlando olha para as árvores, que compõem um belo quadro sob a manhã.

– No fundo nós só reagimos a eles. Aos nossos "pais".

– Eu nunca perguntei o que aconteceu com os seus pais. Se é a sua tia que está lhe casando...

– Meus pais morreram há muito tempo. É só isso. Claris... É mesmo um nome muito bonito. –

Claris toca o braço de Garlando, sem temer o que achariam os guardas. O rapaz continua: – É tudo muito súbito. Mas é como se todos que eu encontro estivessem fugindo de alguma coisa. Talvez seja melhor eu parar de correr pelas estradas e me assentar, viver uma vida digna, encontrar alguma coisa que me dê sentido.

– Talvez pudéssemos fazer isso juntos.

– Sim.

Claris é mesmo bela demais. E ele a conhece sem toda essa maquiagem. O vestido dos Veridianas lhe dá um ar distinto, longe da voluptuosa e inteligente cortesã Rosa Vermelha.

– Mas essa peruca esconde o seu vermelho. Quero poder vê-los de novo.

Claris enrubesce sob o pó branco, mas Garlando não pode ver.

* * *

Alguns dias depois, a ideia de seguir viagem pelas estradas solitárias e sujas parece menos atrativa. O cotidiano dos nobres é tentador demais até para os espíritos rebeldes. Comer e beber do bom e do melhor, as brincadeiras que troca com Claris quando podem distrair as vigias – ou suborná-las –, a coragem de enfrentar tudo em nome de uma guerra que só pertence aos imortais. Garlando cede à boa vida e só mantém o brinco na orelha por um resquício de culpa. Esquecer Janus e tudo aquilo é a coisa mais sensata a fazer. E nada melhor que uma boa diversão apenas para os raros em uma linda noite de cheia da Anmas. A Deusa da Noite brilha esplêndida, rodeada de estrelas, desafiada por muitas lâmpadas amarelas que iluminam o caminho até a casa de ópera de Comir. As luzes circundam o prédio, penduradas em postes ou presas à fachada, como se a terra rivalizasse com o céu para saber quem deve iluminar quem.

Para Garlando, é lindo apreciar as estrelas no céu vermelho-escuro espelhando as luzes da cidade na terra. Já para Claris, o que não é lindo é Garlando não se atentar ao ininterrupto movimento de carruagens que por duas vezes quase os atropelam. Os coches param à frente do teatro e entregam os mais ricos bem-nascidos, ou apenas ricos, que assistirão à noite de estreia da novíssima montagem da Ópera "O Juramento dos Sonhos", de Uematti, excêntrico compositor que é a última moda nos Três Reinos.

No salão de entrada do teatro, as melhores roupas e acessórios são exibidos antes do espetáculo da noite. Garlando não se incomoda de ser um dos poucos que carregam espada. Faz de conta que a velha arma de mercenário é uma herança de família que deve ser exibida. E se surpreende por ver um ou outro convidado da noite elogiando-lhe a arma. Mais provável que seja pelo polimento e a bonita bainha álvica que Majestosa lhe deu.

Enquanto aguarda Claris, que parece ter esquecido que tem companhia, Garlando é interpelado por uma voz conhecida.

– Toda a sociedade comeriana pronta para a diversão da noite. Há até mesmo convidados que vêm de longe para esta montagem especial.

O calafrio sobe, mas Garlando o controla enquanto termina de virar o corpo para encarar o inquisidor que o marcou pela sua heresia.

– Inquisidor Roni Bocatorti – Garlando diz e põe a mão no peito, inconscientemente. A outra, no cabo da espada.

Roni veste um hábito roxo impecável, bordado com motivos da mesma cor que o tecido, visíveis apenas de perto. O magíster repara, com seus olhos duros, nas duas mãos de Garlando, cuidadosamente. Então diz:

– Garlando Espendi. É estranho te encontrar neste local. Não sei explicar por quê, mas é como se você tivesse algo que me atrai. A marca que carrega é uma vergonha da qual deve se lembrar todos os dias. Ainda que se esconda no meio desses perfumes e ouro, o Santo Trabalho sempre saberá onde está.

Garlando ajeita a postura e ergue o queixo antes de responder.

– Magister, a sua intimidação não tem lugar aqui. Vim a um espetáculo para me divertir. Lamento a coincidência, mas não tenho nada o que responder à Inquisição.

– O mundo se encaminha para a maior guerra de nosso tempo e vocês se divertem com cores e cantos. É por isso que a Mãe deve nos purificar.

– E ainda assim aqui estamos. Mas me diga, Excelência, pode pagar por esse evento? É bastante exclusivo. Ou é o Templo que banca, graças ao dinheiro que tiraram dos incultos por séculos de cobranças de indulgências?

– Seu ani... – Roni fecha a mão direita com força e dá mais um passo para se aproximar. A rapieira prateada brilha pendurada em seu lado esquerdo. – Estou aqui para garantir que as atividades hereges estejam sob controle. Ricos ou pobres, não faz diferença. O Santo Trabalho não descansa.

Nesse momento, outra voz familiar interrompe a conversa, acompanhada de um delicioso perfume.

– Garlando, desculpe-me a demora. Podemos agora subir para o nosso camarote – diz Claris, fazendo uma mesura para o Inquisidor. Este recua.

– Excelência, esta é Claris de Veridiana, filha do Duque de Veridiana – diz Garlando, com um sorriso no rosto empoado.

Roni faz uma reverência, uma das mãos fechadas firme e tremendo.

– Muito boa noite, gentil donzela – diz, sem conseguir encará-la.

– Por que a Inquisição está aqui no teatro? – pergunta Claris, com a voz ríspida. – Esta é uma noite exclusiva, espero que não haja constrangimentos aqui.

– É para que não haja que estamos aqui – diz Roni, ainda sem olhar nos olhos de Claris. – Mas o Santo Trabalho serve à verdade e à paz. Não tenho a intenção de causar desconfortos. Por isso devo me retirar. Desejo-lhes um bom divertimento.

E, após uma rápida mesura e encarar Garlando, o religioso sai de cena.

– O que você fez que espantou esse corvo maldito com tanta facilidade? – Garlando sorri, mas suas mãos ainda tremem pela adrenalina.

Claris devolve o sorriso e cutuca a ponta do nariz de Garlando.

– Não faço ideia. Vai ver me conhece de outros carnavais. Talvez eu tenha feito algo que o deixou incomodado? – Solta um risinho mostrando os lindos dentes. – Mas vamos logo, já mostramos as nossas roupas e caras o bastante. No camarote tem espumante. Vem.

Garlando segue a amiga com a mão no brinco direito. O pulso suave e longínquo da pedra-alma o tranquiliza.

* * *

O luxuoso camarote dos dignitários da Câmara Real reservado pelo Duque de Veridiana faz jus às refinadas vestes que o grupo exibe. Reggiane em um longo vestido bordô sem armação, mas bem mais discreto que o verde-escuro em várias camadas da Duquesa, uma atitude deliberada para manter a humildade aparente, nota Garlando. O Duque e sua esposa usam perucas brancas e distintas, a pluma extravagante na dela e o salto de seus sapatos tornando-a a mais alta entre eles. Claris em verde-musgo, com rendas nas bordas do generoso decote e das mangas. Em sua delicada cabeleira vermelha, uma pluma negra.

O camarote fica na parte mais larga, ao fundo da plateia, onde há a melhor visão de tudo o que ocorre e onde os seus ocupantes ficam mais evidentes. A orquestra montada ainda sem músicos em frente às enormes cortinas de cetim brilhante, rubras como os lábios de Claris. Garlando não consegue evitar vê-la como a Rosa Vermelha, sem saber se o uso da cor é intencional ou não. Mas os seios brancos e pontilhados por suaves pintas são evocantes o suficiente. Garlando imagina se em breve terá um tempo a sós com ela, cada vez resistindo menos à vida confortável que se apresenta.

As plumas e perucas se acumulam, tomando os assentos. A madrasta de Claris, antes sua tia, irmã de sua falecida mãe, fala sobre algo.

– ... e fala também de amor pela própria Terra, uma noção rara aos jovens que não dão valor às tradições e aos nomes de suas famílias.

Claris gira os olhos e Garlando sorri, cada vez mais à vontade neste lugar pomposo. A conversa com o inquisidor se esconde no fundo de sua mente.

– Mas já não há centenas de óperas que falam de Kali e Denorys? – diz o rapaz, tentando esquecer que Roni está por perto. Tem tentado procurá-lo nos assentos, mas é quase impossível que alguém como ele tenha um ingresso.

– Sim, mas essa é diferente.

– Em que sentido?

– Primeiro, a soprano é uma Alva de verdade.

– Uma denoriana vem cantar para a nobreza humana? Nada mal, hein?

– E há instrumentos álvicos, vê aqueles estranhos cheios de cordas?

– Parece um alaúde de muitas cordas.

– Pois serão executados pelos melhores músicos dos Três Reinos. O maestro veio da Terra do Leste, da Cidade Vidente, dizem que é uma das maiores autoridades em música sacra.

– Acho difícil de acreditar que alguém do Templo viria executar uma ópera. Tão mundano...

– Mas veio.

– É, em meio à guerra o melhor entretenimento está à nossa disposição. – Garlando sorri e beberica o vinho servido por criados que parecem invisíveis. Mal saem das sombras, enchem taças e voltam para o nada.

Na fileira da frente, o Duque fala com Reggiane Espendi e a Duquesa.

– E os fidalgos menores que se apresentaram às armas graças à sua providencial ajuda, Dona Reggiane.

– Vossa Alteza é muito espirituoso. O que eu e meus parceiros oferecemos são empréstimos regulamentados, que seguem todos os procedimentos e as leis das corporações. Aprovadas pelas Três Coroas, naturalmente.

– Mas em meu entendimento o trunfo dos Espendi vai muito além, Alteza – diz a Duquesa. – Os uniformes e armas desses bufões vêm das corporações têxteis e de ferreiros que são das relações da Dona Espendi. Ou poderia dizer *subordinadas*?

– E graças à prosperidade de nossos negócios posso agradecer o generoso convite a este evento exclusivo. Fico muito envaidecida – diz

Reggiane com um sorriso discreto, quase sério. – Vossa Alteza permita-me insistir nesse assunto. A revisão das leis sagradas que proíbem o uso de procedimentos mágicos faz-se urgente para o desenvolvimento dos Três Reinos. Os dorfes estão realmente criando formas de produção que agilizam muito a fabricação de tecidos, e a fundição de ferro deles trará a expansão urgente das estradas para os trens a vapor que circulam no Oeste. Não podemos ficar de fora disso.

– Aqueles brutos que não sabem distinguir a própria urina da cerveja nojenta com que se empanturram? – ri o Duque, afetando uma surpresa. – Mas Dona Reggiane, entendemos que você tem feito pedidos a esses fabricantes dorfes.

– Não posso confirmar a procedência de todos os nossos fornecedores nesse momento, mas tudo que buscamos é atender às demandas da Terra Pátria com a presteza que a hora exige. Estamos em uma guerra, afinal.

O Duque ri, mas seu olhar é duro. Cruza os braços.

– Uma guerra cheia de mercenários e na qual os recursos de Cidânia são transportados nas monstruosas máquinas dos anões. Que a lealdade deles valha o dinheiro investido.

– O poder do sangue é absoluto, pois vem da Mãe. Alteza, nada que possamos fazer tem sentido sem o apoio das leis que regulamentam o comércio. E só as Três Coroas podem conceder isso. Insisto que o julgamento do Templo pode estar comprometido. Só desejo que os dogmas não sejam a ruína de nosso povo, necessitamos pôr em prática as facilidades que a magia pode oferecer.

– É um assunto delicado e soa como heresia.

– Heresia nos tribunais do Templo. Talvez os Três Reinos não precisem ser protegidos pelo Templo como filhos indefesos, mas estejam prontos para decidir como adultos para a sua própria sobrevivência. Os velhos tendem a nublar as próprias visões.

– Terra do Leste nunca se viraria contra a Cidade Vidente – diz a Duquesa. – É muito mais complicado do que pode soar.

– Então Cidânia e Coméria devem estar prontos para assumir o protagonismo neste momento importante – diz Reggiane com firmeza.

Claris fala sussurrando para Garlando:

– Acho que vou vomitar, essas conversas me enojam.

Mas Garlando é obrigado a prestar atenção em tudo, o que torna o conforto de minutos atrás nulo. As preocupações escalando e se acumulando, criando um princípio de enxaqueca. O que pensariam dele se soubessem que está ligado a uma fonte de magia que é um dos próprios motivos dessa guerra?

– Fique tranquila, Claris, parece que a ópera vai começar.

As palmas começam tímidas, mas logo enchem o teatro. Os músicos vêm em fila e tomam os seus lugares um a um, completando as fileiras. Garlando sente o toque da luva de seda álvica de Claris em sua mão.

As cortinas se abrem e as palmas se intensificam. O cenário é um mar de nuvens douradas, uma luz infinita como na noite de neano novo.

Entra uma mulher vestida com uma túnica cuja cor de ouro se mescla à do céu, seus cabelos brancos enfeitados em amarelo, sua aura brilhante como se emitisse luz própria.

– Isso é coisa de duendes, só pode – diz a Duquesa.

– Magia de ilusão é permitida e dá um belo efeito cênico, temos que admitir – diz o Duque de Veridiana.

A abertura da ópera são metais e tímpanos que fazem os corações estremecer. O silêncio é imposto pela grandiosidade da música, a bela cantora espera a sua deixa. Então ela abre os braços e canta:

É uma história de amor
A mais antiga que a Mãe concebeu
Dois filhos, iguais sob a Criação
Mas tornados diferentes
Como o dia que viria a ser noite

Um terno amor divinal
Mas que se tornaria grande dor
Kali e Denorys sofreriam
Pelo sonho de se amarem

Quando sob Sarali só havia Luz
Todos os primogênitos, Alvos
Viviam o sonhar pela eternidade
Suas almas eram uma só
Da Mãe emanava o impulso do Criar

Segue-se um balé de fel-myns, o povo felino, vestidos de cores claras que também se misturam ao fundo. Seus movimentos são lentos, rodopios que acompanham pífaros e cordas vagarosas.

– Isso é um balé ou ópera? – diz Garlando.

– Mistura os dois, é uma montagem muito conceituada, essa. Preste atenção, que eu adoro dança. – Claris empurra Garlando com delicadeza.

O balé sai e entram Kali e Denorys, ambos vestidos de luz como a primeira narradora. Os dois dançam ao som de uma melodia alegre que remete à vida na floresta, não no céu. Garlando ri por dentro, pois só leu a peça, nunca a tinha visto encenada. Convence-se de que não há nada de errado em se divertir por uma noite e assistir a uma peça, esquecer-se de tudo. Sem ter que fazer parte dos problemas do mundo. Claris é linda, teria uma vida plena ao lado dela. Um espírito rebelde como o dele, que faria todas as formalidades parecem ridículas como realmente são. Garlando toma a mão dela e a beija. Reggiane olha de soslaio, e Garlando imagina ter visto nela o canto de um sorriso de aprovação.

Agora entra um balé vagaroso, música álvica tradicional ao fundo. A intérprete de Sarali é uma imortal deslumbrante, vestida em um longo tecido de luz que se arrasta atrás dela. E, enquanto caminha pelo palco, um rastro de estrelas se dissipa no ar. A melodia dos imortais é uma mistura de cordas em arpejos intrincados, acompanhados por um coro, que tornam a presença da Deusa inesquecível. Eles cantam.

– Os Alvos são os verdadeiros artistas deste mundo – diz Claris.

– Mas é porque vivem para se dedicar a algo de coração – diz o Duque. Claris ruboriza e franze a testa.

– Não, é porque vivem centenas de neanos para se aperfeiçoar. – Claris alivia a expressão de seu rosto quando Garlando toma a sua mão e a aperta com delicadeza.

Então toda a iluminação é diminuída e surge a Mãe da Sombra, chamas roxas que se dissolvem em um rastro. Anmas é uma alva pintada de negro, vestes brilhantes como a obsidiana polida, ornamentada com detalhes em púrpura pelo tecido que também se arrasta pelo palco.

Mas a Sombra só existe quando há Luz
E a Outra Mãe trouxe a noite
Para interromper a Criação
O dia passaria a minguar
E a vida passaria a morrer

Um terço dos Filhos Alvos
Cobertos pela grande Sombra da Outra
Não poderiam mais a Luz suportar
Não viveriam mais para os dias
Suas moradas só veriam a noite

As duas se abraçam e começam a dançar juntas, movimentos rápidos e tensos seguidos pela orquestra, que vibra e retumba as notas para a sua luta. Então a escuridão toma conta, e elas se retiram. É o fim do primeiro ato.

Mas Garlando e Claris já tinham saído pouco antes, a pretexto de que ela precisava de um pouco de ar puro.

Como estavam acompanhados pelos guardas de elite, e os adultos perdidos nas discussões sobre os problemas do mundo, os dois se redescobririam.

Enquanto, sob as ordens de Claris, dois dos homens impedem o acesso às portas duplas que levam à sacada superior, as mãos de Garlando percorrem o vestido cor de musgo, tentando revelar a pele branca e pintadinha que tanto o encantou.

Claris não quer falar nada, apenas se entrega à brincadeira. Quando se cansa das mãos afoitas e da boca que lhe suga os mamilos rosados, faz com que Garlando se ajoelhe, para que possa se esquecer da Casa Veridiana por uns minutos. E, como ele a beija e lambe com paciência, a garota se concentra na música do segundo ato que está começando. Usa a melodia como fundo enquanto morde os lábios e franze a testa, olhos apertados, escalando o seu gozo até que suas pernas tremem. Depois dos espasmos, sente o corpo esmorecer. Afasta Garlando de baixo das suas saias e sente o próprio gosto em um beijo que lhe lambuza a maquiagem.

Quando voltam, os adultos ainda discutem sobre as mazelas do mundo, e Denorys está cantando as suas próprias.

Ó Mãe da Sombra, por que meus dias não têm mais Luz?
Ó Kali, onde vives na Terra escura e fria?
Podes sonhar com minha voz
Podes ver-me através da Luz dos dias
Em tão longínqua Terra no céu

Quando a noite chega eu temo
Pois é a Outra, é Anmas que escondeu do céu
A Luz de nossos dias, a Luz que o fere
Que a sua pele seja protegida
Pelas minhas lágrimas sofridas

Ó, Kali, meu amor, tão branco
Mais alvo que os Alvos
Em seus olhos o sangue
O rubro das noites que passaram a surgir no céu
A minha voz morre entre as nuvens
O mar branco que me separa de ti
Se eu mergulhar para o infinito vento,
Te veria ao chegar na Terra onde não se sonha?

De que me vale a eternidade
Os sonhos e as visões da Criação
Se não tenho você, ó meu amor
Se não tenho luz
Só há sombras em meu coração

Sai Denorys e com ela a luz, todo o ambiente se torna escuro, com efeitos vermelhos que representam a noite rubra. Entra Kali, o Albino, todo vestido em negro, sua pele tão branca que se destaca no meio das trevas. O céu ao fundo, um mar de sangue. Ele canta.

Ó Mãe da Luz, por que minha alma ficou no céu?
Ó Denorys, a sua morada ainda é dourada?
Minha voz não pode atingi-la
Em buracos nos escondemos, não há claridade
A Transformação nos petrifica, é a morte
A Mãe nos esqueceu nesta Terra, adoramos a Outra

Em corações frios de ressentimento

Os dias são o inferno para nós
A luz nos é terrível e nos lembra do que deixamos
Não somos Alvos, mas Albinos
Não mais sonhamos, apenas sobrevivemos
A noite é de vigília e de pensamentos
Perdidos em nossas mentes, nós permanecemos
Para a Primeira Morada um dia vamos voltar

Mas o tempo está do meu lado
Para conhecer os segredos da Criação
Que não nos ensinaram nos céus
Ascenderemos à nossa origem
Pois não somos como as criaturas daqui
Elas morrem com a idade, suas vidas são curtas
Não há morte e nem tempo para nós
Só há pesar e a certeza de mais um dia
Escondidos sob a Glória da Criação

A eternidade é a nossa arma
Para reavermos nossos sonhos
Nos ligarmos à grande alma
E recuperar o seu amor
Ó Denorys, por que a distância
As noites seriam belas
Rubras e frias ao seu lado
Por que não há luz em meu coração?

Com a música em seu ápice, as batidas da orquestra arrepiam mesmo os mais incautos enquanto a voz da soprano acompanha o fechamento das cortinas para o final do segundo ato. Garlando está chorando.

Então um estrondo mais forte que o som dos tímpanos encobre até mesmo as palmas exaltadas.

A casa de ópera se cala. Não demora para os murmúrios de confusão começarem a preencher o ambiente. O público tenta manter a compostura em seus assentos, mas se vira para todos os lados procurando a origem do barulho.

O segundo estrondo abre o teto do teatro e derruba gesso e decoração cara sobre o camarote do outro lado da sala, enterrando um marquês e seus amantes.

Agora os gritos são generalizados, e a fuga desordenada é a nova forma de espetáculo. O bom tom e as boas maneiras permaneceram durante a execução da ária. Agora a correria é pela sobrevivência, custe o que custar.

O Duque de Veridiana, a sua esposa e Claris são logo encontrados por Steiner e os guardas da família. Garlando e Reggiane aproveitam a companhia para seguir a escolta.

As lindas escadarias têm corpos de bem-nascidos estendidos sobre os tapetes álvicos, pisoteados pela turba que só quer ver a noite vermelha mais uma vez. Empurrões e ofensas são vencidos até que, sob a luz de Anmas, Garlando vê algo que não sabe explicar. Os temores dos majestosianos e dos denorianos são realidade.

A paisagem de Comir é uma reencenação das lendas do passado. Uma estrutura grande como um prédio, de superfície lisa e reluzente, duas, três vezes mais alta que qualquer templo ou castelo local, paira só entre os prédios construídos pelos homens.

Pirâmide invertida, negra, correm por ela intermitentes luzes azuis criando padrões geométricos para depois se apagar. Uma pedra de ônix gigante cortada com a precisão dos melhores joalheiros dorfes acima da existência dos mortais. Linhas iluminadas retas formam ângulos bruscos por toda a construção, uma energia indescritível pulsa por essas veias riscadas a régua.

"Isso é uma máquina Albina", Garlando pensa. Quando reconhece os vultos das poucas figuras negras solitárias ceifando quem ousa entrar no caminho, grita para a tia:

– Precisamos ficar longe dessas criaturas!

– São esses os inimigos? – A sempre contida Reggiane fala alto. – Você sabe o que é isso?

– Acho que são imortais das sombras... Os Albinos da antiguidade.

– O que você disse que são? – Steiner se emparelha com Garlando.

– Me parecem imortais. Os Albinos. E eles não vão fazer prisioneiros. Precisamos sumir daqui.

– Muito bem, entremos no coche e vamos para o refúgio!

* * *

A carruagem parte rápido, o desespero das pessoas que gritam e correm desamparadas se espalha como a escuridão da noite.

Reggiane tenta permanecer calma, mas a inquietação é aparente em seus olhos arregalados. Claris está agarrada a um dos braços de Garlando sem fazer cerimônia.

No caminho da residência do Duque, os cidadãos passam apressados, indo na direção oposta à deles. Os primeiros saques e assaltos surgem sem ninguém para combatê-los, a milícia e os poucos guardas se ocupam no combate contra os invasores da máquina negra.

Um trovão ribomba, como aconteceu no meio da ópera, e um raio azul rasga a rua e chicoteia a base da torre de um Templo. A edificação perde o chão e cai como um gigante embriagado, seus escombros afundando a rua que seria o caminho da fuga da comitiva. Os milicianos voltam correndo, um deles cai no meio da rua, na frente da carruagem, e um solavanco faz todos no habitáculo balançarem. Nem o cocheiro e nem a meia dúzia de cavaleiros montados que escoltam o carro fazem menção de parar.

– Acho que atropelamos alguém – diz Garlando por impulso. Dentro da carruagem, ninguém fala, como se reagir a um acidente também fosse perigoso.

Então a carruagem balança, como se o cocheiro a tivesse abandonado, e, antes que Garlando possa compreender o que está acontecendo, vê um dos soldados do Duque cavalgando e trocando golpes com um dos guerreiros de armadura preta que corre a pé, sua casca de metal misturando as cores que reflete como as de um besouro. O Albino corre na velocidade do cavalo e derruba o combatente sem dificuldades.

Garlando busca na memória da pedra-alma e lembra que as máquinas dos L'dren não são vistas desde quando tentaram abrir a passagem da Última Fortaleza, na queda de Arcádia.

Concentra-se na figura de Janus, mas não o encontra, está distante demais. Um eco de sua voz surge por um lado do vazio, outro por baixo, e então por cima. Mas não consegue distinguir o que o seu velho mestre diz. Talvez a crisálida o tenha vencido finalmente.

O carro diminui a sua velocidade de uma vez. Através do vidro,

Garlando vê uma fileira de soldados pequena, mas em formação organizada. à frente da entrada do palácio de Veridiana.

– Quem vem lá? – grita o homem armado que parece ser o responsável pela defesa.

– É Sua Alteza, o Duque de Veridiana. Abram alas! – grita o cocheiro.

Um dos cavaleiros da escolta chama o guarda e abre a porta do habitáculo, mostrando o interior.

– Peço desculpas pelo incômodo, Alteza, mas fazemos isso pela...

– Rápido! Já me viram, levem-me aos aposentos seguros! – grita o Duque. O coche dispara para dentro da propriedade, mal protegida pelos poucos soldados que gritam para se convencer de que têm chance contra os invasores negros.

* * *

Os aposentos seguros são quase uma réplica do que seria o quarto de um grande nobre como o Duque. A seda nos lençóis nunca usados, uma mesa intacta, divãs ordenados no ambiente, mas cheios de pó. O cheiro do ar é o mesmo das pedras úmidas que fizeram o caminho até ali.

– Que lugar imundo – diz a Duquesa. Reggiane parece aguardar a melhor deixa para falar e se mostrar útil.

– Meu pai – diz Claris –, o que está acontecendo lá fora? A guerra nos atingiu como? Não foi para isso que mandaram mercenários e o exército real para as estradas?

– Silêncio! – grita o Duque. – Não sei o que está acontecendo, aguardaremos aqui uma mensagem do meu irmão para sabermos como proceder. Ele é o Rei de Coméria, não eu.

– Não deveríamos ter ido à ópera – diz a Duquesa, gemendo. – A rainha não queria ir, ficava falando dessa reunião de conselho e...

– Calem-se todos! – torna o Duque a gritar. – Silêncio é o que precisamos. Vamos esperar. Não há por que se preocupar. Estamos protegidos aqui, pela Deusa. A Guarda Real está na cidade, é o suficiente para a família regente. Dona Reggiane, saberia me dizer o que é aquilo?

Garlando respira fundo, e um rápido olhar de cumplicidade da tia o surpreende.

– Não faço ideia, Alteza. Mas acredito que os agentes do Círculo Sagrado na cidade sejam garantia de que a família real estará a salvo.

O Duque anda pela sala, impaciente. Abre uma fresta nas duas pesadas portas e fala com alguém do lado de fora.

– Você, vá conseguir alguma resposta. Fale com alguém, mas vá logo.

– Alteza, não posso deixar meu...

– Faça-o, não vê com quem fala? Se alguém estiver vindo, mate-o pelo caminho. Não quero morrer preso como um rato.

– Sim, Alteza – e o soldado sai correndo para a direita. Logo os ecos de seus passos não são mais ouvidos.

O Duque senta como se o seu corpo pesasse dez vezes mais. Claris não sabe se o olha com compaixão ou se alegra-se com o sofrimento dele. Quando o rosto de sua mãe abraçada à demência surge, lembra-se do ódio e a sua fronte endurece.

Ao menos uma hora e meia se passa no relógio de bolso de Garlando. Enquanto olha para os ponteiros, imagina os motivos de uma invasão à capital e se estará acontecendo nos outros dois reinos, ou mesmo nos lugares que não são aliados da Terra Pátria. O fluxo de energia é muito denso, mal pode se concentrar nos ecos de Janus, talvez seja impossível senti-lo. Haveria uma Pedra em Comir? É a única possibilidade que justificaria isso, mas, se arriscam um ataque aberto, devem saber para onde seguir e encontrar cada uma das restantes. A Pedra de Ondina pulsa em seu peito, o brinco mais frio e terrível pendendo da orelha. Mas não descobre nada, as memórias arcadianas são difíceis de ser cavadas, como aquelas histórias que pessoas próximas nos contam sobre nosso próprio passado sem que nos lembremos delas. Se alguém lhe dissesse algum fato importante sobre Arcádia e as Quatro Pedras para servir de pista, saberia se era verdade, mesmo que não se lembrasse na hora. A sabedoria de milhares de almas é sua, mas não acessível, como um poço muito fundo e largo que contém tantas coisas impossíveis de ser distinguidas.

A porta é aberta, e a sala é invadida em um piscar de olhos. Três homens apontam bestas e lâminas para os ocupantes. Sangue escuro mancha as suas armaduras esmaltadas ornadas com o dragão roxo, o símbolo de Coméria. Imediatamente baixam as armas.

– Alteza, viemos por sua segurança – diz o primeiro, bastante suado e com os cabelos desgrenhados.

– Dom Gleno, você é da Guarda Real. O que se sabe do Rei, meu irmão?

Gleno se ajoelha, esbaforido, seguido pelos outros dois.

– Vossa Alt... Perdoe-me. Vossa *Majestade* agora é o Rei de Coméria. Seu irmão foi morto, o palácio foi tomado por uma força pequena, mas imbatível, de homens de armaduras negras que nunca vimos antes. Mal pudemos ferir um deles para conseguirmos fugir do combate.

– Albinos! – grita Garlando. – São Albinos – repete, e se arrepende no mesmo instante.

– Não o conheço, senhor – diz Gleno, com os olhos vidrados, encarando Garlando –, mas gostaríamos de contar com todo conhecimento do inimigo que puder dividir conosco. – E, virando-se para o Duque: – Mas Vossa Majestade deve nos acompanhar, em pouco tempo a sua fuga estará pronta. Devemos deixar a cidade ou não haverá outra chance.

Reggiane escora a Duquesa quando esta desmaia. Claris começa a chorar em soluços. O sangue de Garlando ferve: sabe que se for pego pelos Albinos, estará perdido. A Pedra será encontrada e nunca verá Celes novamente. Um pensamento insistente e irritante, dadas as circunstâncias.

* * *

O grupo vence as galerias, escoltado pelos guardas reais. Dom Gleno vai à frente, andando com firmeza, olhos fixos no caminho.

Os guardas conseguiram capas para todos, seja para protegê-los do frio ou para ajudá-los a se esconder, já que não têm roupas para trocar na sala segura. Isso deixou a Duquesa horrorizada. Mas é hora de seguir adiante.

O rei e a rainha, amparados pelos conselhos de Reggiane, seguem na frente, organizando os pensamentos para o que está adiante.

Claris tenta manter Garlando por perto, mas, a cada vez que se aproxima, o rapaz parece apertar o passo.

– Garlando! – sussurra, pouco discreta. Um dos guardas desvia o olhar depois de ter prestado atenção.

– Continuem andando – diz Gleno com a voz enfática, seu rosto sujo iluminado pelas tochas que se alinham nas paredes.

Garlando olha para Claris, e a segurança da realeza lhe parece frágil e vazia. Estar acima de todos é virar o mais evidente alvo. Difícil de atingir, alguns podem argumentar, mas até isso é apenas uma questão de circunstância.

O diálogo silencioso entre os seus olhares é duro demais para a agora Princesa de Coméria. Ela mal pode evitar as lágrimas, e Garlando se pergunta se é mesmo a poderosa Rosa Vermelha que um dia subjugou todos os bem-nascidos pelos seus favores.

Garlando segue adiante, entre passos apressados e bichos da escuridão que abrem passagem para a comitiva. Toca o brinco em sua orelha, seu coração acelerado pela fuga, mas também por alguma coisa que tenta alertá-lo, deixá-lo pronto para o que ainda não compreende. Foi um erro pensar que poderia viver na paz do luxo dos veludos e vinhos, sob o nome de sua tia.

– Garlando. Garlando, olhe para mim – diz Claris com voz esbaforida, olhos suplicantes, a testa franzida. Tão diferente da Rosa Vermelha. – Pelo amor da Deusa, fique comigo. Pelo menos até estarmos a salvo.

"Mas eu não te amo", pensa Garlando.

– Me desculpe, Claris. Tenho que ir adiante. – Garlando vê nessa busca a sua única posse, no fim das contas. Não é o dono desse glamour, desses perfumes, dessas roupas brilhantes. Depois de derrotado ao tentar enfrentar o destino preparado pela tia, esperando a cada dia sem poder escolher, quer fazer algo maior. Ser o dono da própria história.

"Mas eu te amo", pensa Claris.

Para ela, Garlando é a lembrança de que mesmo o que viveu contra a vontade possuía algo terno. Algo que a faz ansiar por reviver. Antes seus dias eram a espera por um casamento que lhe daria uma nova prisão. Então os filhos a sufocariam, e não mais dançaria as músicas que ouvia em sua alma. Estaria enclausurada em um giro perpétuo, em uma caixa de música da qual não teria a chave.

O túnel dá em uma escada de degraus mais à frente. Um dos guardas abre um alçapão que revela a melancólica luz avermelhada da noite.

Enquanto todos passam, Garlando sente o coração acelerado. Há mesmo algo errado acontecendo. Vira-se e olha dentro dos olhos de Claris, segurando-a pelos braços.

– A sua vida não é a minha vida – diz Garlando, balançando a cabeça.

– Mas a minha vida é como a sua – diz Claris, tentando recobrar o ar. – Eu não quero estar aqui. Eu quero... vagar.

– Alteza, por favor – diz Gleno, estendendo a mão para a Princesa de Coméria.

Claris ignora a gentileza e sai do buraco na terra, sozinha, soluçando.

Estão em um pequeno morro afastado dos muros da cidade. Garlando olha para Comir, a silhueta da construção negra preenchendo a atenção de quem se vira para o céu.

– Se eu ficar por aqui, eles vão me prender. – Garlando põe a mão dela no seu peito. Mas ela não pode sentir a marca por baixo das roupas.

– Não sei do que está falando. Mas eu posso te ajudar. Posso usar o meu maldito nome!

Garlando vira para o outro lado após encarar os olhos encharcados de lágrimas.

– Pois eu já estou presa, Garlando – diz Claris, tentando achar palavras que caibam na espera da vez deles de entrar nas carruagens. Seu pai, o rei de Coméria, já está em segurança no habitáculo, assim como a rainha, sua tia. – Eu preciso sair. Me ajude a sair.

– Claris! – grita o Rei. – Venha logo, pela Deusa. Haverá tempo para conversas depois. Vamos.

Claris inspira fundo e entra na carruagem sem conseguir olhar para os lados. Nessa vão apenas os membros da família real, mas a de trás levará os seus convidados e guardas para garantir a segurança até Treno, uma cidade a menos de um dia de viagem. De lá, seguirão com um grupo maior de escolta para Cidânia, onde procurarão refúgio, se as notícias de guerra forem promissoras.

Garlando não viu que ela não olhou para os lados. Não sabe que no fim Claris entendeu que seus caminhos nunca coincidiram, e que a Rosa Vermelha não passará de uma lembrança doce. Não sabe que sentirá falta dela para sempre, pois nunca mais se encontrarão. A carruagem parte depressa com o Rei de Coméria e a família.

Garlando e Reggiane estão dentro da cabine de um outro coche danificado pela invasão, junto de um guarda e mantimentos improvisados. A estrada não é suave, mas as trepidações não incomodam tanto quanto a presença da sombra negra que paira em cima de Comir.

A porta do lado de Garlando está solta, mas ele a segura com uma das mãos. A outra aperta a sua rapieira embainhada sobre as pernas.

– Não havia uma carruagem inteira para os convidados reais? – diz, sorrindo, mas o guarda está emburrado. No fundo também não queria sorrir. A pedra-alma que antes sussurrava agora começa a gritar. Há algo errado, precisa agir.

Os olhos da tia Reggiane estão cansados e brilhantes, mas ela é como uma estátua indestrutível. O coque desarranjado ajustado com as mãos, a postura reta e digna mesmo em uma emergência.

– Para onde vamos? – Garlando pergunta ao guarda.

– Não posso dar detalhes da operação, jovem.

Garlando sorri para Reggiane, e a expressão da tia não muda. Permanece séria e com os braços cruzados sobre as pernas. Ela respira calmamente, como se aguardasse o próximo passo do rapaz.

O guarda olha pelo vidro, e a noite esfria, agora que as árvores passam correndo iluminadas pelas lâmpadas agitadas do carro.

Então começam a escalar uma ladeira cortada em uma encosta de barro, do lado de fora um barranco que lembra Garlando de quando partiu para Coméria há algumas cheias-da-mãe, antes de cair na floresta do Morro do Silêncio.

Reggiane fecha os olhos por alguns instantes, ansiosa para que esta noite terrível acabe. Quando desperta, vê Garlando saltar pela porta quebrada, barranco abaixo. Solta um longo suspiro. E se concentra no escuro novamente.

* * *

Desta vez o tombo é leve, pois os silfos o ajudaram a pousar. Garlando pega a sua bainha e puxa a rapieira, esperando que os comerianos o deixem para trás.

"Perdoe-me, tia. Mas eu não posso mais pesar nas suas costas."

Respira, sente o pulso da pedra-alma sincronizar com as batidas de seu peito. Controla o ar e espera o som da sua carruagem desaparecer. E então o outro som surgir e se aproximar.

A montaria vem pela estrada escura, e seu cavaleiro carrega uma lâmpada. Garlando não o enxerga direito, mas já imagina quem seja. A voz dele confirma:

– Então pôde sentir que eu o perseguia. É mesmo mais do que sempre aparentou, jovem rico.

Roni Bocatorti desce do cavalo e põe a lâmpada no chão. Sua chama se agita, para então voltar a apontar para o alto. O inquisidor desembainha a rapieira prateada.

– Havia algo me atraindo, mas, mesmo depois de vê-lo no teatro, não quis acreditar que era você. Abençoado é quem acredita nos sinais tortuosos que nos dá a Mãe.

– Clarividência?

– A Mãe Sarali me favorece. Todas as pessoas vibram as suas auras, eu só tive que me harmonizar a esse sinal tão forte.

– É mesmo alguém que conhece os caminhos proibidos, Inquisidor.

– Não existem restrições para o Santo Trabalho. Seu animal arrogante, pensa que pode compreender a minha missão? O meu propósito?

– Eu só vejo alguém cego. Você me chama de animal, mas parece um inseto atraído pela luz desse Templo. Não percebe que o final de todo inseto é ser queimado pela luz que o fascina?

Roni urra e avança, cortando o ar horizontalmente. Garlando salta para trás, o sangue corre rápido, preparando os músculos para explodirem em movimentos vigorosos.

– Quem é você, maldito jovem? Por que há algo tão poderoso emanando de seu corpo? – Roni fala entre os dentes, aumentando o tom de voz a cada frase. – Muitos zelotes têm procurado por sinais há muito tempo, de repente a mesma Criane onde você se escondia gritou nos chamando. E aqui por perto, no meio desse caos, estava você. Responda!

– Espera que eu lhe diga? Suas pesquisas ou admoestações não lhe mostraram? É melhor rezar mais! – Garlando ladra, mas perde o ar por um instante ao constatar a verdade: sem a proteção de Janus, a pedra-alma está atraindo quem quer que possa encontrar a sua energia.

– Desgraçado! – Roni bate o pé e flutua, acelerado por alguma força misteriosa. Atinge Garlando com uma estocada no lado da costela, furando a caríssima jaqueta.

A dor lancinante atordoa Garlando. Já ficou claro que não é um espadachim à altura do inquisidor. Recua alguns passos, os sapatos caros escorregam na terra batida.

Quando duelava em Cidânia, Garlando enfrentou os melhores que se submetiam a combates ao primeiro sangue. Ou seja, quando alguém sangrava de um golpe, dava-se o fim da luta. Mas isto não é uma aposta de garotos ricos por favores de matronas ou porres de vinho. É uma questão de sobrevivência.

Testa o inquisidor com uma estocada. Ele nem se digna a rebater, apenas dá um passo atrás.

Roni respira com calma. Quando subjugar o rapaz, vai descobrir, nem que precise usar de mais força, o que está causando esse distúrbio mágico.

Garlando corrige a postura, mas suas pernas não lhe transmitem segurança, seus solados não foram preparados para esse chão. Olha em volta, dançam sozinhos na estrada escura, assistidos apenas pelo cavalo e a lâmpada que queima silenciosa. Então ele avança em um instinto rápido, atacando para que o adversário recue. Desta vez o inquisidor apara os golpes, dá o espaço que o garoto pede, medindo a distância até sua montaria. Roni vai encerrar a luta com um avanço repentino, é evidente que faz tempo que o rapaz não usa uma espada em duelo.

Garlando para ao lado da lâmpada, falando baixinho como se consigo mesmo. O cavalo relincha e dá um pequeno passo atrás. Roni retoma o ataque e marcha à frente, desviando a ponta da lâmina do adversário. Com um giro hábil, envolve-a e estoca com a sua, rasgando o tecido e o ombro de Garlando.

Mas o inquisidor não espera que a lâmpada ao seu lado exploda e seu fogo se erga em um estrondo: uma enorme labareda que faz com que o cavalo relinche assustado e se erga nas patas traseiras, para então disparar na direção contrária. Ainda sobressaltado pela situação inesperada, cai no erro de olhar para o animal fugindo, e no instante seguinte é rasgado por uma lâmina em chamas que o corta profundamente no torso.

Garlando inspira a carne chamuscada do inquisidor enquanto o empurra, a espada envolvida pela chama essencial grudada em seu peito. Seus dentes cerrados o unem ao fogo, sua raiva ignora o grito de dor do inimigo, pode sentir até o seu hálito podre de horror.

Roni cai no chão e perde a sua arma, e Garlando tropeça sobre ele, cambaleia e cai. Mas o rapaz ainda tem a sua lâmina em chamas, e a ergue para furar o maldito que o marcou.

– Onde está sua cara de mau agora, seu filho de uma puta? – grita Garlando, com os olhos vidrados.

Mas quando vai dar o golpe de misericórdia, Roni chuta Garlando na boca do estômago e se arrasta para trás até conseguir levantar. O inquisidor rosna pela dor que o aleija, apanha a sua rapieira no chão e recua, arfando. Garlando está curvado com sua lâmina em chamas, tentando recuperar o ar que o chute levou.

Roni se afasta sem tirar os olhos de Garlando, indo na direção tomada pelo cavalo. Tem só o tempo de se desviar de uma bola de fogo, saltando para dentro da floresta que envolve a estrada.

FIM DA SEGUNDA PARTE

Rosa Vermelha

PARTE III
DESTRUIÇÃO

1

Garlando se agacha sob o céu vermelho e deixa as dores invadi--lo como uma enchente. Satisfeito por ter sobrevivido, o sangue cede o fluxo e liberta os músculos. As pernas e braços despencam, reclamando do combate, empapados de suor. Os cortes latejam e ainda vazam, levando a energia que mantém o rapaz acordado. Deita-se no chão e, olhando para Anmas, faz uma reza que o ligue à natureza, tão presente neste entorno.

O frio surge e escorre por suas estranhas. As ondinas atenderam ao chamado do detentor da pedra. Enquanto lhes pede que não o deixem se esvair até a morte, sorri por ter vencido e amedrontado aquele inquisidor desgraçado. Queria muito ter visto a cara dele direito, mas a Mãe da Sombra foi a única espectadora da luta. Põe a mão no peito, e a sua marca que era desonra agora é troféu. Ri para si mesmo com os olhos fechados.

Por mágica, pode respirar fundo sem dor nas costelas.

"Tia Reggiane ficaria brava de ver que estraguei toda a roupa", pensa, mas logo desfaz o sorriso. Franze a testa e solta um muxoxo. Suspira fundo. Não deveria ter imaginado que Reggiane o ajudaria com o seu fardo. Ela está lá, ajudando na transição do rei de Coméria. "Eu só serviria para me casar e garantir as ligações dela."

Levanta-se devagar e seu corpo não se queixa. Proferindo um encanto, bebe da água que brota das mãos, a essencial, que apenas mata a sede, sem o familiar gosto de terra. Começa a andar devagar, tentando recuperar o fôlego. Chama o fogo para aquecê-lo, mas ele não obedece. Sua carne e seu espírito estão exaustos. Esfrega os próprios braços para vencer a temperatura baixa da noite.

Logo encontra uma bifurcação, e o trapo de pano dentro do seu bolso – essa coisa velha, que não combina com o lenço de seda que ocupa o mesmo lugar – lhe diz que é para o outro lado que deve ir. Há um arbusto de rosas despontando para o lado de fora da estrada, como se oferecesse suas flores para serem roubadas. Toma uma nas mãos com cuidado para não se ferir com os espinhos. Pede desculpas a Claris, não poderia se casar com alguém que lhe recorde tanto o próprio espírito rebelde. Um espelho que refletiria os seus medos e lamentações, imitando os seus movimentos, uma mímica terrível. Aceitá-la seria a afirmação de que no fim nunca teve escolha, apenas rodou para chegar ao mesmo lugar onde começou.

Dá as costas ao arbusto e segue para o outro lado.

* * *

A Estrada da Aliança é o lugar menos discreto para viajar, mas Garlando precisa ganhar tempo.

Quando se está encurralado, todo caminho para longe do perigo soa como o melhor, mas a cada passo adiante é como se afundasse mais nessa guerra, um lamaçal que apenas o afasta de Celes.

Só que Celes é o único caminho possível, agora. Para acalmar as inquietações de Garlando e até mesmo para responder a questões que nem têm a ver com suas infâncias. O velho trapo da camisa permite essa ligação. Não há como enxergar a sua querida amiga, mas simplesmente sabe que está em Cidânia, próxima da Universidade. É irônico de que vá encontrá-la tão perto de seu ponto de partida.

Após desistir de sentir algum cheiro do pano velho, Garlando o guarda de volta dentro do bolso interno do casaco, junto com o caro lenço de seda. As estradas estão vazias, só há o vento noturno varrendo a poeira de um lado para o outro. Poucos militares passam apressados para atender à crise na capital, e Garlando tem o cuidado de evitar contato. A pedra-alma é essencial para isso, seus sentidos ampliados pela comunhão com a água que o liga a tudo a sua volta.

O sono toma conta, e Garlando se acomoda sob uma árvore do lado da estrada antes que tropece de novo por estar dormindo acordado. Encolhe-se em posição fetal, coberto por lindas roupas feitas sob medida. As costuras das mangas rompidas nos ombros, as barras bordadas imundas, os sapatos que encheram os seus pés de bolhas cobertos de riscos e pó.

Para os gitânios, a sombra é tão boa quanto a luz. Pede a Anmas detrás das nuvens que o proteja nas estradas, que o guarde nas caminhadas de cada dia e que as trevas lhe sejam refúgio. Que lhe deixem essa solidão constante, essas paisagens desconhecidas, surpresas que não queria. Pede-lhe um lugar familiar.

Dorme um sono sem sonhos, mas o seu espírito acorda agitado como se corresse grande perigo.

Está a salvo, um dia brilhante, ainda nublado. Não há ninguém por perto, a pedra-alma pulsa lentamente, sua presença indo e vindo como um pêndulo, cada vez mais familiar. Acalentadora. Não espirra nem sente frio. A noite o protegeu. Ou a pedra.

Quando vai se levantar, é surpreendido por três vultos que o rodeiam, cobertos por mantos e capuzes escuros, ainda que instantes atrás não houvesse ninguém.

Não faz ideia de como se aproximaram tão furtivamente, mas as mãos já canalizam o orvalho no ar para se defender.

Uma voz feminina rouca, mas suave como o vento fresco da manhã nublada, soa sob um dos capuzes.

– Não somos uma ameaça. – Ela tira a cobertura da cabeça e se revela, é uma Alva de cabelos dourados, presos por um diadema. – Meu nome é Laudrin, e, se não houver duas pessoas idênticas neste mundo sob as Mães, você é Garlando Espendi.

* * *

Os outros companheiros de Laudrin também são Alvos. Alden, de pele cinzenta e cabelos longos e azulados, fala com delicadeza e cortesia. Ferderin, cabelos também longos, mas cor de palha, fica afastado, sempre com um semblante entediado. Eles acompanham Garlando sem hesitar em direção a Cidânia. Quando não conversam na própria língua sem se incomodar com sua presença, revelam um pouco de seus objetivos.

– Dona Reggiane nos pediu para ajudá-lo a chegar aonde estivesse indo com segurança – diz Laudrin.

– Então servem à minha tia?

– Não. Mas honramos as nossas alianças.

A menção à tia faz com que a sua busca pareça uma brincadeira de criança que os adultos esperam terminar para poderem pô-lo para dormir. Garlando perde o bom humor.

– Eu não estou indo para um lugar seguro, se essa é a preocupação dela. Vou para o meio da invasão de Cidânia. Estão mesmo dispostos a arriscar suas vidas? Ainda têm muitos neanos pela frente, eu diria.

Alden comenta alguma coisa em álvico com Laudrin, depois se vira para Garlando.

– Esse arranjo é conveniente. Será importante acompanharmos de perto a invasão. A resistência humana fatalmente vai falhar, mas logo o meu povo irá intervir.

– Denorianos?

– Sim.

– E não sabem que a missão de Majestosa foi um fracasso? – "E por minha culpa", pensa Garlando.

– Isso é novidade para nós – diz Laudrin. – Porém é importante que entenda que não somos do mesmo grupo que está do lado de Majestosa.

– Claro, sempre há muitos interesses em cada reino. Inocência achar que entre os Alvos seria diferente – Garlando diz, pensando alto. – São vocês que vão salvar a Terra Pátria? Os Albinos têm máquinas poderosas e Majestosa não parecia ter como enfrentar aquilo. Ou vocês procuram as pedras-alma?

Os Alvos trocam olhares.

– O que eu vi ali há pouco era magia. Quem o ensinou? – pergunta Ferderin.

– Não tenho que dizer isso. Ou a sua facção é dessas que não respeitam as raças mortais?

Laudrin se põe à frente de Ferderin.

– Sua voz me diz que está na estrada faz tempo. Então fica difícil confiar em alguém. Mas já dissemos que honramos as nossas alianças. Dona Reggiane tem grande preocupação por sua segurança.

"Pelo seu único herdeiro de sangue, claro", Garlando pensa.

– Agradeço muito o curativo – Garlando sorri. – Andar com esses calçados não é a melhor opção para as estradas. Meus pés ainda formigam um pouco, isso é normal?

Alden retribui o sorriso.

– É de se esperar. As plantas estão cuidando de seus ferimentos. Estamos do seu lado, Garlando Espendi.

* * *

Com a companhia dos Alvos, a viagem é mesmo mais tranquila. Sobem o último trecho de planícies molhadas pela garoa fria que não dá trégua antes de poderem ter uma visão da capital de Cidânia, Lindebluma. Em vez da magnífica visão dos antigos muros de arquitetura álvica do reino mais rico e luxuoso da Terra Pátria, veem um grande acampamento que se estende pela terra.

Os primeiros estandartes flamulam entre as colunas de fumaça das barracas. O murmúrio de tantas pessoas juntas é abafado pelo vento úmido soprado nos rostos.

Alden fala algo em álvico, mas Laudrin parece mais preocupada com a cortesia.

– São bandeiras do Conde de Balambo, ele é o encarregado das defesas de Cidânia.

– Porém Lindebluma já foi tomada. E estamos a quase uma hora de caminhada dos portões, pelo menos. Se estão alvejando as capitais mesmo, a essa altura deve haver uma daquelas máquinas dos Albinos. Nunca vi algo tão incrível, só não sei o que pretendem com aquilo. Vocês viram a que estava em Comir?

– Sim. E aquilo vai muito além do que poucos indivíduos podem enfrentar – diz Laudrin. – É uma máquina mais antiga que a sua raça, criança.

– Então me diga, senhora anciã, pra que serve aquele negócio.

Laudrin ignora a ironia do rapaz.

– É um zigurate.

– E pra que serve esse "zigurate"?

A Alva o encara de cima a baixo, arruma o cabelo para trás da orelha que se soltou do diadema.

– Nosso compromisso com Reggiane Espendi é de protegê-lo. E é isso que pretendo fazer. Não tenho que lhe explicar nada. O que você deve entender é que aquilo que sabe é importante, e sinto grande magia em você. Um poder que meus superiores entenderão e poderão ajudá-lo a controlar. E é por isso que nos damos esse trabalho.

– Ah, entendi. Então pretendem me levar para uma audiência com os seus superiores. Querem que eu diga o que sei, que eu entregue meus segredos, contanto que não faça perguntas. – Garlando encara o chão com a testa franzida, os olhos apertados.

– Você não entenderia, criança.

Garlando coça a orelha e toca o brinco. A arrogância dos Alvos o faz tremer e ranger os dentes. As palavras vêm à garganta e se imagina despejando tudo o que sabe sobre os segredos do mundo. Repudia esse desprezo que eles têm por todos que sejam mortais.

– Nós não somos apenas cães ou insetos, Dona Laudrin.

A Alva o olha de soslaio, intrigada.

– Oh, não, mas ainda cabe a meu povo garantir que não destruam o quintal onde vivem ou que se matem uns aos outros.

Ferderin aponta para a barricada formada. Soldados em couraça e de lanças e mosquetes guardam a estrada.

– Acho que chegamos, é um ponto de controle.

Os Alvos apresentam o salvo-conduto sem perder a imponência. O guarda inspeciona os papéis com desconfiança, mas nenhum humano ousaria parar imortais armados e portando documentos cheios de selos importantes.

Garlando começa a ver as tendas e a movimentação de guerreiros e o seu peito se aperta, tornando difícil respirar fundo, pela possibilidade de encontrar o bando do Tio Ralfo. Precisa saber se estão bem, não faz ideia do que realmente acontece nessa guerra ou mesmo se estão vivos.

– Dona Laudrin, acredito que meus familiares estejam aqui. Eu gostaria muito de vê-los pela última vez que seja, se sou prisioneiro.

Ignorando a insinuação, Laudrin arregala os olhos puxados.

– Familiares? No meio de um acampamento de guerra? Só há mercenários aqui.

– Mas é isso mesmo, o meu tio é espada de aluguel. É o chefe do Bando do Gordão. Eu sei que, como estranhos aqui, temos que nos apresentar ao comandante e...

Laudrin sorri.

– Você soa mesmo como uma criança. Vamos nos apresentar ao comandante e depois o acompanharei na busca por seu tio.

* * *

A cabana do comandante cheira a suor e vinho. Mapas enrolados nos cantos dos móveis, tapetes imundos pelos pisoteios, uma escrivaninha com documentos e pena. O ranger constante das armaduras faz as vezes de música da reunião, pairando no ar viciado.

No centro da mesa de guerra, Lindebluma, a capital de Cidânia, está representada cercada por forças vermelhas, a cor da sua bandeira, enquanto os azuis são provavelmente o inimigo. Não há ainda nenhuma peça verde posicionada, mas há algumas no canto. Aquele que parece estar no comando se ergue quando o vigia anuncia os visitantes, que entram sem cerimônia, vestindo suas capas e couraças álvicas como se viessem de uma festa de gala. Mesmo Garlando parece um deles, ainda que suas roupas caras estejam destruídas. Porém tudo isso perde importância quando o rapaz vê Alexander Galliardi entre os participantes, vestido no azul claro de Majestosa, ao lado do denoriano Bard Wendell, em uma couraça tão intrincada que só poderia ser de fabricação dos ferreiros imortais. Os dois trocam olhares e tentam manter a discrição.

– Ah, então chegou a cavalaria – diz um homem com barba até o pescoço, malcheiroso e com olheiras de quem dorme pouco faz tempo. Sua armadura é esmaltada em vermelho com o brasão da coruja segurando o escudo, o brasão de Cidânia, em seu peito. – Mas quem é esse moleque, algum pajem puto-de-Alvo?

Garlando balança a cabeça e suspira com a audácia do homem, mas Alden se aproxima e o intimida apenas com o olhar.

– Vossa Senhoria é o Conde de Balambo, comandante do exército humano nesta frente? – indaga Laudrin em alto e bom som.

– Óbvio que sim! E pensei que veria um exército de Alvos, não uns batedores. Estamos para retomar Cidânia, e eu...

– Acalme-se, mortal – Alden fala com voz calma, e mesmo assim silencia o ambiente.

– Saira Laudrin, uma surpresa inesperada vê-la aqui – diz Bard.

– General Bard Wendell, vejo que continua a caminhar ao lado dos humanos.

– A reunião é linda, mas quem vai explicar onde estão os verdadeiros reforços aqui? – pergunta o conde, subindo o tom de voz e cuspindo ao falar.

– Nós viemos de Majestosa para isso, comandante, conforme já disse a Vossa Senhoria. Não seja ingrato e arrogante como é costume entre os nobres dos Três Reinos, estamos enfrentando um inimigo comum – diz Bard com um olhar duro, curvando-se para a frente.

– Eu vou ignorar essa ofensa – diz o Conde de Balambo, gritando e esmurrando a mesa. – Mas, se nos atacarem, seremos dizimados! Eles têm máquinas que não entendemos, e não fazemos ideia de como lhes fazer frente!

– Eu sei e, repito, é por isso que estamos aqui.

– Não tem nem trezentos homens, Alvos, sei lá quem são, por aí. Pensa que eu sou idiota?

Bard ignora o Conde de Balambo e olha para Laudrin.

– Saira Laudrin, pretendemos usar magia.

Todos olham assustados para o general de Majestosa, menos os Alvos.

– Isso é loucura! – grita o Conde. – Querem nos matar? E se houver crisálida? Vai destruir a todos e...

– Se querem ter chance de vitória, não deixe que a sua ignorância atrapalhe essa operação, Ilustríssimo Senhor – diz Laudrin. Então, virando para Bard, diz: – Vocês têm como fazer contenção e controle do fluxo?

– A maior parte dos homens que trouxemos é para isso. Temos algumas gemas e equipamentos individuais também.

– Agora vamos além de tudo cometer heresia, brincando com forças que não entendemos. Parece que não conhecem História! Onde estão os Alvos que tanto dizem cuidar do mundo? Essa luta não é nem responsabilidade dos humanos e...

– Eu preciso lembrá-lo de que quem não entende magia são vocês? Quem tentou abrir a Última Fortaleza, Ilustríssimo? Está nas suas lições de História, a que escrevemos para que vocês soubessem do que se trata. Viemos para ajudar, mas não poderemos fazer nada se insistirem em serem estúpidos como sempre – Bard sobe o tom de voz.

O comandante está vermelho como as bandeiras de Cidânia e bufando, mas não há o que fazer no meio desse conselho que, minutos atrás, presidia incontestado.

– Ilustríssimo Senhor comandante – continua Laudrin com a voz mais baixa. – Peço que entenda que a situação atingiu outros patamares com a chegada dos zigurates. E há lutas acontecendo no céu, e graças a nós ela não chega até aqui. Se fossem bombardeados pelas máquinas dos Albinos, não haveria a chance de uma luta. As mesmas forças que Vossa Senhoria nos pede estão ocupadas nos dando uma oportunidade de enfrentar o inimigo em solo.

– *Zigurates*? Está falando de uma dessas merdas gigantes que apareceram do nada em Lindebluma e que os mensageiros dizem estar aparecendo nas capitais? Enfiaram uma até na Terra do Leste, bem na frente da Cidade Vidente. E eles têm navios voadores que nem vocês. Eu não sei o que mais precisa acontecer para os Alvos usarem coisas como essas contra os malditos Albinos!

– Estamos trabalhando para que nenhum povo seja mais prejudicado do que já está sendo. Saiba que os nossos adversários estão lidando com forças muito mais poderosas que talvez a própria terra possa suportar e...

– Isso não está ajudando em nada com o moral desse conselho de guerra! Quer que eu saia daqui e diga isso pros homens e...

– O que quero é que não me interrompa, humano. – Laudrin suspira como se estivesse tentando convencer uma criança a ouvir uma lição importante enquanto ela não para de resmungar.

– Então me diga o que devemos fazer de tão especial, ó Senhora Antiga.

– Primeiro você deve se calar e ouvir. Pois é claro que não faz ideia do que está acontecendo ou com quem está lidando. Está sob pressão, mas, se acha que podem retomar a capital com um exército comum e seus canhões e mosquetes, essas armas barulhentas, é melhor desistirem. Isso é assunto dos Alvos. Se quiserem viver mais uns neanos antes de murchar como as flores, é melhor que Vossa Senhoria me escute.

– Eu estou escutando – diz Garlando, de braços cruzados, e troca um rápido olhar com Alexander. Laudrin continua:

– Temos fortes indícios de que o inimigo vai voltar todas as suas atenções para a Cidade Vidente. Pois lá está, preservada até hoje, a Torre de Babel. Na forma de um monumento do Templo, mas é ela. Os Albinos pretendem usar essa máquina arcana para começar um ritual imenso que pode afetar tudo o que estiver perto dos zigurates. Foi pra isso que os trouxeram.

– Mas por que os humanos mantiveram uma coisa tão perigosa preservada? E vocês deixaram? – Garlando diz com os olhos arregalados. Sua cabeça pesa com a ideia de pensar que vão tentar de novo abrir a Última Fortaleza.

Laudrin baixa os olhos para o chão.

– Acho uma pergunta justa. Muito já foi discutido entre os líderes de meu povo sobre a destruição desse monumento construído pelos humanos. Mas o Templo o usa como um símbolo para conscientizar os seus fiéis dos perigos do uso da Magia. E tem funcionado por mais de quatro séculos. Essa pressão só cedeu mesmo após a destruição da Pedra de Salamandra, pois não haveria como acionar a máquina.

– É o que eu digo, a Magia é um perigo. Até vocês concordam – diz o Conde de Balambo, pegando uma taça de cima de um baú e esvaziando-a.

Garlando não para de pensar no monstro tecnológico que viu em Comir. Esses zigurates servirão para ajudar na tentativa de abrir a maldita Porta da Verdade. A energia da pedra-alma agita as suas entranhas, alertando-o para que fuja para o mais longe possível. A imagem de Celes parece pequena, insignificante, mas se apega a ela e tenta permanecer firme nesse objetivo. De repente o mundo é grande demais, assustador demais, e a sua parte em tudo isso não é mais simples, já que a pedra que agora tem ligada a sua alma é uma das razões dessa guerra. Nem mesmo a presença dos Alvos ou de Alexander o tranquiliza, quer correr para não ter que fazer parte de nada disso.

– Por tudo isso, comandante – continua Laudrin –, será mais prudente que os senhores aguardem a chegada dos meus irmãos. Se os Albinos tiverem mais máquinas disponíveis que não tenham apresentado, as suas armas realmente não servirão de nada, como Vossa Senhoria já previu.

– Quer que eu aguarde pacientemente enquanto ocupam a nossa

capital? Já esperamos demais por notícias da Rainha e de outras pessoas importantes da corte e da sociedade. Não há nada. Podem simplesmente ter assassinado todo mundo e não temos nem ideia. É isso que me pede? As forças humanas que resistiram foram destroçadas. Foi por um milagre que os que fugiram conseguiram contatar algum dos grupos dispersos nas estradas. Veja isso aqui – o comandante aponta para as peças que representam os cidanenses. – Somos poucos. É uma lástima. Quando os mercenários tiverem ideia do que estão enfrentando, vai ser uma debandada geral. Ah, vai. Ninguém vai se opor a imortais equipados com a morte encarnada! – Bate na mesa e as peças tombam.

Laudrin e os Alvos não se movem, seus rostos permanecem impassíveis com o teatro.

– O desafio será acalmar esses homens e convencê-los de que com a ajuda do meu povo poderão resistir. Os Albinos são como nós, a reprodução é demorada e depende de fatores além do seu entendimento da vida. Por isso são poucos, e sua população só tem diminuído com o tempo. Acreditamos que esse é um último ataque desesperado. Sei que a Aliança entre os nossos povos já significou algo para os bem-nascidos humanos um dia. Honre esse acordo e ouça os nossos conselhos.

– Nós precisamos de vocês, e vocês ainda não estão aqui! – grita o comandante. – Você me pede calma, e é somente o que eu não tenho!

Laudrin se vira e fecha os olhos como se conversasse consigo mesma.

– Ansiosos demais. A minha palavra se mantém. Não pode esperar que eu dê satisfação sobre os assuntos dos Glorificados se nem ao menos pode ouvir um bom conselho. – E a Alva e seus companheiros saem sem olhar para o comandante, deixando dentro da tenda todos os insultos que o tolo mortal ainda vocifera.

Sarali começa a se esconder atrás da irmã, mais cedo do que de costume.

– Os dias estão ficando curtos – diz Garlando, olhando para trás. Está à procura de Alexander, na esperança de ter uma palavra com ele.

– Não devem ser seis horas – diz Alden. – Prenúncio de uma noite sangrenta, se você acredita em presságios.

Alexander sai da tenda e corre até eles apressado.

– Garlando Espendi, que bom que está bem. Mas nunca imaginei vê-lo aqui – diz o mago. Depois cumprimenta os imortais em sua língua e recebe corteses reverências em troca.

– Alexander... – Garlando tem medo de pensar no que o amigo dirá quando lhe contar sobre a missão que partiu de Majestosa, mas não consegue falar por causa da presença dos Alvos.

– Fique tranquilo, eu não vou tomar o seu tempo, preciso participar daquela reunião. Você está acampado onde?

– Eu acabei de chegar. Vou na verdade procurar pelo meu tio. Ele é um mercenário e trabalha para o conde irritadinho lá de dentro.

– Entendo. Isso aqui não está bem, mas cuide-se, espero que reencontre o seu tio. Nada disso está bem, preciso muito falar com você.

– Sim. – Garlando comprime os dedos contra as palmas das mãos. Tenta controlar a respiração. – É melhor você ir, amigo.

– Sem dúvida... – Alexander hesita. – Eu vou procurá-lo. Qual é o bando do seu tio?

– Bando do Gordão.

– Ótimo. Estou aliviado em ver você. Queria poder dizer que estou feliz, mas vê-lo sozinho é um sinal estranho. Até mais. – E parte de volta para a tenda como se não quisesse perder nada.

Laudrin fala algo em sua língua e os companheiros a cumprimentam com reverências e sorrisos contidos antes de os deixarem a sós.

– Muito bem. Vamos encontrar o seu tio, se ele estiver aqui.

Garlando mal disfarça o sorriso, e começam a percorrer o acampamento.

Em volta das tendas das forças oficiais de Cidânia, representadas pelas poucas casas de linhagem e guarnecidas por soldados uniformizados em vermelho, tudo é organizado como nos exércitos antigos. Já os bandos de mercenários parecem anexos mal ordenados, com os abrigos distribuídos sem seguir colunas e fileiras. Ajuntamentos caóticos de carroças que às vezes são suprimentos, às vezes dormitórios ou mesmo leitos improvisados para amantes desinibidos. Prostitutos de várias raças, machos e fêmeas, coletam o que podem desses que imaginam que nem acordarão para ver o próximo nascer de Sarali. Economias são consumidas em gozos medrosos ou jogatinas regadas a álcool e erva dos gatos. Os sóbrios são raros nessa montanha de ferocidade prestes a explodir.

Garlando procura a bandeira do tio sem se preocupar com Laudrin. A Alva é galanteada e provocada por homens e mulheres que fingem não tomar conhecimento de seu status, mas que não abrem mão da oportunidade de fazê-lo a distância segura.

– Ei? Lando? É você? – Uma voz extravagante de que Garlando se lembra chama por ele. Quando se vira, o sorriso inunda o seu rosto.

– Minha Deusa, Ranho, é você?

– Eu detesto que me chamem desse jeito, moleque. Se o seu tio não me matasse, eu te quebraria a cara bonita! – grita Ranho, encarando o rapaz com um olhar bravo. Dois segundos depois abre um sorriso desdentado e funga com força. O hálito de álcool vence o ar sem cerimônia, e Garlando retribui o beijo e abraço do gitânio velho.

– Mas que é isso, moleque? A Deusa te trouxe pra essa perdição daqui por quê?

Garlando olha desconfortável para a Alva que o acompanha.

– Olhe a blasfêmia, Ranho.

– Oh, minha senhora, que feio falar assim na frente de alguém do Belo Povo.

Laudrin sorri com uma alegria sincera que Garlando nunca viu nela.

– Me leve ao tio, estou aliviado. Pelo jeito o velho está vivo, né? Agora quero beijar aquela carona dele.

Os três voltam pelo caminho de onde vinham e seguem por uma viela entre barracas e caixas de madeira cobertas de bules e garrafas. Garlando quase derruba um caldeirão de canja no caminho e ouve um xingamento.

* * *

Ralfo fala mais alto e gargalha em uma roda em volta da fogueira. O fogo alegra os gitânios e facilita seus sorrisos nos momentos mais tensos. De onde Garlando olha, o tio parece ser o único iluminado, e isso lhe causa um nó na barriga. Nem presta atenção no que ele diz e nem se assusta quando ele reconhece o seu rosto, para o que está dizendo e se levanta de sopetão, chuta as brasas, tirando todos do caminho, tropeça e derruba a cerveja de um companheiro, ouve impropérios e os devolve, até que olha nos olhos do sobrinho e o envolve em um abraço. As lágrimas vêm com força e, preso naquele peito amigo, naquele refúgio do sangue, Garlando esquece de toda a pressão dos últimos meses. Tem vontade de urrar como uma criança, mas se segura e aperta os olhos o mais firme que pode. Para não ver nada, e então não ouve mais nada. A barulheira à sua volta e as comemorações parecem detalhes, o som de eco do mar que viu em Majestosa e que conhece como ninguém, pois a memória do Ondino o leva ao elemento que tudo carrega, tudo preenche, tudo limpa. E sua jovem alma, agora unida à de Janus e que viveu tantos neanos, conhece, por isso, a dor de tantos que se foram. Sente-se limpa, ao menos por esses eternos segundos.

* * *

Estão todos em volta da fogueira, a ânsia em saber um do outro atropelando a conversa, mas a alegria de se verem frente a frente é mais forte que tudo. Laudrin se afastou, preferindo vigiar o garoto de longe.

– E eles fugiram como os merdas que são – diz Ralfo, e é seguido por um coro de gargalhadas. – Imagina se a gente estivesse ganhando bem? Mas vou negociar esse contrato. Isso aqui era pra ser um exército de escolta, só pra acompanhar as forças do Conde de Balambo para suprimir a rebelião dos babelianos, que não deveria oferecer perigo nenhum pros Três Reinos. Nem a pau imaginamos que ia ter Albinos metidos nisso. É assunto grande demais, e eu só quero voltar pra minha fazenda. – E entorna outra caneca de cerveja quente pela goela.

– Já bebeu demais, tio – diz Garlando, incomodado com a quantidade de álcool que alguém em plena guerra não deveria ingerir.

– Eu sou beberrão mesmo, não me enche o saco, moleque! – grita Ralfo.

Todos riem, mas há naqueles olhos ciliados do velho uma ansiedade crescente. Mesmo que pareçam sorrir, Garlando enxerga a verdade além das palavras cuspidas.

– Você nem vai conseguir levantar a marreta desse jeito, tio.

Ralfo gargalha e se joga pra frente, sacudindo a sua caneca e espirrando cerveja no chão de terra.

– Mas de que adianta? Tudo agora é tiroteio e esse cheiro de pólvora horroroso nas lutas. Os dorfes fizeram essas coisas – aponta para os mosquetes apoiados em caixotes – ficarem baratas demais, e hoje poucos lutam como homens. Agora é rara a sensação de esmagar os inimigos!

– Ah, isso é uma das coisas boas da vida! – grita um mercenário.

– Ô, se é! – responde Ralfo.

Todos riem.

– Cadê a sua espada, Lando? Aquilo era herança de família! – Ralfo volta a rir alto.

– Tá aqui comigo. Deram uma bela polida nela.

Ralfo balança a cabeça e sopra o ar entre os lábios.

– Quando sujar de sangue não vai fazer diferença nenhuma. E tiro, sabe dar?

– Eu prefiro só a espada. Eu tenho uns truques na manga.

– Beba um pouco de cerveja!

– Tô bebendo, tô bebendo. – Garlando prova da cerveja amarga dorfe, é das boas. Queria estar mais tranquilo, mas, mesmo vendo esse rosto familiar, sua missão é grande demais, terrível demais. Toca no brinco e tenta dissipar a imagem de Janus. E é quando tenta reprimir essas dúvidas que surge a presença de Celes, tão perto, a poucos dias de viagem. A capacidade de saber onde ela está não é mais um alívio, só aumenta a agonia. Escolher entre a responsabilidade que essa capacidade lhe impõe ou seguir a própria alma: isso se parece demais com o seu dilema ao deixar a Universidade. Ser um poderoso Espendi ou um gitânio que busca na estrada o sentido da própria existência.

Tomam-lhe a caneca meio cheia e entregam outra. Garlando desta vez sorve um longo gole, está quase morna, mas o gosto é forte.

– Diga, filho, essa mulher aí, essa fada, você é prisioneiro dela? Não gosto do jeito com que ela o vigia, como se fosse um saco de ouro – diz Ralfo com os olhos pequenos, tentando falar claramente e arranjar uma expressão séria no rosto.

Garlando olha por reflexo. Laudrin está a uns dez passos, sentada de pernas cruzadas, vendo o movimento, sem se incomodar com o tempo. Para os imortais, alguns minutos nada significam.

– Ela não me aprisionou. De certa forma acha que pode me guiar. – Garlando pensa em Reggiane e na audácia da tia em ter colocado mais babás atrás dele.

Ralfo se levanta, inspira o ar impregnado de cerveja, risadas e até o mijo de alguns que nem se dignaram em se afastar para se aliviar no meio da confraternização.

– Venha. Vou lhe mostrar algo que vai achar uma coincidência engraçada.

O rapaz se levanta e vê que a Alva o acompanha com os olhos, sem se mexer.

– Lando – diz Ralfo, apoiando-se no ombro do sobrinho enquanto o mantém por perto, como um meio abraço. – Eu sei que você está em apuros. Mas isso não é novidade, né? Parece que, se não estiver enrascado, não é você.

Garlando sorri e olha para o chão.

– Eu acho que estou é cansado, tio. Mas talvez esteja onde tenho que estar.

– Não me fale em charadas, eu sou um gitânio simples. Esses papos são para a velha Naná.

– E cadê ela?

– Ela seguiu com outro grupo. Pra estrada. Disse que era tempo de estrada, que a terra ia arrancar pela raiz e matar quem ficasse grudado nela.

– Parece algo que ela falaria mesmo.

– Ô.

– Sabe, quando eu estive na fazenda... Ela disse que o meu caminho era mágico, e não do mundo dos humanos. – Garlando se lembra daquelas mãos enrugadas e dos pequenos e feios bigodes naquela graciosa face. A velha Naná.

– Aí é você que tem que saber dizer. E é?

– Acho que sim, tio.

Ralfo caminha pelas tendas com o máximo de concentração para não tropeçar nas estacas enfiadas na terra e nem nas cordas que esticam as lonas. Mas mesmo assim ele falha uma ou duas vezes.

– Eu só queria poder sentir que ando o meu caminho. Me pedem muitas coisas que não quero fazer. Não é nem uma questão de se posso ou não, sabe?

– Sei. Mas a gente faz o que tem que fazer, filho. Isso tem a ver com o caminho também. E a menina? A loirinha sardenta que você gostava?

– Celes? – Garlando vê o rosto dela. O rosto adolescente, mas em um corpo de adulto que não faz parte dela.

– É. Como ficou isso? Você falou nisso quando esteve na fazenda.

Garlando para e desvia de uma vala que alguém cavou e não fechou.

– Eu... Eu já dei um passo adiante.

– Esqueceu isso, então.

– Sim...

Ralfo anda olhando para a frente, sem coragem de encarar o sobrinho.

– Só quero que você seja feliz, filho. Este é um tempo estranho, a gente vive numa dessas encruzilhadas da História. Parece que as coisas do nosso espírito não importam nessas épocas.

Garlando olha para o chão escurecido pela noite, guiado pelo trôpego tio.

– Tá aqui – diz o velho, soltando um arroto em seguida. – Olha só o que eu queria lhe mostrar. Vê se não é daquelas coincidências que a Naná tanto fala.

Há um homem limpando com esmero uma lâmina curva e perfeita, aquela espada tão distinta que só ele carrega. A luz da fogueira projeta sombras enormes, mas Garlando o reconhece sem problemas. É aquele estrangeiro que encontrou em duas ocasiões tão estranhas de sua vida como quando conversaram pela música, ou quando foi resgatado após o encontro com a Rainha das Fadas.

– Hayato! – Garlando não esconde o sorriso.

E o estrangeiro ergue a cabeça e arregala aqueles olhos afiados, mais que os dos Alvos e Albinos. Ele então se levanta em movimentos lentos, mas cuidadosos. Embainha a espada com delicadeza e estende a mão a Garlando, como fazem os ocidentais. O seu aperto de mão é firme e, sem interromper o contato visual, faz uma curta reverência, sem sorrir, os lábios colados em uma concentração sem igual mesmo nas pequenas coisas.

– Estou feliz em vê-lo, meu amigo das estradas.

Ralfo ri e toca no ombro dos dois, embora Hayato se mostre desconfortável.

– Eu reconheci este homem de quando trabalhou na fazenda. Lembra que você apresentou? Depois ele seguiu viagem. Sempre achei estranhas as roupas e mesmo a aparência dele. E olha que já andei bastante por aí. Nem na Batalha da Muralha tinha gente como ele. Só sei que ele abordou o bando quando estávamos marchando e por pouco não levou tiro, pois pensaram que era um batedor inimigo. Queria ver o chefe, falando mal a língua comum, e apareci, claro. Aí ele se ofereceu para servir, disse que podia empunhar espadas tão bem como qualquer homem e obedeceria a ordens. Só queria alguma forma de servir para ganhar o sustento. Eu aceitei, desde que trabalhou com a gente na fazenda nunca vi alguém tão direto e correto em tudo o que faz. Leva as coisas mais insignificantes com a maior seriedade do mundo.

– Ei, Hayato, mas esse meu tio lhe contou que estão em guerra? É uma péssima hora para estar nesta parte do mundo, meu amigo.

– Eu sei. Entendo e acho que, se está em meu caminho, preciso fazer. A sua guerra está em meu caminho – diz o estrangeiro com o sotaque forte. Falando cada frase com cuidado de não errar.

– Vejo que sua espada está afiada. Mas se cuide, aqui guerreiam com armas de fogo. – Garlando finge que atira com uma arma no ar.

– É assim em minha terra também. É o fim do tempo da espada.

– Então cuide-se, meu caro. Eu preciso seguir viagem.

– Ei, Garlando, não vai nem passar a noite aqui? – diz Ralfo, desapontado. – Eu ia mandar matar um porco que estava guardando para o fim da novena.

– Ah, tio, eu preciso ir logo, sinto que já... – E o chão treme aos seus pés. – O que é isso? Estão sentindo?

Ralfo está pálido, o sangue parece tê-lo deixado. Hayato se põe de pé e toma a espada embainhada nas mãos.

– Tio? – Garlando está tremendo, o chão também, e parece mais próximo agora. Os gritos não demoram e chegam mais rápido que os sinos, panelas batidas e chamadas às armas. Os alarmes soam, mesmo que improvisados, pois a luta não esperaria mais uma hora sob Anmas.

– Garlando. Fuja daqui! Vá para o leste, duvido que o persigam para lá, devem estar vindo da cidade! – grita Ralfo. O hálito de álcool só deixa o rapaz ainda mais preocupado. – Hayato, vamos precisar de ajuda, fique ao lado do menino enquanto ele não sai daqui. Ajude-o a chegar a um lugar são e salvo.

– Eu não sou menino, tio, cacete! Eu posso te ajudar. Eu faço parte disso tudo também!

– Vá embora, Garlando! Pela Deusa, faça isso por mim, moleque. – E Ralfo sai correndo em direção aos alarmes. – Hayato, faça o que eu disse!

Quando uma bola de fogo explode perto deles e as tendas se incendeiam, as lágrimas chamam Garlando e ele nem tem tempo de notá-las. Começa a tremer mais que o chão.

– Garlando, está me ouvindo? – diz Hayato. – Vamos para o leste.

A casa de seus pais ardendo, o medo do fogo que não deveria mais existir. Ele o venceu com a ajuda da Rainha das Fadas. Suas mãos queimam com o frio do poder que carrega. Sua orelha tem um fragmento de uma máquina mágica que pode destruir todos os incêndios do mundo, pois é o Ondino, descendente de Janus, cuidador do poder de tudo o que é feito da água.

– Eu não vou fugir, Hayato. – Os olhos de Garlando refletem o fogo que está à sua volta e o oriental vê as chamas dentro dele. – Me ajude.

Segurando o braço de Garlando, Hayato o encara de perto.

– Você vai lutar?

– Sim. – Garlando sorri como uma criança, de repente tudo faz sentido. – Esta é a hora em que vamos lutar juntos.

– Vamos até o seu tio, então – diz Hayato, e correm atrás de Ralfo.

Correm procurando a origem dos estrondos. O coração batendo rápido e os dedos formigando para entrar na luta. O desejo de ser o herói das histórias se escondendo sob o pavor que nunca imaginou que sentiria na vida.

Um mercenário em chamas grita no chão, enquanto um companheiro o ajuda a rolar e abafar o fogo com panos. Outro tem a expressão congelada em eterna agonia, a cabeça separada do resto de seu corpo por uma explosão.

– Não são granadas. Estão nos atacando com magia. Minha Deusa, precisamos é achar Alexander e os guerreiros de Majestosa, isso sim. Onde está o meu tio? Mas que merda!

No desespero para se organizar e se apresentar à luta, soldados dispersos se empurram e se armam como podem. Grupos que mantiveram a calma se reúnem e partem para ajudar. Mosqueteiros, lanceiros e besteiros vão para a direção onde caem bolas de fogo.

Iluminados pelos lampejos do combate, Garlando mal pode distinguir os exércitos, mas tenta seguir o fluxo de soldados e os gritos que organizam as forças.

– Hayato, eu preciso que me ouça. Eu... – Garlando arfa, tentando organizar os pensamentos. – Eu vou entrar naquela luta... Onde estão atacando com as bolas de fogo...

– Lá estão lutando com... *mahou*... Magia.

– Eu sei. Talvez você não acredite, mas eu sei enfrentar isso. Eu posso lutar com magia, Hayato. Acho que vai nos ajudar aqui mais do que isso – diz apontando para a rapieira embainhada no cinto.

– Como posso ajudar?

– Me cubra se eu me perder na concentração. Mas temos que estar ao lado de Alexander, é lá que a luta vai precisar de toda ajuda possível.

O som parece espremido por uma força que só aumenta a tremedeira de Garlando. Os estampidos e o cheiro de pólvora, as poças de sangue se abrindo sob os caídos, os gritos tentando esconder o pavor. E nem tinham descoberto ainda de onde vêm os inimigos.

Alguns bandos se organizam e apoiam as espingardas e canhões manuais, disparando na direção de onde imaginam vir o perigo.

– Eles estão acertando quem está na frente, isso é uma estupidez, não tem um desgraçado que coordene isso? Me ajude a ver a bandeira do meu tio. É vermelha e amarela, parece um barril amarelo num fundo vermelho.

– Não entendo bem o que diz. Vermelho e amarelo? Aquela não é assim? – Com a ajuda das tochas que iluminam o acampamento, Garlando reconhece a bandeira vermelha e amarela apontada por Hayato.

– Ali! Isso, acho que foi dali que viemos. Corra!

Garlando pergunta a quem está no caminho e, quem não ignora ou o xinga, indica o centro do acampamento formado por panelas, caixas e ordens que vêm de todo lado para ninguém em especial. O tio Ralfo berra com os homens que conseguiu reunir no centro.

– Seus merdas, eu vou cobrar uma grana alta por esse ataque surpresa. Mas pra conseguirmos um prêmio, é melhor que a gente sangre os caras. Se fugirmos não vamos receber nem o que prometeram. Vamos garantir que o nosso contrato seja cumprido, cacete! Quem está comigo?

O grupo urra, lanças em riste, muitos ainda bêbados ou assustados. Será difícil manter a disciplina em uma situação de urgência.

– Preciso de uma fileira de espingardas com apoios e escudos, porque eles tão com cavalos, isso é muito claro. É ataque surpresa, é para desorganizar tudo mesmo. Então vamos em direção ao Conde, porque assim vão notar que estamos trabalhando pra eles e protegendo os seus rabos caros. Preciso de lanças também, pra segurar o tranco.

– Tá bem – grita Mirrado, o melhor lanceiro do bando. – Quem é lanceiro, do meu lado!

– Venham, juntem quem puder e espero que não estejam bêbados demais!

– Ralfo, tá difícil. Tomei muito – diz um dos soldados, apoiado na lança.

– Não quero saber, joga água na cara, é isso ou vamos ser massacrados, não entendem? Eu quero continuar sendo o Gordão e morrer ainda mais velho e pançudo! – O gitânio gargalha para encobrir a tensão de todos, como se não estivessem prestes a apostar as próprias vidas.

Os mercenários começam uma marcha surpreendentemente organizada em meio ao caos. Ralfo na frente de todos, já de couraça, amarrando o capacete de metal na cabeça. Ranho ao seu lado, carregando a marreta de duas mãos que logo toma de volta. São movidos pelo ouro de quem os contrata, mas também pela vontade de abrir mão do conforto para poder gritar e medir forças no campo de batalha. Mesmo que possa ser sempre a última vez.

– Tio! – grita Garlando, correndo para tentar alcançá-lo.

– Moleque! Você está maluco? Por que não foi embora quando eu mandei? – responde Ralfo, cuspindo entre os dentes.

– Não me trate como um garoto, tio. Eu preciso participar disso, mas tenho que ir até a frente.

– O quê? – Ralfo olha nos olhos do sobrinho e vê ali mais do que o seu medo transparece. Algo além das explicações do mundo humano. Respira fundo. – Mas meu grupo vai pro lado do Conde de Balambo. Eu não posso largá-los agora.

– Eu não preciso que o senhor venha comigo, só quero que me diga como chegar lá.

– Nem a pau que vou deixá-lo ir sozinho no meio dessa porradaria. Me ajude com o Conde que vou com você.

– Tio...

– Me obedeça uma vez na vida, cacete! Não queria ter morado comigo? E ia me desobedecer assim? Vá, ande!

O calor das palavras de Ralfo atinge Garlando, acalmando-o.

Seguindo os choques de lanças e espadas e o cheiro da pólvora queimada, o Bando do Gordão se reúne às principais defesas que resistem ao ataque dos babelianos. O Conde de Balambo está erguido em uma liteira gritando ordens, mas é claro que os soldados indisciplinados e desacostumados à guerra não as seguem. Estão mais preocupados em se manter vivos.

Cavalos tombados relincham aterrorizados, olhos esbugalhados, esmagando homens sob os seus corpos. Guerreiros se ocupam em esfaquear os caídos em pontos vulneráveis das couraças para impossibilitar que voltem à luta. O cheiro de sangue é pungente e nauseante. Garlando dá dois passos, tentando suportar, mas vomita o que nem tem no estômago. O tio lhe dá um tapa no ombro e força uma gargalhada, seu coração apertado por trazer o menino para esse lugar.

– Venha, deixe os rapazes fazerem a sua parte! – Ralfo faz Garlando e Hayato recuarem para trás da formação.

Os lanceiros e escudeiros do Bando do Gordão tomam a frente e dão cobertura aos atiradores, que acendem os pavios e apoiam as armas para tentar resistir à nova onda de cavalaria. Balas são detidas pelas couraças, mas também derrubam os que foram atingidos em partes vulneráveis. Lanças se agitam na vanguarda, depois se firmam para rasgar e varar os inimigos que esbarraram na formação de ouriço.

Ranho atira um rojão pra cima, que ilumina a luta por instantes ao estourar.

– Ilustríssimo! Estamos aqui para ajudar! – grita Ralfo, aproximando-se do Conde de Balambo.

– Poucos são os mercenários que atenderam – responde o Conde berrando no meio da balbúrdia. – Não sei se você é esperto para ganhar o dinheiro que sobrar ou é apenas louco. Deixe a frente pros Alvos e pros magos florzinhas. Eles que se matem com fogos de artifício. Aqui é luta de homens!

Ralfo gargalha, mostrando alguns dentes de ouro.

– Estou na luta, meu senhor!

– E eu já entendi. Será recompensado, como sempre, seu desgraçado. É só você mesmo do meu lado desde a Batalha da Muralha!

Os dois riem como bufões que amam lutas como essa. Hayato não vê motivo para sorrir, mas entende os olhares de cumplicidade daqueles guerreiros.

Os inimigos recuam e os lanceiros ganham terreno. Ralfo parte para a luta de perto, Hayato e Garlando preparam as suas espadas.

O gitânio barrigudo gira a marreta como se fosse leve e derruba um babeliano, esmagando a sua caixa toráxica. O homem não consegue respirar nem gritar, geme como um animal assustado, porém logo é silenciado por um golpe de misericórdia que transforma seu rosto e crânio em uma massa vermelha e cinza.

E Garlando, lá no meio, perfura com a sua rapieira um homem que parece distraído ou ferido o suficiente para deixar esse mundo. Convence-se de que é uma atitude digna, porque não há como romper couraças com ela. O sangue corre quente, e os calafrios dão lugar a uma euforia nunca sentida.

– Matou o seu primeiro, moleque? – Ralfo gargalha e dá um tapa no ombro do rapaz. – Ataca embaixo do sovaco. Aqui, ó. É vulnerável.

– Eu já lutei antes, tio! – Garlando fecha a cara por ter que ouvir conselhos mesmo nesta hora.

Hayato é ágil, luta com precisão, com golpes definitivos. Em um instante apara uma lanceada, em outro decepa o braço do seu agressor. Sua roupa se enche de sangue, mas nada disso lhe tira a concentração. É inabalável.

Garlando se empolga e parte para cima de um oponente que lhe aponta uma espingarda com o pavio aceso. Antes que ele possa puxar o gatilho, o rapaz faz a carga enfiando a rapieira no ponto entre a ombreira e o peitoral. Mas, ao prender a lâmina, se desequilibra e cai em cima do inimigo, que tinha mordido a própria língua por causa da dor e agora engasga no próprio sangue. Assustado, Garlando tenta se levantar e soltar a espada. Só que antes sente um beliscão agudo na coxa. O corte o incapita mesmo com o espírito inflamado, a dor é lancinante. O inimigo que o esfaqueou vem sorrindo, então muda a expressão, seus olhos arregalam-se e cai de cara no meio da lama sangrenta. Atrás dele, Hayato recolhe a lâmina manchada de sangue.

– Você está ferido. Melhor recuar.

– Tá ardendo muito, cacete.

– Garlando! Porra, moleque! Eu sabia que ia se machucar. Já virou homem pelo menos, hein? – Ralfo apoia o sobrinho no ombro, recuando. – Ranho, enrola um pano nesse cara aqui.

– Não precisa, tio – rosna Garlando.

Olha para a própria perna, pensa em uma atadura, algo que possa parar o sangue. Os gritos e tiros dominam os ouvidos, então as conversas têm que ser na gritaria.

– Não é bem um corte superficial. Isso vai atrapalhar pra andar, e é mais ardido que qualquer coisa. Se eu tivesse linha eu conseguiria costurar isso. Mas não vai poder correr.

– E se eu... conseguir colar a pele? Isso adianta?

Ralfo dá de ombros. Hayato fica de cobertura para mantê-los longe de confrontos.

– Colar com o quê? Você precisa de um cirurgião.

Garlando fecha os olhos, não há tempo para explicar. Janus sabe muito sobre anatomia, sobre a verdadeira medicina, muito além dos chás milagrosos que fingia receitar para os males do corpo. E é como se soubesse onde a carne está rompida, o sangue que corre para fora da pele lhe conta tudo o que há de errado. O controle que só o Ondino possui sobre a Água, justo esse elemento do qual o corpo humano depende tanto.

Abre a mão e de sua palma transborda o líquido transparente. Tio Ralfo se desequilibra e para de falar. A água jorra como se sua mão fosse uma fonte, e derrama essa mesma água que parece vir de si mesmo sobre o ferimento. A pele queima, o fluido borbulha, e em sua mente ele consegue visualizar as fibras rompidas e ligá-las. Justo ele, que nunca soube nada de cirurgia, descobre como um mapa sua própria anatomia. Mais do que uma descoberta, é como se cada detalhe fosse uma lembrança readquirida. O sangue se dissolve sob a água e a pele começa a se fechar. Formigando, ardendo muito mais que a própria ferida, mas vencendo a fenda e restaurando a pele branca e lisa, deixando apenas uma cicatriz imperceptível no lugar.

– O que você fez... – Ralfo tem a boca aberta e olhos esbugalhados.

Garlando abre os olhos e a perna formiga. Experimenta movê-la, está perfeita como antes de tudo.

Hayato está pálido como se tivesse visto um fantasma também.

– Tio... – Garlando olha para a perna, sem conseguir encarar Ralfo. – Eu preciso fazer parte dessa luta. Não há mais como eu fugir disso. Pode ser que eu possa ajudar como nunca imaginei possível. Ser realmente útil para o mundo.

Diz isso mesmo sendo a última coisa que lhe importa no momento. Mas se força a acreditar no contrário.

– Filho. Você não precisa fazer nada pelo mundo ou por nada disso.

– Eu quero.

– Então está bem. – Ralfo se levanta e olha para o seu bando, que está resistindo à pancadaria sem ceder. – Vou levá-lo até onde lutam os magos. Vamos para a frente de batalha mágica.

Os olhos de Garlando brilham e ele respira fundo. Seu coração bate forte e suas pernas bambeiam, mas essa pode ser a motivação que falta para finalmente ser parte dessa história.

* * *

Na vanguarda, luzes coloridas iluminam a noite, uma beleza superior aos espetáculos de fogos de artifício dos duendes, mas que ninguém em sã consciência gostaria de presenciar. Bolas de fogo esbarram em uma barreira invisível, desaparecendo no ar. E, sob essa chuva de fogo, um grupo de magos lutadores em semicírculo é protegido por guerreiros armados com grandes escudos, uma formação que lhes permite manter o foco enquanto lidam com os agressores. Seus mantras são curtos e coordenados, o pulso firme preenche Garlando logo que entra em seu raio de ação. Ele sente uma calma repentina dissipar o turbilhão que lhe passa pela cabeça. Ajoelha-se com a tontura que o inunda em seguida, e é amparado por Ralfo, que murmura:

– Minha Deusa. Eu já vi muita coisa nas estradas, mas nada parecido com isso.

– Tio! – grita Garlando. – Por favor, aguarde aqui. Esse fluxo vai transformá-lo em crisálida!

– Nem a pau! Não vou abandoná-lo aqui – diz Ralfo, suas pernas tremendo sem saber a razão, a respiração difícil dentro da área de mana em movimento.

– Crisálida? – diz Hayato.

– Sim, o mal da magia que destrói o corpo dos homens.

– Entendo. – Hayato anui, também respirando fundo para resistir à tontura. – É a Pedra da Morte. Assim meu povo diz.

– Os seus homens precisam de você também! – Garlando segura o braço do tio. – Aqui eu vou conseguir agir, mas, se eu tiver que me preocupar com você, não tem como fazer magia.

– Isso vai te destruir, seu merdinha.

– Não, tio. Eu estou preparado. – Ainda que seja a primeira vez dentro de um fluxo de mana, sua memória lhe diz tudo o que precisa saber. – Por favor, me deixe. Hayato já está aqui comigo. Me ouça!

– Garlando – Hayato está com a espada desembainhada olhando para todas as direções, sem saber qual a melhor forma de auxiliá-lo.

– Vá, tio!

E Ralfo recua para se recobrar.

– Está bem, mas eu só vou sair um pouco e já volto para o seu lado – diz, retirando-se sem deixar de vigiar o sobrinho.

Para Garlando, as portas da realidade estão abertas e os elementos voam livres. A energia mágica jorra, capaz de petrificar os frágeis corpos humanos ou despedaçar Albinos, mesmo sob suas armaduras protetoras. Eis o poder da crisálida.

Mas ele próprio é uma presença poderosa, pois agora é o Ondino.

Magos livres de suas funções o rodeiam, assustados com a força que emana desse homem surgido do nada.

– Quem é você? Identifique-se, maldito! Ou vamos atacá-lo!

Hayato está em perfeita postura de ataque, a espada erguida ao lado do rosto, pronto para explodir em selvageria.

"Quem sou eu?", pensa Garlando.

– Parem! Ele está conosco, majestosianos! – grita a voz familiar de quem se põe entre Garlando e os magos assustados.

– Major Alexander! Senhor, esse homem tem uma energia intensa demais. Está amplificada dentro do fluxo, qualquer mago aqui deve estar sentindo isso.

– Eu sei. Foi por isso que corri para cá. Esse é um amigo de Saira Aquanis e do Antigo Regime. Vou recuar com ele para que se recupere, cubram-nos, por favor.

– Sim, senhor!

"Eu sou um detentor do maior poder que os humanos já tiveram."

– Senhor Hayato, me ajude aqui.

Garlando repele os braços dos amigos.

– Eu estou bem, Alexander.

– Garlando... – Alexander se agacha para olhar o companheiro nos olhos e baixa a sua espada. – A sua energia está intensa demais, vai atrair todos os magos para cá. O fluxo que estamos gerando ajuda, mas você não tinha isso antes...

O olhar de Garlando o trai, leva uma mão ao brinco. A angústia estampada no rosto, um vulcão em erupção iminente.

– O que houve com a missão que partiu de Majestosa? Diga-me, o que foi que aconteceu com você?

Garlando não diz nada. Imerso no alto campo mágico, seus pensamentos correm livres como se quisessem fugir de sua cabeça.

"Elementais, ouçam-me. Ouçam os meus chamados."

– Os Alvos que o trouxeram – continua Alexander –, eles estão na vanguarda conosco. Nossa barreira para os projéteis depende da manutenção do fluxo. Porém já perdemos três para a crisálida, eles têm magos poderosos do lado deles.

"Mas a morte da crisálida não me afetará."

Garlando está de pé, e a memória dos segredos arcadianos da Transformação ocupa cada canto de sua mente. Embriagado pela energia que envenena o seu sangue quente, que só quer garantir que sobreviva a essa noite.

Um grito se sobressai à cacofonia da luta.

– Cavalaria! Eles quebraram as defesas! Preparem-se!

– Senhor Alexander! – grita Hayato. O mago prepara a sua espada, adornada com gemas místicas, alongada e curva como as cimitarras dos Alvos. Garlando abre as mãos e inspira o ar denso de mana.

A espera não dura segundos, mas é como se fossem dias. O suor escorre frio pela bochecha de Garlando e evapora próximo ao brinco arcadiano.

"A água que rompe as barragens e preenche o rio morto. Ela é intensa."

Cascos ritmados dos cavalos levantam terra, precedendo a avalanche de fúria que atropela magos e soldados indefesos. Os cavaleiros distribuem lançadas e cutiladas, varando couraças e arrancando membros e cabeças.

Garlando move devagar os membros que tremem por fora. Não se incomoda quando mija nas calças, nem com o relaxamento que quase faz com que despenque das pernas. Agora tem o corpo teso e pronto para enfrentar a morte.

Majestosianos concentram jatos de água e chamam raios do céu para derrubar os inimigos que montam os cavalos. Os animais empinam e se confundem com as invocações mágicas, e só com muita destreza dos babelianos se mantêm em carga. No círculo de concentração arcana, já há buracos. Um mago da defesa não resiste à energia que controla e explode, transformado em um ouriço de vidro azul e sangue pela crisálida.

À frente de todos os cavaleiros, um novo adversário surge brilhando, iluminado pela espada flamejante que empunha. Sua armadura carmesim refletindo as chamas que chovem, pisoteia para encerrar a agonia dos que caem aos seus pés. Um cavaleiro de fogo que ergue sem dificuldades com seu braço direito uma lâmina larga e enorme que deveria ser empunhada com os dois. A espada arde, chamando para si todos que resistem à supremacia dos Antigos.

– Pyro! Pyro! – Alexander urra e dispara como uma flecha que encontrou seu alvo. Hayato parte para acompanhá-lo.

– Não, Hayato! Espere! – Garlando se prepara para o encontro inevitável com a linha de cavalaria que se move em sua direção. O guerreiro oriental estaca, aguardando.

Ignorando Alexander, o cavaleiro de fogo trava sua atenção em Garlando, atraído por seu poder como se não houvesse mais ninguém por perto.

"Eu não temo o fogo. Pois sou o Ondino."

Garlando berra para o céu vermelho e ergue os braços em um espasmo. Uma parede de gelo se materializa e seu enorme peso faz com que caia e se finque na terra. Torna-se a sina dos cavaleiros em carga que se destroem em colisões fatais.

Mas Pyro já tinha atravessado o limiar. Cavalga na direção de Garlando, quando sua montaria perde o passo e o arremessa à frente. Com uma pirueta improvável para alguém de armadura, o cavaleiro pousa com as pernas flexionadas, a espada em chamas na mão.

Observa seu animal sem as patas dianteiras sendo finalizado pelo guerreiro ao lado daquele mago tão poderoso que ergueu uma barreira glacial como se fosse algo corriqueiro.

Mais dois Albinos escalam a enorme parede de Garlando e pousam dentro da arena formada para um combate isolado do resto da balbúrdia. São como aqueles que atacaram Coméria, suas couraças de placas negras como as de besouros refletem cores e as aprisionam, cabeças de pele pálida protegidas por vidros âmbar, espadas de trevas, curvas como ferrões, prontas para rasgar suas presas.

O general babeliano aponta a lâmina ardente para Garlando e grita cuspindo:

– Você é quem recebeu a pedra-alma que deveria ser sucedida por minha irmã? Onde está Janus Ondino?

Garlando segura as palavras entre os dentes.

– Eu sou Pyro de Arcádia – continua o cavaleiro de fogo –, nascido e criado em Mammon. Quem é você, cuja energia da Pedra emana tão nítida?

Alexander toma a frente de Garlando com a espada mística em mãos.

– Traidor dos arcadianos, você desonra sua irmã, Saira Aquanis, que chora pela destruição do legado do seu povo! Me enfrente, Pyro!

– Você me conhece, mas não faço ideia de quem seja. Diga o seu nome antes que eu o silencie.

– É claro que não se lembraria de cada vida que tirou. Não se recorda de quando massacrou Estrela de Fogo em nome dos monstros que idolatra e agora mesmo o usam? Essa espada que empunha era um tesouro que o meu povo deu a vida para proteger!

Pyro baixa a espada e olha para cima, buscando na memória algo tão longínquo que confundiria com um sonho.

– Isso foi há muito tempo, Desperto. E no fim tudo se revelou infrutífero. Não me fale de legado ou de posses, pois perdi aquilo que era meu por direito.

– Vocês perseguem uma loucura. Desistam disso!

– Cale-se, Desperto. Não faz ideia do que estamos tentando atingir.

– Monstro! Os Albinos o desprezam. Eles estarão ao seu lado em silêncio, como agora, para usurpar o que conquistar. – Os dois L'dren mantêm posições de combate, sem dizer nada. – O tempo não é nada para eles. Não entende?

Mas Garlando interrompe Alexander, segurando em seu braço, e toma a frente.

– Perguntou o meu nome, mas o que importa é que eu sou o

Ondino. Porém você é apenas mais um filho de Mammon. – Algo que Janus lembra faz Garlando olhar para a espada mágica de lâmina larga que o arcadiano empunha. – Vocês perderam a Pedra de Salamandra, não há como completar o ritual.

Garlando sorri por dentro e quase acredita em todo o poder que tenta parecer ter. Mas nem nota que os Albinos também sorriem durante seu discurso.

Pyro solta um grito e ataca, mas é barrado por Alexander. A espada do major majestosiano treme sob o golpe de fogo, seus ossos querendo despedaçar sob os músculos tensos.

Garlando atira um jato de água no arcadiano, mas é interceptado pelo escudo retrátil de um dos Albinos. Sem nem ter tempo de piscar, o imortal está em sua frente e o agarra pela roupa, arremessando-o para longe como se fosse um graveto.

Hayato troca golpes com o outro L'dren e lhe atinge o braço, mas a sua espada não penetra a couraça. Leva um chute e rola pelo chão, separado de sua arma.

Então o Albino se aproxima de Hayato caído. Considera esse mortal indefeso e ergue a espada, pronto para tirar uma vida não mais importante que a de um inseto.

Hayato encara o seu algoz e controla o sangue que corre pela carne para morrer com honra.

Os reflexos dos imortais são formidáveis: quando esse Albino nota algo voando em sua direção, ainda tem tempo de erguer o escudo retrátil do antebraço. Uma pedra explode e faz com que recue dois passos, mas nem os seus sentidos incríveis podem prever o ataque triplo coordenado.

Ferderin recupera a concentração após arremessar a rocha no L'dren, e Alden atinge o inimigo com a sua espada chispando eletricidade, abrindo uma rachadura no grosso capacete âmbar. Laudrin o chicoteia com a lâmina de sua rapieira ampliada para três vezes o tamanho original, como se fosse uma serpente cortante, despedaçando o resto de sua proteção. A cabeça está exposta.

O Albino esbugalha os olhos de trevas, seu sangue azulado ferve como nunca antes em sua longa vida. As centenas de neanos de preparação para este momento, tudo o que viveu e antecedeu esse ataque, preso a um soluço. Vê o salto de Hayato com a precisão de um gato, o grito do humano extravasando a concentração do golpe. Algo se rompe. Separado dele, o mundo gira até que atinge o chão, vê o seu próprio corpo sem vida tombar segundos depois. Fim da existência, como se fosse um mortal.

Pyro derruba Alexander com um chute, mas, antes que possa finalizar a luta, é atacado por Garlando com uma chicotada de água, invocada do próprio ar, gelada como no inverno perpétuo do mundo sem luz. Porém o cavaleiro de fogo desvia, ainda que com dificuldade. Apara os jatos com a lâmina de fogo e dança procurando uma brecha, atrás dele a parede de gelo sendo desmanchada pelos golpes mágicos do próprio Ondino.

Enquanto Laudrin ajuda Alexander a se reerguer, Alden e Ferderin duelam com o outro Albino.

– Garlando, use a magia para fortalecer a espada de Alexander. Uma lâmina comum não suportará – grita a Alva.

– Eu não sei fazer isso! – Garlando mal consegue se concentrar em tentar atingir o guerreiro do fogo e erra um projétil de gelo.

–Eu posso sentir, já sei que em você corre o poder do Ondino. Apenas use a Transformação, faça com que a lâmina se torne Água essencial. Gelada, fluida, que não possa ser quebrada!

Pyro volta à carga girando sobre o próprio eixo para aumentar o impacto do golpe em chamas. Agora é interceptado por Laudrin, que o apara com uma rapieira que, de tão resistente, só pode ter magia por trás. Ela toma a dianteira de Garlando e avança sem se intimidar. O cavaleiro de fogo sabe que será avassalado se enfrentar três Alvos.

– Nil Kev, deixe-os, precisamos de uma aracna aqui! – grita Pyro, enquanto recua tentando chegar às paredes de gelo. O L'dren atende ao seu comando e salta por cima da barreira, saindo de cena.

Garlando busca na memória arcadiana, na origem do mundo, nos conhecimentos que nunca teve sobre a ciência das coisas. Pela sua ligação com as ondinas, pede que elas se sobressaiam ao aço e que se unam à espada de Alexander. A lâmina curva trinca e solta fumaça, tão fria que congelaria o ar à sua volta.

– Obrigado, rapaz. – Alexander sente a vibração na mão que segura a arma e testa-a no ar. Levíssima. Tem certeza de que seu dedo grudaria no metal se tentasse tocá-lo. – Eu vou enfrentá-lo. Cuide dos Albinos. Mantenha a concentração, é o mais importante em uma luta mágica.

– Não sei como isso é possível, mas acho que estamos indo bem. Cuide-se! – diz Garlando, com o coração batendo forte. Então se vira para o estrondo na parede de gelo. Os babelianos estão quebrando a barreira, a chuva de fogo não dá trégua.

Hayato se posiciona ao seu lado direito. Do outro, os Alvos denorianos, prontos para enfrentar a ameaça que surge de repente.

A aracna é uma máquina avançada incompreensível para os engenheiros humanos, como toda tecnologia L'dren. Uma enorme aranha, mas com apenas quatro patas, protegida pelas mesmas placas negras das armaduras dos soldados Albinos.

O monstro começa a brilhar e, antes que possam reagir, abre uma boca de luz em seu corpo mecânico. Esta desfere uma esfera de energia pura, desintegrando os lanceiros paralisados que começavam a adentrar a área desbloqueada. Mosquetes são disparados em salvas alternadas, mas nem arranham a proteção do inimigo.

Os Alvos tomam a iniciativa e cercam a aberração encouraçada. Garlando tenta recriar a espada mística que deu a Alexander, agora em sua simples rapieira. À sua volta, os humanos lanceiros e mosqueteiros recuam abrindo o círculo, desistindo do combate. Os únicos mortais ousados para enfrentar a ameaça são Garlando e seus amigos.

* * *

Alexander repele os ataques como pode, mas Pyro é feroz e não demonstra cansaço.

– Vocês já fracassaram, a Pedra de Salamandra se perdeu. Não há como abrirem a Última Fortaleza, por que insistem?

Pyro sobe um morro e recupera o fôlego. Olha em volta e sorri para o céu rubro, envolvido por fachos de fumaça. Suspira de enfado.

– A resposta deveria ser óbvia, seu tolo. É o que justifica a aliança dos homens com os imortais desde Arcádia.

Alexander sente um temor que a brisa carrega. A espada de gelo pesa em suas mãos.

– Os Albinos... Mas como... Que tipo de tecnologia deles poderia substituir uma pedra-alma e...

– Tudo faz parte da mesma coisa, Alexander de Estrela do Fogo. A ciência da terra que nos deram molda o aço, controla as explosões das armas de fogo, preservou a mim e à minha irmã nas máquinas de Mammon. É conhecimento como esse que vai nos permitir enganar a morte e transcender as limitações de nossa mortalidade. Mas mesmo a minha irmã, que só vive por isso, nega essas conquistas. E hoje é manipulada como você pelos Alvos para que nunca alcancemos o céu!

A força retorna para Alexander, que controla a respiração. Pensa no rosto de Aquanis e naqueles olhos gélidos que temem que os homens se dissolvam nas próprias ambições. Ela, que renasceu para que o erro de seu povo não se repetisse entre a humanidade.

– Você libertaria os Albinos da prisão imposta pela própria Mãe? Desafiaria a vontade da nossa Deusa?

– Se esse for o preço da ascensão humana, o que me importa? Não acredito que os seres que nos criaram são movidos pelo impulso de punir os seus filhos. Criação e Destruição são mesmo apenas facetas da vida. E não é o papel da vida se espalhar, ir além?

Alexander varre o ar, congelando-o e projetando sua onda de frio na direção do oponente. Pyro ri e desvia com facilidade, girando a lâmina flamejante para um contra-ataque que esbarra na espada de gelo.

O duelo persiste. De longe, os impactos das forças opostas são mais retumbantes que os rojões que clareiam a luta.

* * *

Alden e Ferderin correm e desferem golpes na aracna, a fim de distraí-la e impedir seu avanço. O monstro-máquina responde com projéteis de energia lentos, mas poderosos, pois onde atinge deixa crateras maiores que as de granadas.

Laudrin usa esse tempo para aglomerar energia faiscante na lâmina de sua rapieira. Com um impulso do braço, ela triplica o tamanho da arma mais uma vez, transformando-a numa lança.

Ralfo se une à luta e, ao lado de Hayato, não deixam que ninguém se aproxime de Garlando, que prepara a sua arma com magia para aguentar os impactos.

– Eu mal chego e já te vejo fazendo maluquice. O que está fazendo, moleque? Não pode estar pensando em atacar aquilo de perto!

– Tio, a couraça é muito forte para armas normais e...

– Não diga besteira, temos os Alvos do nosso lado. Se alguém sabe lidar com isso, são eles. Vamos garantir que ninguém os atrapalhe e a gente fica pronto para ajudar se pedirem. Veja, o bicho parece uma aranha tonta sem saber para onde olhar.

A aracna dança confusa, gira sem sair do lugar, cercada pelos ágeis denorianos. As pernas parecem pesadas, mas a mantêm firme em solo.

– É isso, tio! O senhor é um verdadeiro estrategista.

– Eu sou mesmo – Ralfo gargalha. – Mas espere. O que está pensando em fazer?

Garlando se fecha e se concentra na luta, abre os braços e tenta sentir a umidade que existe em toda parte. O suor dos guerreiros, o sereno da noite, todos os fluidos dos animais próximos. E embaixo da terra há água. Água subterrânea, que pode ser cavada como um poço. Palpável. Vibra no interior líquido e encontra o movimento das ondinas que dominam o seu espírito. Elas que comandam a sua força mágica desde o incidente há quatorze neanos, elas que o encontraram quando tudo o que mais desejava era uma chuva que chegou tarde demais e não pôde salvar os seus pais.

Suas mãos fechadas em garra estão voltadas para baixo, como se puxassem raízes invisíveis enterradas com a água. Ergue-as com a alma e tenta arrancá-las, fazer que brotem do solo à força.

O rosto daquela de quem sempre se lembra surge no meio da invocação.

As mãos sentem a água se agitando, pronta para atender ao chamado.

Celes, ele também pode senti-la, está perto, acampada, sim, a menos de dois dias dali.

A Pedra o liga à água que conjura. Em um movimento brusco, ergue os braços para o céu. Sente o jorro que rompe terra e pedras, sempre para cima, encontrando caminhos que não existem, a pressão aumentando e buscando se libertar.

Celes é o fim de tudo isso, não uma luta pelo destino do mundo. Sua garganta dá um nó e Garlando grita quando a água encontra o ar, jorrando como um gêiser, erguendo as pernas da aracna e desequilibrando-a.

Laudrin chama todos para o ataque final. O inimigo está indefeso, tentando se desvirar para confrontar míseros humanos e Alvos da terra. A água que varou o chão desce de uma vez, e Garlando espreme o ar com o movimento de suas mãos, resfriando o líquido até que se solidifique em gelo. Cercado pelo círculo místico criado pelos majestosianos, expira, seu vapor é fumaça no ar frio, prende-se no silêncio. Então nota que os magos estão aumentando o fluxo, fortalecendo o seu feitiço. O Ondino volta a sua atenção à aracna, e então prende os seus membros no chão com gelo essencial, difícil de criar, mas indestrutível para quem não possa usar magia.

Dentro de uma concentração inquebrável, Garlando não vê quando Laudrin finca a lança, rompendo a couraça do monstro. A magia da lâmina da Alva se transfere para o metal negro que pulsa, um coração que insiste em bater mesmo exposto.

Ralfo dá uma carreira e salta para marretar o ponto brilhante, destruindo a cabeça de seu martelo, mas também arrombando a placa que ainda protegia o imortal. Hayato afasta Ralfo de perto e vê os dois Alvos forçando a armadura como se abrissem um barril emperrado.

De dentro da máquina vaza um líquido âmbar que parece em brasa, e um grito de horror mais alto que a guerra. Garlando sai do transe e vê um imortal, um dos moradores do mundo antigo. Mas ele está ligado à aranha mecânica. Onde acaba a sua carne pálida, que brilha no meio da noite, estendem-se cabos e aparelhos que o prendem ao corpo artificial. Sua boca aberta em um desespero longo como os seus séculos de vida. Tudo isso ocorre muito rápido, porque, quando toma contato com o fluxo, estoura em um ouriço de cristal, as suas entranhas sólidas e espichadas pela crisálida.

Com um gesto, Alden ergue magicamente um bloco de pedra do solo e afunda a estátua de cristal morto, despedaçando-a para a eternidade. Isso desencadeia uma reação em cadeia na máquina e culmina em uma explosão de luz azul que pode ser vista de longe.

* * *

Alexander está ajoelhado, sem força para inspirar o ar e controlar os membros. As dores correm pelo corpo, trincando seu espírito. O vigor infindável de Pyro, construído por gerações na máquina de Mammon, é irreal, a derrota é só uma questão de tempo.

– Se não tivesse esse encanto na espada, eu já teria consumido você. Nada vai restar em meu caminho – diz o arcadiano, erguendo a arma para o golpe de misericórdia.

Quando o corte vertical desce, Alexander se joga para trás, desequilibrado. Mas a lâmina incandescente raspa o seu ombro, cauterizando-lhe a carne. Quase não há hemorragia, porém a dor pulsante e destruidora lhe paralisa os movimentos do braço direito. Seus olhos estão cheios de água, ardendo por encarar uma fogueira de tão perto.

Na arena onde ocorre a batalha mágica, uma explosão ecoa e jorra para o céu uma coluna de líquido brilhante e azulado. A máquina dos Albinos sucumbiu aos corajosos amigos de Alexander, a visão da energia ciana é uma lembrança do poder que ele próprio empunha e o lado que defende neste confronto. Azul é a cor dos babelianos, mas também arcadiana. Porém, acima de todas, é a cor da bandeira de Majestosa.

Pyro assiste incrédulo à queda de uma das invencíveis máquinas dos Albinos, e esquece por um instante o oponente derrotado no chão. Para Alexander, à sua frente está o irmão amado de sua senhora e a triste constatação da reconciliação impossível entre eles.

"E isso está bem", algo fala em seu peito. Uma voz límpida que flui através dele, uma enxurrada de ondinas que sobrepujam a sua própria natureza. Pois é um adepto do fogo como Pyro. Apesar de sua personalidade calma, seu espírito carrega a agressividade e o impulso de a tudo consumir que é a força das salamandras. Ainda que seu oponente seja superior nesse quesito. Para vencê-lo, Alexander deve ser flexível como a água, não tentar barrar a chama intermitente e invasiva que é o espírito de Pyro. É clara. É transparente a única forma de cessar esse ímpeto.

Alexander se ergue, a sua espada mística não mais congelada, rígida, mas pingando, como se fosse uma fonte inesgotável do puro líquido. O ombro direito paralisado, porém a sua arma cada vez mais leve, como se empunhasse a própria água tornada espada.

– Por que se levantar? Você está derrotado, Desperto – diz Pyro, iluminado pelo fogo de sua lâmina.

– Como a sua máquina de guerra – diz Alexander, inundado por uma calmaria pela primeira vez durante o duelo.

– Aquele era um Albino, não uma máquina. Assim como eu, eles viveram centenas de neanos para cumprir o seu papel neste momento. Há outros para tomar o seu lugar.

– Mas vocês fracassarão. – Alexander respira fundo, engolindo o medo que o invade, fixa os pensamentos na imagem de Aquanis e mantém o seu corpo em comunhão com a água.

– Está aleijado. A luta acabou, Alexander de Estrela do Fogo. – Pyro gira muito veloz para desferir o ataque final com as duas mãos, o rastro flamejante riscando o ar.

Mesmo empunhando a arma com a mão esquerda, Alexander apara o corte vertical com leveza. Ao toque, a espada em chamas de Pyro desliza através da superfície da sua, que é flexível, corre até a ponta e cai. O cavaleiro de fogo se desequilibra e cambaleia para a frente. Seus olhos arregalados e o silêncio enterram a confiança de instantes atrás. O babeliano retorna à carga balançando a espada com todo o peso do corpo, mas é bloqueado por Alexander, agora com a lâmina apontada para o solo. No encontro das duas armas, a espada de fogo rasga a de água como se não fosse metal, chiando e exalando vapor, escorregando mais uma vez pelo seu corpo líquido e expondo completamente o flanco de seu portador. Os olhos de Pyro são os de alguém que venceu a luta há menos de um minuto e agora vê o seu adversário estocando-o através da costela com uma arma líquida.

Alexander arde junto com as ondinas aquáticas que se evaporam no choque com as salamandras flamejantes. Mesmo usando o braço esquerdo, perfura a armadura do babeliano sem esforço, de baixo para cima, varando o seu coração, e só para de empurrar quando liberta a lâmina do outro lado. Ela chia, aplacando o calor de uma brasa viva.

A espada flamejante cai no chão e sua chama se extingue.

As pupilas roxas de Pyro estão manchadas pela cor da batalha. E o arcadiano fecha os olhos como se preparasse para mais um sono na máquina de Mammon.

Alexander se ajoelha com o adversário e se surpreende quando ele segura a lâmina de sua espada, que escorre água. Em vez de tentar tomá-la, Pyro a segura cravada no próprio torso.

– Aquanis. Você traiu o sonho. *Merzadaac.*

O coração de Aquanis está rompido como o de seu irmão. Um intenso frio deixa a carne de Alexander até sair pela arma enterrada no arcadiano. Os dois ajoelhados no chão, próximos como irmãos, Pyro com a expressão congelada, seu corpo resfriado e extinto para sempre.

A vitória de Alexander transborda pelos olhos como um alívio.

* * *

Garlando olha para todos os lados sem saber onde se concentrar, mas a luta está longe de terminar. Os Alvos se adiantam e lideram soldados cidanenses e mercenários para enfrentar um grupo de babelianos liderado por um Albino.

– Eles são realmente poucos – grita Garlando. – Nunca vi mais de dois ou três juntos.

– Mas são fortes. Muito fortes – responde Hayato.

A investida dos Alvos força os inimigos a recuarem para se reagrupar. De um grupo de majestosianos vem um guerreiro armado em couraça azul-clara e brilhante que saúda os companheiros. É Bard Wendell, o oficial que acompanhava Alexander na sala de guerra.

– Estão se reorganizando, vamos aproveitar para juntar forças e expulsá-los de uma vez.

Um bando de guerreiros refaz a formação, liderado pelos capitães que gritam as ordens.

– Eles não imaginaram que íamos resistir. Foi sorte vocês estarem aqui, senhores Alvos! – grita Ralfo.

– Não existe sorte, jovem – diz Alden. – A luta ainda não acabou, mas temos uma arma poderosa do nosso lado. – Ele se volta para Garlando. Hayato e Ralfo se põem na frente do rapaz.

– Quem diria que você seria a resposta para esse enigma, criança – diz Laudrin, com a testa franzida sob o diadema molhada de suor.

Garlando não vê uma saída, como se fosse um rato encurralado pelos barulhos e luzes deste espetáculo de fogos macabro. O olhar cobiçoso de Ferderin é o de quem se diverte com a própria presa.

– Mas como não sentimos a Pedra? Foram neanos procurando por ela, e agora a encontramos assim no meio de uma batalha? A Mãe age mesmo de maneiras misteriosas – diz ele.

– Eu também não entendo – diz Alden, e dá um passo adiante. Garlando põe a mão no brinco sem pensar e reza para que a Deusa o liberte naquele mesmo instante. Vê um dos magos no meio do fluxo transformado em vidro pela crisálida.

“Deve ser esse o meu destino, no fim das contas”.

– Deixem o menino! Não sei o que ele fez, mas precisa de ajuda, não de mais pressão! – grita Ralfo.

– Não interfira, humano. Você não sabe no que está metido, cumpra seu papel e vá se engalfinhar com os outros cães na luta – diz Ferderin. Ralfo fecha os punhos e Hayato aperta a empunhadura da espada.

– Basta! – diz Laudrin. – Eu tenho um trato com Reggiane Espendi para cuidar que nada de errado aconteça com o rapaz, e teremos o apoio dela e de Coméria para terminarmos este conflito.

– Ah, mas é claro, onde essa desgraçada não tá metida? – diz Ralfo, cuspindo para o lado.

– Você é de suma importância para essa luta, Garlando Espendi. Precisa confiar em nós, acredite que temos os meios de livrá-lo desse fardo. Ajude-nos a terminar com isso, pela Deusa! – O grupo em círculo discute aos gritos, são como uma pedra que desponta de um mar em plena tempestade.

– Mas é apenas um garoto!

– Tio – grita Garlando. – Pare com isso. Que inferno! Eu sei me defender e...

Hayato interrompe a discussão e aponta para Alexander, que se aproxima.

Bard Wendell corre até ele e o ampara.

– Major, graças à Deusa. – O comandante de Majestosa olha para a linda espada mística que Alexander carrega. Lâmina larga, punho comprido para manuseio em duas mãos, guarda trabalhada e com um rubi cravado no ponto em que começa o aço alaranjado. – E Pyro...

Alexander baixa o olhar, mas então volta a atenção para o combate que continua à frente. Suspira devagar.

– Ele está morto. Levarei a espada dele e entregarei para a Saira Aquanis. – Aperta o punho da arma e a ergue. – Enquanto isso lutarei com ela. Que o espírito guerreiro dele nunca se apague.

Bard põe a mão no ombro de Alexander.

– Temos que remover o garoto deste lugar, Saira Laudrin. Todos virão até nós, a energia que ele emana é muito forte, e estamos no meio de um círculo de fluxo. Todos os não-Despertos deveriam sair daqui se não estiverem em combate. A magia é selvagem, e um descontrole pode destruí-los com a crisálida.

Laudrin anui, mas, antes que possam se preparar, soldados cidanenses recuam correndo, fugindo da linha de frente.

– Eles têm mais daquelas aranhas, são várias delas. Os Albinos estão... – sua voz se apaga avassalada por uma bola de energia que o consome. E esse teria sido o mesmo destino de todos, não fosse por um reflexo sobrenatural de Alden, que subitamente ergueu uma barreira mágica.

– Saiam daqui! Eles não podem ter o Ondino – grita Laudrin.

Garlando corre puxado por Alden, ao seu lado estão Hayato e Ralfo. Vira para trás e vê Alexander a distância como se fosse a última vez.

Mas não há tempo para despedidas, pois uma chuva de bolas de energia azul bombardeia o local sem parar. Os Albinos decidiram não correr mais riscos. Os magos do círculo mal conseguem parar projéteis, e muitos atingem cidanenses e mercenários desesperados.

Garlando começa uma reza baixa enquanto corre.

– Alden, me ajude, vou subir uma proteção.

– Não dá pra parar!

– Vou fazer o que conseguir.

Com toda a força que consegue arrancar do solo, Garlando ergue uma barreira de gelo grosso e pesado que sai toda torta, mal fixada na terra, e começa a desabar. Urra e constrói outra que despenca e encaixa na anterior, formando um túnel por onde fugir.

– Corram! A parede está instável!

Seguem pelo túnel improvisado, as bolas quebrando o gelo que despenca atrás e na frente. Ralfo tropeça nos detritos e cai de boca, o grito abafado pela queda. Garlando e Hayato voltam para ajudá-lo, e é como se isso fosse um desígnio da Deusa, pois o teto é atingido em cima deles e soterra Alden, que não é poupado pela criadora.

O jovem Ondino desfaz o gelo em água enquanto Hayato e Ralfo arrastam o imortal para o lado. Mas a couraça de Alden está perfurada e afundada, o sangue azul é expelido como se estivesse sendo rejeitado pelo corpo.

Cuspindo a vida e formando cada palavra com uma dor lancinante, Alden fala devagar.

– Não percam... tempo... saiam... daqui.

– Me ajude, é só dizer como eu posso curá-lo, eu fiz comigo e...

– Garlando se arrepia ao presenciar a provável morte de um ser de centenas de neanos.

– Estou quebrado, criança. Nossos corpos não são... iguais... – Alden geme. – Estou me esvaindo... Vá para Laudrin... Proteja a pedra-alma...

– Eu vou, mas eu posso ajudar e...

– Não desperdice a minha vida, mortal. – Alden tem a testa franzida e grunhe, mais de ódio do que de dor.

Ralfo puxa Garlando. Hayato vigia a frente, vasculhando os lados.

Eles deixam o Alvo e a barreira de gelo despenca de uma vez. Garlando insiste em olhar para trás enquanto fogem.

* * *

Os sons de metal e os gritos de guerra são ouvidos ao longe, uma música melancólica que já não desejam mais ouvir. Garlando está com as mãos no joelho, tentando recuperar o ar. Hayato está apoiado em um tronco seco solitário, Ralfo sentado no chão de terra.

– Alguém machucado?

– Só de leve.

– Precisamos pensar como encontrar os Alvos.

Garlando ergue a cabeça e encara Hayato. A expressão impassível do oriental parece a segurança de que precisa. Mede cada palavra.

– Tio... Eu não vou voltar.

Ralfo vira para a guerra, estouros de luz azulada acontecem em sequência.

– Acho que estamos vencendo – diz o velho gitânio. Suspira fundo e coça os olhos com a mão imunda.

– Tio.

– Eu entendi, garoto.

Garlando olha para o chão, seus sapatos de gala estão arruinados.

– Mas... – continua Ralfo – o que você tem ou pode fazer parece importante para o nosso lado.

– O senhor acha que os Alvos e os Albinos realmente se preocupam com a gente que morre?

– Eles também morrem. Vimos hoje.

– Morrem se forem mortos.

– Quer saber? Eu não vou discutir com você que é doutor e...

– Não tem nada a ver...

– Cale a boca! Eu tô falando. E já entendi, tá bem claro pra mim. Mesmo com todos os livros e estudos, você precisa da estrada. É isso.

Os olhos de Garlando se enchem de água.

– Não esquente, moleque. Não vou te aconselhar a ir lá arriscar a vida pelos fodões. Eu tô ganhando pra isso e vou cobrar direitinho. E até extra. Ah, se vou. – Ralfo sorri e abre os braços.

Garlando recebe um beijo na cabeça e ouve o choro do tio no coração que bate rápido. Mas no rosto do velho só há as rugas do sorriso, não lágrimas. Ralfo então aperta a sua mão com força, firme, para que não se esqueça disso.

– Não me julga, tio?

O gitânio mercenário cumprimenta Hayato com um aperto de mão e um abraço, deixando o oriental sem jeito. Sai andando e acena sem olhar para trás.

– Não me julga? – repete Garlando, falando mais baixo.

– Vá até ela, moleque. – E virando para o sobrinho, com Anmas ao fundo, Ralfo completa: – E me conte como foi.

Ralfo Romenu

2

Garlando sabe onde ela está. Mas ainda não consegue ver o seu rosto. Acha que em dois dias de caminhada deve chegar a ela, mas continuará se concentrando nas memórias para que possa se guiar. Enquanto caminha pela terra batida, tenta ensaiar o discurso.

Hayato o ajudará a conseguir refeições e dividirá as vigílias de noite. Porém, acima de tudo, a sua companhia tornará a estrada menos insuportável. E a certeza do final do percurso é o que há de mais devastador para o jovem mago.

* * *

Garlando interrompe a caminhada e respira fundo.

– Me perdoe por tirá-lo do seu caminho, Hayato.

Hayato para e vira na direção de Garlando, seus olhos piscam devagar.

– Não entendi.

– Eu disse "me perdoe por tirá-lo do seu caminho". De fazê-lo me acompanhar por tudo isso.

Hayato olha para a estrada.

– Mas não estou aqui por sua causa. Estou seguindo o meu caminho.

Garlando sorri. Hayato já está andando.

* * *

Garlando sonha com a infância, e ela não se parece com nada que viveu. Não tem os seus pais, não tem Celes, não tem amigos, não tem as lembranças das festas do Templo nem das roupas apertadas que a tia o fazia vestir.

A fogueira já são brasas, Hayato acena para que volte a dormir.

– Não, eu perdi o sono. Tive um pesadelo, algo assim. Durma um pouco.

O oriental se deita de lado e não muito depois já está roncando devagar.

Anmas está com o brilho fraco, a noite mais escura e vermelha.

* * *

Garlando tenta se lembrar do rosto de Celes, e descobre que não sabe mais como ela é. Ela se parece com Claris, mas também com a sua tia. Mas na memória mais constante é parecida com a sua mãe.

– Você deixou pessoas para trás em sua terra?

– Sim. Claro que sim – Hayato fala sem deixar de olhar para a frente.

– E nunca sente falta delas?

Hayato não responde. Garlando não sabe o que dizer. Se concentra em um passo após o outro.

– Eu não tenho mais uma guitarra para podermos tocar juntos.

* * *

Depois de terminar a sua parte na vigília, Garlando acorda Hayato e se deita. Os pensamentos foram embora. Naquela noite, o gitânio dorme um sono negro, silencioso. Só quando morde umas amoras, na manhã do dia seguinte, lembra por que está na estrada. O seu destino não tem rosto.

Neste dia frio, a terra parece mais dura.

Quando se sentam no meio do dia para o almoço, Garlando se apega ao que tem certeza nesses quatorze neanos que se passaram. As promessas não cumpridas, o peso que deu a coisas que nunca tiveram significado, sem se constranger em atribuir a elas tudo o que achou conveniente.

– Você tem algo para escrever? – Garlando faz um gesto com a mão, como se segurasse uma pena.

Hayato primeiro para, absorve o pedido, então tira algo de dentro da própria roupa exótica. É um caderno pequeno bem feito, mas tem alguns desenhos em meio a anotações de registros.

– Posso pegar uma folha? Aqui do final?

Hayato anui, e Garlando usa a tinta seca e o pincel que o estrangeiro lhe entrega. Dissolve-a com saliva, escreve uma rápida carta para Celes. Entregá-la parece-lhe motivo suficiente para não voltar atrás.

Seguem e, quando veem um acampamento surgindo ao longe, o seu destino agora é palpável.

– É aquilo?

Garlando se assusta com a voz de Hayato.

– É aquilo que procura, Garlando?

Antes de responder, sente um peso na cabeça onde há a memória da presença dela.

– É.

Hayato vem até a frente de Garlando, e sua voz faz tudo mais solene.

– Então é aqui que nos separamos.

– Sim. Sim, se chegarmos mais perto já haverá batedores. Isso se ninguém não nos detectou ainda.

– Serei discreto ao sair, não se preocupe.

– Então é isso. – Garlando respira o ar com dificuldade, há um bolo em seu peito.

Hayato estende a mão e cumprimentam-se com firmeza.

– Como se diz quem serve, aqui? – diz Hayato.

– Servidor?

– Servidor. Eu sou um servidor de onde vim. E não pude servir as pessoas que deixei para trás. O meu senhor, em primeiro lugar, mas também a minha família. Não pude protegê-los das coisas que perdi. Foi por isso que vim para o seu lado do mundo.

Garlando solta um muxoxo.

– Para fugir do que deixou para trás.

– Sim – Hayato responde sem pestanejar. – Mas acho que fugir significa não enfrentar. Estou aqui para entender e enfrentar. Seu povo gosta da estrada.

– É verdade. A estrada é tudo para um gitânio.

– Então entende que tudo é percorrer a estrada.

Hayato sorri com os cantos da boca e Garlando se despede do amigo, que parte para o lado contrário, sem olhar para trás.

À frente está o acampamento onde encontrará Celes.

* * *

No meio da feira do Dia de Sarali e do murmúrio dos fregueses que iam e vinham, entregues a seus afazeres, Garlando e Celes conversavam sentados no chão, próximos de onde o velho Lucien vendia suas ervas sobre um pano desbotado.

Folheavam um livro de histórias de cavalaria, nas quais o herói salvador Pietru Negro enfrentava perigos para alcançar a sabedoria dos imortais. Agora ele enfrentava uma mantícora, um monstro com rosto de homem, corpo de leão, asas de morcego e cauda de escorpião.

Celes não sabia ler direito, apenas fazer contas quando recebia dinheiro ao vender tecidos, escrever para ela era um verdadeiro desafio. Garlando, educado pela mãe, secretária da baronesa de Dorter, era um ótimo leitor e conhecia várias histórias de aventura. A sua amiga parecia encantada com a atmosfera de perigo e descoberta que permeava a narrativa.

Garlando era um menino tímido, mas se transformava ao ler para ela. Dava emoção à narrativa, fazia vozes diferentes para os personagens como os gitânios em seus teatros de fantoches e tornava a experiência cheia de vida e graça.

O velho Lucien, usando sua velha boina e túnica, parecia não gostar da companhia.

– Vão brincar pra lá, ninguém vem comprar comigo enquanto ficam aqui. Depois seu pai reclama é comigo, que deixo vocês grudados aqui, mocinha.

Celes virava os olhos, mas não saía do lugar.

– Olha o que a mantícora disse – Garlando retomava a história.

– Não conheço vossa mercê, cavaleiro negro. É proibida a passagem.

– Eu sou Pietru Negro, o salvador dos humanos, e, em nome da Aliança com os antigos a mim concedida, peço que não impeça a minha passagem.

– Pietru Negro... – A mantícora pensou por uns instantes. – Se busca o conhecimento dos Alvos, deve conhecer os seus códigos. Sendo assim, apenas aquele que tiver o Trigo Nepeu pode entrar em minha morada.

– Trigo Nepeu? – perguntou o herói.

– Sim, apenas os perspicazes que dominam os códigos antigos terão o conhecimento sobre isso.

– Trigo Nepeu? – perguntou Celes. – Mas ele não encontrou nada disso antes.
– Aí é que você se engana. O que vamos descobrir é que isso é algo que ele já tem faz tempo. Ouve só.

Pietru Negro andou de um lado para o outro, sem entender como oferecer à guardiã o que pedia. Então lembrou que apenas os perspicazes e conhecedores dos códigos antigos possuiriam a resposta. E, como se iluminado pela Mãe da Criação, o Valente respondeu:
– Se a resposta está nos códigos antigos, então declaro que não devo ter, mas ser. Pois sou eu mesmo o que procura. Trigo Nepeu se escreve com as mesmas letras que Pietru Negro.

– Ah, sério? Era essa a resposta? – diz Celes.

E a mantícora permitiu que o salvador adentrasse a caverna e...

– Pode parar. – A garota riu, cruzando os braços. – Então a resposta era ele mesmo, que coisa forçada.
Garlando franziu a testa e fechou a cara.
– São histórias, pelo amor da Deusa, larga a mão de ser crítica.
– Então quem não soubesse as letras nunca descobriria. O salvador sabia ler e escrever com as letras dos Alvos? Isso tudo é muito inventado.
– Mas é claro que sim. As nossas letras vêm dos Alvos. Sem saber isso como ele ia ler o conhecimento dos antigos? É uma maneira de testar quem pode, ué.
Lucien riu atrás deles. Garlando olhou feio para o velho. A amiga disse:
– Diga-me, e como seria se a gente pegasse os nossos nomes e criasse outros com as mesmas letras?
– Eita. Deixe-me ver... – Garlando pegou o lápis e começou a rabiscar na última folha do livro, que estava em branco. – Eu poderia ser Orlandag, Gloranda... – Celes gargalhou, jogando o corpo para trás e batendo nas próprias pernas. – Odnalrag, se apenas ler ao contrário...
– Não deveriam brincar com isso – intrometeu-se Lucien, seus olhos apertados entre as rugas e as sobrancelhas franzidas. – Escrever o nome de alguém ao contrário amaldiçoa a pessoa.

Celes franziu a testa e devolveu o olhar intimidador ao herbalista. Pegou na mão de Garlando.

– Agora eu. Não ligue pro velho.

O garoto engoliu em seco.

– Sério?

– Claro que sim. Não tem isso de maldição, nada.

Garlando pôs a mão no queixo, olhando para cima, como se tomado por profunda reflexão. Os olhos azuis de Celes brilhando o deixaram ruborizado.

– Ao contrário é Selec...

– Celes, não. Celestiana é o meu nome.

– É grande, tem muita letra. Pera. Tiaselecna, Nastaceleia... Hmm, tem letra repetida. E se separar... Olha, assim fica bem legal: T-a-s-c-i-a-e-l-e-n-a. **Táscia Elena**.

Celes esbugalhou os olhos, segurando o ar.

– Nossa. *Táscia Elena*? **Táscia Elena**. A cavaleira que busca os segredos dos antigos. A **Lâmina Celeste**!

– Ih, lá vem você de novo com isso de Lâmina Celeste. Então eu sou a Espada Galante!

– Que besta.

Celes e Garlando riram. Logo se levantaram e saíram correndo, sem nem olhar para o velho Lucien. Correram pelas barulhentas ruas de Criane, acariciados pelos cheiros da feira e o calor gostoso de Sarali na tarde.

* * *

Quando a distância é suficiente para que os guardas na entrada o vejam, Garlando anda em direção ao acampamento, devagar, com as mãos para cima, ciente de que pode ser alvejado de longe se fizer algum movimento suspeito.

Os babelianos são práticos e, antes de fazer perguntas, rendem Garlando com bestas apontadas para o seu peito. Depois de revistá-lo, tomam a rapieira e os poucos pertences que lhe restaram da fuga de Comir e o mandam deitar no chão.

– O que quer aqui, cidanense? Pretende morrer?

– Eu quero apenas uma audiência com Táscia Elena.

O soldado olha para o outro e diz, após hesitar por alguns instantes:

– Não há nenhuma Táscia Elena aqui.

– Escute, eu sei que Táscia Elena está aí. A Lâmina Celeste, a feroz comandante. Esse papel dobrado que você tem na mão é uma mensagem para ela. Eu a conheço há muito tempo e tenho certeza de que iria ficar irritada se soubesse que não a avisaram da minha presença.

– Quem é você?

– Eu posso lhe dar o meu nome, mas se eu fosse você não demoraria em me apresentar a ela.

– Cale a boca, insolente! – O outro soldado pisa na cabeça de Garlando, mas isso só faz com que ele ria.

– Isso também vai deixá-la irritada.

– Pare de bater nesse cara e vai avisar a coronel. Eu vou pôr ele numa gaiola.

* * *

O lugar onde prenderam Garlando é uma caixa de grade baixa que o obriga a ficar sentado o tempo inteiro. Como se fosse um animal de caça que guardam antes de abater. Está dentro de uma barraca sem iluminação, exceto a luz do dia que passa pelas fibras e buracos da lona. Escondido atrás de caixas e suprimentos, o cheiro de grãos e fumo é pungente, nem pode ver a entrada da barraca.

Respira devagar, controlando a expectativa. O que dizer a ela, como transmitir o que carrega por tanto tempo. Bem no meio da guerra. Solta o ar e balança a cabeça, um sorriso tenta se formar, mas desiste.

Talvez eles o matem, talvez tenha entendido os sinais de forma errada. Mas o pano que está em seu casaco liga as suas almas e não o deixa se enganar. É aqui. Ela está aqui. Garlando nem se preocupa em encontrar uma forma de fugir. Esquece até que é o Ondino e que poderia estourar tudo com magia se assim o desejasse.

Ouve vozes indistintas, passos e o pesado tecido que fecha a cabana se movendo. A luz entra um pouco, depois dá lugar para a de uma lâmpada que alguém carrega.

– Ele está aqui, coronel.

– Muito bem, pode ir. Obrigado, você fez bem.

A voz feminina é diferente, ou apenas não se lembra dela. Apesar de tudo, é familiar.

– Eu vou acompanhá-la...

– Não, Enoque. Pode me deixar.

– A senhora nem deveria falar com esse insolente, eu vou é arrancar a cabeça dele e...

– Por favor. Deixe-nos a sós.

Ouve um resmungo e os panos se remexendo junto com passos que se afastam.

Um vulto se aproxima. Garlando mal pode conter a excitação. Seu coração bate rápido e sem trégua, sua respiração é audível.

A estranha veste calças e traz um longo sabre na bainha. Ele ouve o som de uma armadura, o metal em atrito com os tecidos. É ela, só pode ser ela. Ela se agacha e a lâmpada se aproxima. Não consegue ver nada ofuscado pelo brilho. Primeiro Garlando se cobre com o braço por impulso, então mostra o rosto o melhor que pode, os olhos entreabertos para protegê-los da luz. A lâmpada é recolhida.

Espera que ela diga alguma coisa, dê algum sinal de que o reconhece. Seu peito arde, o braço formiga de leve.

Mas ela leva a luz embora e sai.

O ar fica preso no peito. Vai dizer alguma coisa, desiste. É melhor esperar.

As vozes indistintas lá fora, nem quer mais ouvir nada. Fecha os olhos, envergonhado, como se não enxergar impeça os outros de verem a idiotice que fez.

O escuro parece agradável.

Alguns minutos depois, alguém entra com uma lâmpada e destranca a gaiola.

– Pode sair. Venha, você está indo embora.

As costas doem um pouco, o traseiro também, por causa do chão duro. Arrasta-se para fora e se levanta. O seu libertador lhe entrega o casaco da noite da ópera, que Garlando veste.

– Bonita roupa para uma viagem. Belos sapatos, também. Eu vou acompanhá-lo até a saída do acampamento. – Pela voz, é aquele que ela chamou de Enoque.

Na verdade, todos do lado de fora também o acompanham com os olhos. Está certo de que a sua presença é indesejada.

Não há mais sinal dela em lugar nenhum.

– Não fique olhando para a gente, senão eu mesmo vou arrancar a sua cabeça. Ninguém entendeu por que a coronel deixou você sair daqui ileso.

Ao chegar no limite do acampamento, Enoque entrega a rapieira embainhada nas mãos de Garlando e aponta a estrada. Há diversas bestas apontadas para o cidanense.

– É melhor nem dizer nada. Vá embora daqui e não pense que terá sorte duas vezes na vida.

Garlando respira devagar e encaixa a bainha no cinto, também sem pressa. Isso deixa o seu captor irritado, justo como planejou. Anda devagar, tentando controlar a tremedeira, certo de que escapou com vida a uma tentativa de suicídio.

– Espere. – Garlando para. Enoque respira fundo antes de dizer: – A coronel disse para encontrá-la amanhã logo que Sarali nascer em um campinho a uns vinte minutos de caminhada daqui. Não tem como errar. Você vai ver a clareira surgindo, dá num penhasco. É lá. Adeusa.

Garlando anda sem notar o tempo e encontra o tal lugar. Mas daqui a pouco já será de noite. Vai dormir ali mesmo, nesta que será a noite mais longa de sua vida.

* * *

Os cabelos sujos de Garlando estão cinzentos sob a luz fria da madrugada sem nuvens.

Suas pernas doem após a caminhada. Como se a batalha e tudo o que tem vivido nos últimos dias não fossem o verdadeiro motivo. Sorri e anda para lá e para cá, segura o punho da rapieira, põe as mãos na cintura, balança os braços sem saber o que fazer com eles. Enfim se senta.

Respirando devagar, toca o brinco de Janus, o seu brinco, e sente a Pedra cada vez mais forte em sua cabeça. As lembranças da Arcádia vêm à tona sem que possa escolher, mas já se acostuma com isso e consegue afastá-las, acomodá-las na própria memória.

Surge o rosto decepcionado de Claris, sente-se o traidor de uma realidade sem nunca ter dado chance a ela. Sarali começa a surgir por trás de Anmas.

Agora falta pouco e então terminará. Mais alguns minutos, talvez uma hora. Não sabe se amaldiçoa ou agradece o fato de ter perdido seu relógio de bolso. A imagem da Princesa de Coméria, Claris de Veridiana, continua firme em sua mente. Aquele país que nem sabe se ainda existe, dominado pelos Albinos. Concentra-se na vida dessas pessoas, tenta ver através da névoa o que se passa, mas nem essa ideia o alivia, não o salva de afundar na espera e na terrível sensação de não poder imaginar o que virá depois do fim. O que será deste mundo.

Esta estranha clareira é um grande círculo, cheia de grama rala e flores. Dentes-de-leão, um mar de ouriços brancos. Rodeado por árvores de folhas amarelas e secas, do lado contrário à estrada há um barranco que dá em uma queda alta o bastante para ser um final possível para essa história.

Enquanto pisa no meio das flores, olha para a estrada de onde veio logo adiante, reta, rígida por tantas pisadas em sua terra batida, ladeada por folhas secas das árvores sonolentas. À sua frente, o caminho para bem longe dali, para o lugar mais distante aonde poderá ir em vida.

Vira-se e respira fundo, a pele aquecida pela luz morna, o orvalho na jaqueta de gala suja e rasgada embaixo dos braços.

Garlando decide voltar. O peito não suporta os tremores dos braços com o sangue pulsando por todos os lados. Quer ir para longe, para nunca mais ter que sentir isso.

Que as memórias dos arcadianos o guiem, que encontre conforto em seu novo caminho. Como o Ondino.

Um passo após o outro e está de volta à estrada. Uma folha verde gruda em seu pé, e o vento o golpeia de súbito, incomodando os olhos. Coça os ciscos e se vira para trás, para não encarar o forte sopro. A jaqueta se agita na direção da lufada em um estrondo.

E, com os olhos entreabertos, vê alguém surgindo no horizonte, as folhas saindo da frente enquanto caminha pela terra batida. Um vulto com o andar firme e decidido, crescendo em seu campo de visão. Então distingue calças compridas e brancas, botas de campanha que chegam aos joelhos. À cintura, o sabre em bainha prateada. Não veste couraça, apenas uma camisa muito suja. Ela para e toca o punho da espada por um instante para então relaxar os braços. Como se não soubesse o que fazer.

Garlando respira fundo para recobrar a confiança e avança alguns passos. Ela não reage. Ele não lembrava mesmo da aparência dela. Pode ver o seu rosto limpo, contrastando com a roupa, mas alguns ferimentos se espalham pelas bochechas altas e o maxilar quadrado, ainda que muito feminino, o rosto de uma bela mulher adulta. Só encontra familiaridade nas sardas, no nariz, o mesmo de sempre, que ela coça casualmente, e nos olhos. Não os mesmos que ele conhece. São duros, como se não refletissem mais tanta luz. Ela pisca pouco, como se pudesse enxergá-lo por dentro com facilidade. Como a sua tia Reggiane. Como o Mestre Lucien. Como Claris. Mas melhor que todos eles.

Busca refúgio nas memórias de uma vida. Não encontra.

Na testa dela, uma faixa vermelha desbotada. Na verdade, a primeira coisa que lhe chamou a atenção, mas queria antes vasculhar cada detalhe desse rosto que por tanto tempo procurou.

Engole as lágrimas enquanto esquece de respirar. Suspira o mais controlado que pode, mas sai ruidoso, evidente demais. Mas há conforto, ela também parece inquieta.

Desde a noite em perdeu Celes, tudo desabou, uma coisa atrás da outra. As infinitas sucessões das deusas no céu pareciam sem sentido, como se tudo o que acontecesse no mundo de Anmadun não fizesse a menor diferença para Nean.

Sarali brilha nos cabelos loiros dela, penteados para trás, rentes ao crânio. Não consegue ver como estão presos, se são compridos. Facilita para usar elmo, imagina.

À sua frente, Celestiana Tessitore vestida como uma guerreira.

– Só faltam... – Garlando ergue o peito e diz com a voz clara e alta. – Só faltam armadura e elmo.

– Não estou em combate, agora. Bom... Você me chamou. E eu vim. Fale... – Ela engole as palavras e não diz mais nada por um tempo.

Ainda que por tantas vezes tenha imaginado esse momento, Garlando não consegue dizer nada. Sobre o que falar quando o mundo está prestes a rever o cataclisma que criou a Terra Pátria há quatrocentos neanos? O cataclisma que ele pode impedir.

– Táscia Elena... Como em nossas brincadeiras, não é, Celestiana Tessitore? – Garlando ri, soltando ar pelo nariz, mas seus olhos estão fixos no chão. Sua testa franzida como se seu peso fizesse a cabeça pender para a frente.

– Orlandag. Ou seria Garlando Romenu Espendi? Ainda não pode me olhar nos olhos por muito tempo? Você não mudou nada – diz Celes. O tom de sua voz é suave, mas os lábios não formam um sorriso.

– Já você não parece em nada com a garota que conheci. Eu mudei, sim. Sou um homem, agora. Há muitas coisas sobre mim que você nunca imaginaria.

Celes fica quieta. Como Garlando também não fala mais nada, ela diz:

– Garlando, eu estou no meio de uma campanha de guerra. Vejo que há um pouco de barba em seu rosto, está mais alto. Seus ombros parecem os de um homem. Era isso que queria me mostrar?

O sangue sobe quente para a testa de Garlando e os seus braços formigam.

– Como pode ser tão fria? Eu procurei você por toda a Terra Pátria, pensei que tivesse morrido. Seus pais sumiram do mapa, e você foi embora com aquele papo de que me escreveria quando chegasse e...

Celes balança a cabeça e fecha os olhos.

– Isso já foi. E muitos neanos atrás. Só que você me encontrou. Não é isso que deveria importar? – ela expira o ar ruidosamente. – Ouça, isso tudo é estúpido, eu não deveria ter vindo.

– Foi tão fácil deixar nossa vida para trás, não é mesmo? Era só trocar de nome e sair pelo mundo se deitando com homens, Albinos, mulheres e seria uma...

O tapa é muito pesado, faz com que Garlando caia sentado. O peso daquele braço nunca foi tão grande. O maxilar lateja e o rapaz o mexe devagar, com medo de que ela o tenha fraturado. Um pouco de sangue escorre do nariz.

– Você não me conhece. Não pense que me conhece, garoto. – Celes abre os olhos devagar e encara Garlando com o rosto inclinado.

Com as lágrimas transbordando, Garlando grita, cuspindo saliva:

– Não conheço mesmo! Pela Deusa, por que eu a procurei tanto? O que eu esperava? Você sempre foi tão segura de si, nunca entenderia o que é viver neanos pensando em como outra pessoa estaria. Sem conseguir me concentrar para estudar para ser alguma coisa nesse mundo e honrar a minha família. Ser alguém importante para a sociedade!

– Não se faça de vítima, Garlando. – Celes aperta os dedos nas palmas das mãos fechadas. – Eu não deveria mesmo ter deixado os meus soldados preocupados, vindo até aqui como se fosse algo importante. Admito que não sabia o que esperar deste encontro, a sua carta me pegou de surpresa. Não sabia se seria desagradável ou bom ver alguém conhecido no meio dessa loucura toda. Um rosto amigo – essas palavras perfuram o coração de Garlando. – Mas você facilita bem as coisas para mim. Será mais fácil do que nunca seguir adiante, e só posso agradecer a você. Agora tenho certeza que não há mesmo nada que eu tenha deixado para trás.

– O que você pretende com essa guerra? Não sente nada quando as capitais humanas estão sendo destruídas pelos Albinos? São o nosso povo, a nossa raça! Aposto que vocês estão indo para Cidânia. Ou estão voltando de lá? Se ao menos você soubesse no que está metida! – Garlando soca a terra do chão. – Tola, você é só uma peça para o jogo deles! O que foi que eles lhe ofereceram? Dinheiro? Armas bonitas como essa da sua cintura? Vai usufruir disso tudo quando? Depois que o mundo for destruído de novo por Metatron? – Celes abre bem os olhos, prendendo o ar. – Impressionada, não é? Eu sei muito mais sobre os poderes antigos do que você nem sequer imagina!

– Então talvez entenda que é por isso que preciso ir em frente. Para encontrar a verdade.

– Verdade? – Garlando ri e nega com a cabeça. – A verdade não nos cabe, Celes. Está claro, você é mesmo uma marionete na briga desses imortais.

– Todos somos, Garlando. Você não me parece viver uma vida de privações, mesmo quando o mundo está de pernas para o ar. Algum dia faltou comida para você? Por acaso bandidos saquearam sua casa enquanto os governos estavam se preocupando com a guerra? Mesmo sujo, a sua pele é mais lisinha que a de muitas garotas nobres que conheci. Sem contar nas suas roupas de festa em pleno campo de batalha. Isso aqui não é um salão, Garlando Espendi. Eu vou embora, peço-lhe licença.

Celes vira as costas enquanto Garlando, sentado, encara o chão. Ele grita do fundo dos pulmões:

– Não sei por que finge tanto que o seu passado não existe! Se eu não fizesse diferença na sua vida, você não usaria essa faixa vermelha. Ou acha que não sei que é uma lembrança por causa desse pano idiota que usei no seu curativo? Tá aqui, ó! – Garlando levanta o pano apodrecido de dentro do bolso. – Vermelho sempre foi a minha cor. A minha cor!

Celes não leva dois segundos para tomar a decisão. Com as mãos atrás da cabeça, desprende com calma a velha faixa da testa, com cuidado para não soltar as tranças presas. Garlando vê na pele dela a cicatriz grande e disforme que fica bem no meio, acima das sobrancelhas. O resquício do seu ferimento na caverna do Lago das Fadas.

– Tem certeza de que era a mim que procurava? Ou alguém que você inventou? – diz Celes, aumentando o tom de voz. – Você não pertence a este lugar, isso é uma guerra. – Ela joga a faixa vermelha e desbotada no chão. – Volte para a sua família rica, a sua tia pode lhe dar roupas novas que substituam essas. Com certeza vão condizer mais com sua posição social.

Garlando se levanta de um salto e leva a mão ao cabo da rapieira. Mas, antes que a desembainhe, Celes está quase colada em seu rosto e o empurra para o chão. Ele tenta mais uma investida em um soco para tentar golpear o rosto dela. Não a atinge. Ela já deu um passo para o lado. Com um movimento preciso, segura o braço de Garlando e, usando a outra mão, força o cotovelo dele contra a articulação. O osso resiste, estica, e então Garlando sente o estalo. Tudo fica branco por um instante. O rosto de Celes está ao lado do seu, mas não pode sentir o cheiro dela. Nem consegue reparar nas sardas ou nos olhos azuis tão próximos, pois a dor aguda chega forte e o faz gritar.

Vasculha a memória por uma sensação boa, mas só vê a carruagem de Celes cheia de tralhas e ela indo embora, prometendo uma carta. E então a espera na noite rubra que traz o fogo. Cada vez mais perto, até que atinge a sua casa.

O urro de Garlando assusta os animais próximos. Celes recua, largando-o no chão. Encolhido, deitado de lado, o rapaz não suporta mais a dor e o frio que o inundam. A pedra-alma clama por ele, as Ondinas o preenchem de água gelada para amortecer qualquer agonia. Mas então o calor do seu ódio se ergue de repente e o afasta desse abismo.

As árvores em volta dos dois se acendem em chamas que explodem sem aviso. Crepitando, labaredas altas e violentas como em mais de quatorze neanos atrás, no dia em que um menino perdeu os pais. Garlando implora para que o calor aumente, que desapareça com o frio e tome toda a estrada de terra. Que consuma a ambos. Clama pela Pedra para que a força mais pura da água se torne o mais intenso fogo já criado por um homem. O seu brinco brilha gelado.

Fagulhas dançam pela floresta como vaga-lumes perdidos que se apagam para sempre depois de girarem sem rumo. A fumaça começa a nublar as vistas e o ar é consumido pelo fogo, que pede mais combustível para que arda com mais vigor.

Quando abre os olhos, Garlando sorri por dentro ao ver o rosto assustado de Celes. Ela não sabe o que fazer nem para onde ir. Talvez neste instante ela saiba o que é perder o seu amor e os seus pais no mesmo dia, para então ser jogado em uma vida que nunca escolheu. Talvez ela sinta nos seus braços musculosos o ardor de ser desfeita, e neste momento nem suas defesas de luta a protegerão de ser consumida pelas chamas.

Mas a guerreira dá alguns passos para trás e então desembainha a própria espada. Garlando grita:

– É inútil, Celes! Agora é a nossa hora. Se escapamos quatorze neanos atrás daquele incêndio, agora morreremos juntos. Como os meus pais e como o meu irmão. Você se lembra de Zícero? Pois ele nunca existiu! Essa é a hora em que terminaremos juntos, ninguém poderá nos separar mais.

– Você está fora de si, Garlando! – Celes grita. E, quando ergue a sua estranha espada para o céu, uma lâmina escura e cheia de letras que poucos leriam no mundo mortal, Garlando é invadido por uma enxurrada gelada que começa na orelha e avassala todas as veias de seu corpo. A espada de Celes é como um buraco feito em uma bacia, e a água que se esvai, sendo sugada através dele, é o mana em fluxo no ar. Uma onda de sucção arcana que varre as labaredas, arrancando-as das árvores, expondo as folhas e madeira enegrecidas pelo fogo. O ardor se extingue e termina na lâmina erguida, fazendo com que o inferno invocado por Garlando seja suprimido. Como se a Celes fosse dado o dom de ordenar que toda magia seja desfeita, impedindo e cessando qualquer manipulação da Transformação.

As Ondinas e Salamandras em intenso conflito vibram na joia

presa à orelha de Garlando. Dentro de sua mente, ouve as almas perdidas que se destruíram na crisálida, o coro de lamentos na angústia derradeira dos arcadianos, e por fim a Pedra gritando para que não se separe dela.

Quando o brinco estoura ao lado de seu rosto, o silêncio súbito devolve o rapaz à realidade, mas metade de sua face não desperta. Celes geme de dor e cai de joelhos com a sua espada apontada para o céu, a lâmina em brasa, para depois retornar ao lindo púrpura que é a cor de seu metal.

Sem saber o que dizer, paralisado e indefeso, Garlando coça os olhos para tentar enxergar melhor. Descobre que no lugar do olho direito e da sua bochecha há uma protuberância sólida e morta. Tapa o olho esquerdo, não consegue ver mais nada. Não tem mais metade de sua visão. Leva a mão boa ao brinco, mas ele não existe mais. Sua orelha termina antes.

Levanta-se no susto e senta, a dor pungente do cotovelo direito não o impede de reparar na expressão de Celes. Ela se aproxima com os olhos arregalados, apalpa o rosto em crisálida do garoto transformado em homem no chão. Ela balança a cabeça, tenta puxar o ar para respirar. Garlando não diz nada. E nem sente o último toque, pois ela desliza as pontas dos dedos na sua pele de vidro. O olho morto de Garlando não pode chorar, o outro enxerga as lágrimas que Celes não pode segurar.

Depois que ela se vai, Garlando passa mais de uma hora deitado entre as árvores carbonizadas, vendo a fumaça que escala o céu sem parar.

* * *

Anda sem rumo. Sem pressa, sem objetivo que não seja ir adiante. O braço apoiado em uma tipoia improvisada de um pedaço da camisa, como quando fez um curativo para a testa de Celes há tantos neanos.

Para e respira, as estradas fechadas estão mortas, elas também cadáveres da guerra, seja lá qual fosse o seu propósito.

A orelha rompida, sulcos de vidro que tomaram metade de seu rosto e um dos olhos. Tudo uma lembrança do passado para toda vez que olhar o espelho com o olho que resta.

Garlando vê ao longe um vulto sentado à beira da estrada. Todo vestido de negro, barba e cabelos espessos, os detalhes do rosto e mesmo o olhar gentil se formando enquanto se aproxima.

Cumprimentam-se em silêncio, o pacto gestual que indica que não são inimigos e a promessa mútua de não causar mal.

– Parece ferido. Seu braço. Seu rosto. – diz o estranho, apontando.

Garlando toca o lado morto de seu rosto com o braço esquerdo e o que sente é como se houvesse uma máscara fundida à sua metade direita. Não é sua pele.

– Está cicatrizado.

– A guerra, hã?

– Sim. A guerra de cada um.

Os olhos negros do homem são úmidos e brilhantes.

– Eu sou Pietru Negro, o Valente.

– Pietru Negro? O nome do salvador dos humanos, aquele que recebeu a honra de sentar-se ao lado dos imortais...

– Verdade. Fui nomeado em lembrança ao grande Pietru Negro.

Garlando sorri e se senta, relaxando as costas, o braço bom apoiado no joelho.

– De que lado você está, amigo? – pergunta.

– Nessa guerra? Meu lado está perdendo, acho. Mas não renovei contrato, senti que servi o suficiente. Pago e liberado. Talvez não fosse muito útil, não insistiram para que eu ficasse. E você?

Garlando se surpreende com a pergunta, mesmo que estivesse esperando por ela. Talvez não estivesse pronto para respondê-la.

– Eu... Minha participação também terminou. – Procura em sua mente e não há lembranças, não há a imagem de Janus, não há as memórias unificadas de sua existência. Não sente mais a Pedra de Ondina, ela não pulsa, não dá vida, não persiste. Mas, sem procurar, vê Celes e pede ao escuro que a leve. Abre os olhos.

– E isso o incomoda?

– Acho que não. Quero dizer, não sei o que a vitória significaria. Essa guerra envolveu tudo e todos, talvez esteja mais feliz por estar acabando. – Garlando busca em seu bolso a bandana vermelha que Celes usava e a aperta na palma da mão, mas nem sangue nem suor escorrem dela.

Pietru Negro acaricia a própria barba e se curva para olhar a terra batida.

Sarali começa a se esconder atrás de Anmas, o crepúsculo púrpura como a lâmina de Celes domina o céu antes da noite. Garlando tenta controlar a própria respiração e busca no calor do peito o alento para este fim de dia.

Pietru Negro se levanta, sua armadura preta esmaltada range.

– Vejo que os gitânios celebrarão nesta noite.

Garlando também levanta e avista filetes de fumaça subindo, ouve coros e risos baixos.

– Romeni...

– Estão aqui perto faz uns dias.

– Eu devo ir até eles.

– Então vá, jovem *bel*.

– Bel?

– Quer dizer "homem belo como uma menina" em minha língua. Seu rosto é marcado, mas é um rapaz bonito como uma linda garota.

– Vocês têm uma palavra para isso? Na verdade, ouço muito isso. Pensei que seria mais raro ouvir algo assim agora.

Pietru ri. Garlando acena e começa a caminhar. Vira-se para o guerreiro valente.

– Valente negro.

– Diga, *bel*.

– Você já salvou alguém?

Mesmo naquela noite que queria dominar o céu, pôde ver o sorriso se formando entre a barba espessa.

– Nem a mim mesmo – diz Pietru.

Garlando sorri.

EPÍLOGO

Crianças correm com os cães em meio à terra que voa e o cheiro de cozido que permeia o acampamento. Há música e dança, guitarras batidas em torno de uma grande fogueira que parece o centro de muitas comemorações.

O clima de festa intriga Garlando, pois o mundo que conhece está em guerra, uma guerra que poderá mudar o destino de todos. Por que eles festejam?, essa é a pergunta no peito seco do jovem.

A presença dele não é ignorada, as crianças fogem para avisar os adultos e logo está cercado por gitânios que não gostaram de ter sua casa invadida.

– *Sarali ni Anmas, saré* – Garlando diz. O braço quebrado tenta acompanhar o outro erguido no ar desenhando dois círculos, primeiro um grande, depois um pequeno.

– *Anmas ni Sarali, saré* – responde um dos gitânios, bigodes grossos e negros, roupas coloridas e com cara de nenhum amigo neste tempo de dúvidas. – Quem é você que se dirige a nós como se fosse de nosso povo?

Garlando mantém as mãos abertas, bem longe da velha rapieira na cintura, como sinal de paz.

– Eu... Eu sou Guirlanda Rubra.

O gitânio ri e os outros o acompanham.

– Isso não é nome de gitânio.

– Esse é meu nome de mago. Não conheço você para dar o meu nome. – Murmúrios e surpresa, alguns dão passos para trás. – Sou do sangue de Ralfo Romenu, eu só procuro refúgio para escapar dessa guerra.

– Ralfo? – diz o gitânio, mudando de tom. – Você diz Ralfo do Bando do Gordão, aquele mercenário velho?

– Ele mesmo.

– *Mesak nul Naná, garié* – diz o gitânio a um menino cabeludo, que sai correndo. Garlando jura ter ouvido *Naná*, mas não entende romeni, só sabe cumprimentar. E logo depois, é mesmo a velha gitânia que surge diante de seus olhos.

Ela não reconhece o homem de barba por fazer e com metade do rosto deformado pela crisálida.

– Sou eu, Naná – Garlando diz baixo.

– Lando, meu filho! – Quando a velha grita e corre para abraçá-lo, os gitânios em volta relaxam e se afastam, alguns voltam para o que estavam fazendo antes de o estranho chegar. – *Sarali ni Anmas, saré!*

– *Anmas ni Sarali, saré*. Que saudades, Naná!

A velha é tão frágil, mas o seu cheiro lembra a fazenda, a sua casa, e o toque de seu corpo pequeno e magro lhe aquece o coração. É mais alegria do que alívio. Então não chora.

Naná passa a mão no rosto de Garlando, a pele vitrificada do lado direito que o passado lhe tomou. E o braço apoiado pela tipoia, que ainda dói bastante.

– A estrada o feriu, meu menino.

Garlando respira fundo.

– Essa estrada acabou, Naná. Estou aqui para descobrir outras.

Naná toma a mão esquerda de Garlando e sente as ranhuras naturais, as causadas pela luta, as riscadas pelo manuseio da magia. Nela há calos, feridas, sujeira sob as unhas, mas é mesmo a mão do menino.

– Seja bem-vindo à nossa casa, romen.

– Obrigado, minha Naná.

* * *

As crianças correm em volta de Garlando e lhe mostram os cães e brinquedos, trazem-lhe doces.

As mulheres cuidam de seu braço e fazem uma tala firme que evite a dor da fratura. Enfim o alívio após horas suportando.

Os homens o levam para a roda para dançar em volta do fogo, junto das mulheres que formam um círculo maior. Todos giram e cantam em louvor às deusas, pois para eles ambas são facetas da mesma coisa.

Garlando come quitutes sentado ao lado de Naná, a noite já avança e muitos já foram dormir bêbados e satisfeitos pelas carroças e cabanas.

– Por que a festa no meio de tudo isso, Naná?

– Ora, está mesmo perdido, não? Daqui a uma novena é o Neano Novo.

– Hã? Sério?

– Claro, menino.

– Pela Deusa... – Garlando suspira e lembra das comemorações de Neano Novo e do vestido bordado de Celes. Tudo isso parece uma memória tão longínqua, mas ele conhece bem o rosto dela quando menina. Sorri da memória e resolve vasculhar os bolsos do casaco.

Só há um pouco de comida velha recebida dos Alvos e duas bandanas de pano. Ele toma a de neanos atrás na mão e a cheira, mas não lhe traz nada, nenhuma coisa escondida ou sensação secreta. A outra bandana, já desbotada, carrega a essência dela. Isso lhe alegra.

– Aqui tem flores, Naná? E um barbante comprido, se não for pedir demais.

– Flores? Olha, nesse escuro não vai dar pra achar muita coisa, mas deve ter nos arbustos ali. Vai dar pra uma garota? – a velhinha sorri sem dentes. – Ei, menino, pega barbante e traz pra mim.

– Sim. – Garlando sorri. – Vou procurar. – Levanta e dá um beijo na cabeça da gitânia.

– Olha o barbante que você pediu, ó – ela diz quando vê o garoto vir correndo descalço.

– Ah, vou precisar. Obrigado, Naná.

Não há flores nos arbustos próximos, então Garlando tem que entrar na floresta, sob Anmas tímida no céu. A terra está coberta por uma leve luz rubra. Enquanto procura, pensa nos rostos que viu e nas palavras que ouviu. Nas coisas que disse e nas coisas que fez. No fim, a estrada é tão solitária que Hayato parece o único a ter clareza no que fazia. Ou estava tão perdido quanto todos, fugindo, desviando-se por atalhos e rotas não esperadas, mas que no fundo sempre o levariam para o mesmo lugar.

As flores são grandes, pequenas, umas com muitas pétalas, outras com poucas. Vai reunindo todas as vermelhas que acha no bolso da jaqueta surrada e tenta ouvir o som da guerra que assola a Terra Pátria. Não ouve nada. Só grilos e animais que não identifica, caçando e vivendo suas noites e dias sem nunca notar o que a presença dos humanos fez à Criação.

Garlando decide que este é o final da estrada. Saca a rapieira, o fedor de couro molhado de quando lutou com gelo e água o leva a franzir a testa. Então sorri. Testa o corte, ainda está bom. Testa a ponta, ainda está afiada, poderia atravessar a sua pele com facilidade. Teria força para cravá-la fundo na própria carne?

Não há quase luz, mas, com um estalo de dedo, faz uma chama essencial que brilha, pálida, na palma da sua mão. O fogo não o fere. Acende um graveto e o finca no solo, assim pode ver o que está fazendo. O barbante junta todas as flores, cria um círculo que representa as deusas. Primeiro um maior, depois um menor, feitos com as flores vermelhas que juntou. Amarra uma roda na outra.

Cava com a mão esquerda, até os dedos arderem, um buraco não muito fundo. Pega o pano que um dia a cobriu e cheira pela última vez para buscar o sangue de Celes. Ainda nada. Mas na bandana que ela carregava, o seu cheiro permanece, como imortalizado. Olha para a lâmina da rapieira e aponta para o próprio braço. O corte belisca a pele e o sangue vaza pela fissura. Limpa com a bandana dela e então as põe no buraco. Respira fundo e encara a escuridão. Volta-se para o que estava fazendo e cobre com a terra, bate para nivelar ao solo.

Reza para as deusas para que protejam Celes em suas lutas. Olha para o enfeite desajeitado e põe em cima do montinho de terra, iluminado pelo graveto que está sendo consumido pelo fogo. Levanta-se e volta para o acampamento onde Naná o espera, deixando sob a noite, no meio da floresta que um dia o acolheu, uma improvisada guirlanda rubra.

FIM

Celestiana Tessitore

AGRADECIMENTOS

Finalmente Garlando parte em sua estrada. Foram 15 anos da gestação ao nascimento, mas é um projeto que me acompanha desde a adolescência. Como confidenciei aos influenciadores que receberam o material antes para a leitura, esta é a minha faculdade de escritor. Tudo o que aprendi do processo de criação, tudo o que absorvi durante anos editando e publicando obras originais, trouxe para cá.

É uma história que, como a de qualquer autor, traz muito dos meus dramas pessoais e minhas referências como amante de cultura pop (principalmente videogames, se você curte, com certeza vai pegar as mais óbvias). Só que como alguém que sempre leu pouca literatura de gênero – lia mais romances clássicos e do mainstream –, talvez o resultado seja um pouco diferente do que se espera de um livro de fantasia. Esta é uma das coisas mais sinceras que já produzi. Pus tudo o que mais me inspirava no papel. Doeu muitas vezes durante o processo, mas também tem ação e aventura, como as que eu gosto de ler e assistir. Obrigado a todos vocês que a trouxeram ao mundo. Que a estrada lhe seja boa, Garlando Espendi, e também para todos os andarilhos do mundo. Agradeço de coração aos apoiadores, seja na campanha do Catarse ou em várias etapas de meu caminho:

Abel Mendonça
ABERST
Ace Barros
Adriana Ferreira de Almeida
Alessandra de Paiva Wanderley
Alex Mir
Alex Silva de Barros
Alexandre Correia
Alexey Dodsworth
Aline da Silva Pisani
Allana Dilene de Araújo de Miranda
Amanda Marques da Silva
Amarilis Chu Schneider
Ana Lúcia Merege
Anderson Argentoni
Anderson C. Santos

André de Albuquerque Brito
Andrea Mattos
Ane Caroline Rangel Prado
Angélica Efrem
Antonio Luiz M. C. Costa
Antonio Tadeu Ferreira Sobrinho
Aya Imaeda
Bruna Dondere
Camila Baldo Caneiro
Carlos Eduardo Cordeiro Fini
Carlos Henrique L. de Almeida
Carlos Ubiratan "Dente" R. Petry
Carolina Lima
Cassia Silva
Celso Cavalcanti
Cesar Lopes Aguiar
Chilwi
Cirilo S. Lemos
Claudio Brites
Daniel Bispo
Daniel Fusco Borba
Daniel Martins
Daniela Grotti de Paiva
Daniella Merlin
Danilo Panda Prado
Débora Suzan Cavalcante Mille
Diego Araujo
Diego Fernando de Oliveira Costa
Diego Guerra
Diego P. Soares
Eduardo Kasse
Elidia Zotelli
Eliete Dos Santos Ferreira de Melo
Emanuel Victor Barroso Leite
Eric Novello
Erika Abreu
Fabiana Prieto
Fernanda Antonioli André
Fernanda Leoncio de Sousa
Fernando Bizarri Requena
Fernando Santos
Filipe Larêdo
Flávio Cesar de Medeiros Junior
Gabriel Dias
Gabriel Pessine
Gabriel Tavares Florentino
Gabriela Maia
Gerson Lodi-Ribeiro
Grupo Lendari / Grupo Estante
Guilherme Lopes Lacerda da Silva
Heitor Krüger de Freitas
Henrique J. M. C. da Costa
Hugo Vera
Iago Silva de Paula
Igor Shevchuk Borm
Isabela Ferraz Flôr
Israel Santos Pinho
Ivan G. Pinheiro
J.C. Gray
Janaina Chervezan
Janine Kuriu Anacleto
João Victor Fonseca de Carvalho
Jorge Gonçalves de Oliveira Júnior
José Wilson Oliveira Fontenele
Kimberly Raphaela Coelho Soares
Lara Silva Amaral Batista

Leonardo Juliano Silva Reis
Leonardo Spirlandeli Batista
Letícia Albuquerque
Lorena da Silva Domingues
Luciana Liscano Rech
Luciano Lanes Lopes
Luis Alberto de Seixas Buttes
Luiz Eduardo Neves Peret
Marcela Ribeiro
Marcelo Alencar
Marcelo Moura Araujo
Marcelo Rodrigo Pereira
Márcio da Silva Barros
Maria Adelaide Camargo
Maria Batista
Maria Cecilia Pommella Bassarani
Maria Eduarda Araújo de Oliveira
Mariana David
Mário Henrique Perin Bernardo
Mateus Vacelli Spina
Matheus Piccoloto Gonçalves
Max Andrade
Michel Peres
Mônica Franciele Feldhaus
Murilo Pereira Araujo
Nicolás Irurzun
Nikelen Witter
Olivia Maia
Pamella Fernanda
patypotato4
Paulo Cilas
Paulo Potiara
Pierce Correa Willians
Prateleira de Quadrinhos
Puri Matsumoto
Rafael Augusto de Paula Miranda
Rafael Furlan
Rafael Hammel
Rafael Nunes
Raphael Fernandes
Rebecca Agra
Renato de Carvalho Pereira
Ricardo Domingos Pereira
Ricardo Santos
Rodolfo Berlezi
Rodrigo Viana
Rogério Faria
Simone Saueressig
Sophia Gaspar Leite
Stephanie Christie
Thiago Carvalho Bayerlein
Tiago Gomes
Tiago Lacerda Queiroz Carvalho
Valter Amancio Julio
Victor Hugo Félix Martins
Vinicius Gomes de Oliveira
Viviane Aragao
Viviane Machado
Wagner Amaro Kako
Wagner Bonilla Castillo
Walter Fabiano de Siqueira
Zé Wellington

Série Segunda Essência

Guirlanda Rubra (livro 1)

Lâmina Celeste (livro 2)

Contos

Bem longe daqui

Botão de Rosa

Em nome das mães

Para cair outra vez

Um mar de fogo

Este livro foi impresso em papel pólen na Renovagraf durante a pandêmia de 2020.